D1140777

AFGESCHREVEN

DE ROEP VAN DE SCHETTERVOGEL

Wil je op de hoogte worden gehouden van de romans van Orlando uitgevers? Meld je dan aan voor de nieuwsbrief via onze website www.orlandouitgevers.nl.

ANDREA EAMES

De roep van de schettervogel

Vertaald uit het Engels door
Miebeth van Horn

DIENST OPENBARE BIBLIOTHEEK
LEIDSCHEN-
VEEN
DEN HAAG

ORLANDO
uitgevers

© 2011 Andrea Eames
Oorspronkelijke titel *The Cry of the Go-Away Bird*
Oorspronkelijke uitgever Harvill Secker, een imprint van
Random House, Londen
Nederlandse vertaling © 2011 Orlando uitgevers, Utrecht, en
Miebeth van Horn
Omslagontwerp Studio Jan de Boer
Omslagfoto © Stephen Carroll/Trevillion Images
Typografie Pre Press Media Groep, Zeist
Druk- en bindwerk Ter Roye NV, België

ISBN 978 90 229 5980 0
NUR 302

www.orlandouitgevers.nl

MIX
Papier van
verantwoorde herkomst
FSC
www.fsc.org
FSC® C028794

PROLOOG

'Waar is hij?'

'Hoe moet ik dat nou weten?'

'Je zei dat je het wist.'

'Ik zei dat het me een goede plek leek om er een te zoeken.'

De plek aan het eind van de tuin, achter een heuveltje, waar bijna niets groeide, alleen een warrige acacia met witte doorns, en een paar plukjes grijsgroen gras. Uit een oude, roestige kraan druppelde rood water in een zwembad dat omzoomd was met onkruid en bespikkeld met bootsmannetjes – van die insecten met lange, roeispaanvormige poten die met schokkerige passen over het wateroppervlak liepen. Ver weg van menselijke blikken, stil, in de buurt van water. De volmaakte plek voor een *tokoloshe*.

'Misschien moeten we wel wachten tot het donker wordt.' Ik plofte neer in het enige rafelige stukje schaduw dat aan de brandende zon was ontsnapt. Het was een bloedhete, gonzende dag vol bijen en vliegen, geurend naar honing en graszaad.

Mijn neef Hennie ging naast me zitten. Hij leek zelf wel een beetje op een tokoloshe: klein, bruin, met een bos wit haar als een uitgebloeide paardenbloem en voeten die nog harder en smeriger waren dan die van mij. We hielden wedstrijdjes wie de meeste blauwe plekken, sneeën, blaren en eeltplekken had, en Hennie won vrijwel altijd.

'Ik ga hier niet de hele dag zitten wachten,' zei hij.

'Het is maar een paar uur.'

'Waar is het eten?'

Ik had vijf enigszins slappe maar nog altijd eetbare mariabiscuitjes uit de provisiekast gegapt, plus een zaklantaarn, een plattegrond en een appel voor de tokoloshe.

Ik wist niet wat die aten, al had ik het ongemakkelijke gevoel dat het weleens kinderen zou kunnen zijn, maar ik had zo'n idee dat een appel misschien als een goed lokaas of een handige afleidingsmanoeuvre kon dienen. Mijn kinderjuf Beauty had me al vaak verteld over de tokoloshe die ze eens had gezien toen ze nog een klein meisje was. Op een dag, toen ze naar de pomp liep om water te halen voor de was, zoals ze dat elke dag deed, stond daar een schepsel dat op een kind leek. Toen het zich omdraaide, zag ze dat hij het gezicht had van een heel oude man. Geen ogen, alleen oogkassen, die onder de littekens en de brandplekken zaten, alsof iemand zijn ogen had uitgestoken.

'Ik was heel bang,' zei Beauty. 'Maar ik moest water hebben. Hij stond daar maar naar me te kijken. Ik dacht dat hij misschien wat wilde drinken, maar niet wist hoe hij de pomp moest bedienen. Hij stapte achteruit en liet me wat water in mijn emmer pompen, en toen ik daarmee klaar was, greep hij met zijn apenhanden mijn emmer en nam een slok. En toen rende hij weg.'

Ik had weleens een glimp opgevangen van iets wat een tokoloshe kon zijn, maar nooit van dichtbij genoeg om het zeker te weten. Ik wilde er met eigen ogen eentje zien, en dan vlakbij.

Zodra mijn kat Archie het pakje biscuitjes hoorde kraken, dook hij op vanuit het niets. Ik haalde er een van de mariabiscuitjes uit en verdeelde het zorgvuldig in drieën. Archie slikte zijn stukje in één keer weg. Hennie had het zijne ook al snel weggewerkt. Ik had een speciale manier van eten, waarbij ik net zo lang rondom de rand van het koekje afknabbelde tot het op was, en dus ging dat van mij langer mee. Tegen de tijd dat ik klaar was, hingen mijn twee volgelingen er alweer moedeloos bij.

'Ik wil sap.'

'Ik heb geen sap meegenomen.'

'Ik ga terug naar de keuken.' Hennie stond op.

Ik pakte zijn hand om hem tegen te houden. 'Dat kun je niet doen.'

Archie kuierde naar de keuken en plofte neer op de koele betonnen treden voor de deur. Een geschrokken hagedis schoot van de treden af tegen de muur op.

Hennie leek zich in het onvermijdelijke te schikken. 'Ook goed. Wat doen we nu?'

Dat wist ik eigenlijk niet. Ik had een vaag plan om met een stok als speer door het kreupelhout te sluipen, maar de enige stokken die er waren zaten onder de doornen, en er was niet echt kreupelhout; alleen een paar plekken bros gras. Gras van het achterbakse soort, dat zijn halmen langs de achterkant van je knieën haalde en rode striemen achterliet.

'We wachten,' zei ik gedecideerd. Hennie was er zo te zien niet van onder de indruk.

'Kunnen we de rest van de biscuitjes opeten?'

Daar dacht ik even over na. 'Mij best.'

We verdeelden de biscuitjes en aten. Daarna gingen we naar de acacia zitten kijken en zitten luisteren naar het trage *plonk, plonk* van de roestige kraan die water in de plas drupte.

Hennie begon kribbig te worden. Hij stond op. 'Ik ga naar huis.'

'Je mag nog niet naar huis. We hebben de tokoloshe nog niet gevonden.'

Maar mijn gezag als ouder nichtje had voor die dag zijn kracht verloren. Hennie struinde weg en ik installeerde me om in mijn eentje te gaan zitten wachten.

De zon stoofde de bovenkant van mijn hoofd gaar en maakte dikke pindakaas van mijn speeksel. Nadat er voor mijn gevoel verscheidene uren waren verstreken vroeg ik me af of ik thuis wat sap kon gaan halen. Maar ik had het idee dat ik dan vals speelde, en dus bleef ik zitten en maakte ik een klein rotstuintje van kiezels en twijgjes. En toen bleef ik nog een poosje zitten.

Mama kwam met een vlekkerig schort voor en op teenslippers kijken hoe ik het maakte. Ze hield haar hand boven haar ogen tegen het schelle licht.

Ze had niets over de expeditie gehoord maar was aan mijn spelletjes gewend.

'Ik kan niet binnenkomen, ik zit te wachten.'

Mama verdween en kwam weer tevoorschijn met een belegde dubbele boterham en een groen plastic kopje vol sap. Ze had ook een hoed meegenomen, die ze stevig op mijn hoofd zette.

'Hè, mam.'

'Dat moet. Weet je zeker dat je niet wilt binnenkomen?'

'Ja.'

'Vooruit dan maar. Als je die hoed maar niet afzet.'

Ik at mijn middagboterham op. De kraan drupte. Een halsstarrige vlieg probeerde op mijn gezicht neer te strijken. Er klauterde een kever over mijn teen. Uiteindelijk werden de schaduwen langer, koelde de lucht af en kwam de eerste mug van die avond in mijn oren dreinen, gevolgd door een onheilspellende stilte toen hij een plekje huid had gevonden waaraan hij zich te goed kon doen. Uit de keuken hoorde ik het gekletter van borden – mama die het avondeten aan het klaarmaken was – en ik zag een silhouet door het keukenraam. Ik snotterde een beetje, omdat ik medelijden met mezelf had. Maar het was een luxueus soort gesnotter, omdat ik heel goed wist dat ik zó naar binnen kon gaan, waar het veilig en gezellig was, als ik dat wilde, maar ik had ervoor gekozen te blijven zitten waar ik zat en mijn missie te voltooien. Dat gaf me een vreemd soort voldaan gevoel.

De zon viel van de hemel en het was donker. Ik klikte mijn zaklantaarn aan, scheen ermee naar de lucht, en vroeg me af of de mensen in de ruimte me konden zien. Het licht maakte een stoffige, bleke kegel van een paar meter, en verdween.

De nacht was luidruchtig in Zimbabwe. Krekels kwetterden in het gras, muggen dreinden als straalvliegtuigen in de verte. Het gras ritselde en knapte. Naarmate de avond donkerder werd, leek het idee om op een tokoloshe te jagen ineens geen spelletje meer. Ik deed mijn zaklantaarn uit en bleef in het donker zitten. Een gevoel dat wel iets weg had van angst maar het toch niet echt was, verspreidde zich vanuit mijn borstkas langs mijn armen naar omlaag. In de acacia bewoog iets. Ik proefde metaal in mijn mond. Ik bleef roerloos zitten.

Te laat schoot me de appel te binnen die nog steeds in de tas zat, en die ik voor de tokoloshe had bewaard. Hennie had hem net zo goed kunnen opeten, want ik was volkomen verlamd en kon hem er niet uit halen.

Er verschenen een paar ronde, bleke ogen in de boom en ze keken vol oeroude sluwheid toe. Ik keek strak terug. Ik wist niet wat ik moest doen. Was ik plannen aan het smeden om de tokoloshe te vangen, zoals Poeh en Knorretje een val hadden gezet voor de Lollifant? Dat zat er niet in. De lucht leek wel in te dikken en zich rond die opgloeiende bleekheid te concentreren, en ik wist dat ik een vergissing had begaan, dat je niet naar iets op zoek moest gaan als je het niet wilde vinden.

Ik dwong mezelf mijn ogen neer te slaan, weg van de ogen van de tokoloshe. Ik hoorde een zacht gekwetter en daarna niets meer.

Ik rende naar het huis. Mijn armen en benen voelden aan alsof ze van zacht hout waren, buigzaam en onbetrouwbaar. Ik had nog nooit zoiets opbeurends gezien als het licht in de keuken en de nachtvlinders die eromheen sisten en stierven.

Toen ik snikkend de keuken binnen kwam rennen, vroeg mama of het wel goed met me ging. Ik kon het niet uitleggen.

Later vertelde mama dat ik waarschijnlijk een bushbaby had gezien.

'Al is dat wel ongebruikelijk,' zei ze. 'Je ziet ze hier nooit.'

Ik had weleens eerder bushbaby's op de boerderij gezien. Ze hadden ronde, gele ogen, die uit bomen omlaagknipperden. Maar ik wist wat ik had gezien. En ik wist wat ik de volgende dag onder de boom vond waar ik de tokoloshe had gezien: een klein bundeltje kruiden, een kraaienveer en een pen van een stekelvarken. Een talisman om kwade geesten te verjagen.

HOOFDSTUK I

Beauty's huid was glad en veelkleurig als het laagje op oud koper. Toen ik een peuter was, zat ik vaak met mijn neus begraven in de zoete, vleesachtige geur van haar oksel, waar die afboog naar haar borst. Nu ik twaalf was, zat ik naast haar, met uitgestrekte benen en mijn rug tegen de door de zon verwarmde muur. De manier waarop een vrouw hoorde te zitten.

Ik hoorde een stroom Shona, een taal die op de lange klinkers bleef hangen. Elke zin werd begroet door een koor van vrouwenstemmen, die hun instemming, milde afschuw of bedaard plezier uitten.

'Eh-eh.'

'O-o.'

Behaaglijke, lome geluiden. Ze hadden zich geïnstalleerd om eens uitgebreid te roddelen. Het meeste van wat ze zeiden begreep ik wel, maar sommige woorden sprongen eruit als felgekleurde kiezels in modderig water. *Amai*: moeder, of een term om respect mee uit te drukken tegenover een oudere vrouw. *Mangwanani*: goedemorgen. *Maiwe*, wat zoiets kon betekenen als: goeie hemel, dat meen je niet, niet te geloven!

De aarde was rood en geblakerd, de zon was vrijwel niet te onderscheiden tegen een withete hemel. Ik staarde naar de grond, die altijd vermaak te bieden had, overdekt met mieren, wormen, *chongololo's* en kevers. Ik zag hoe een stel rode mieren over een neushoornkever heen zwermde die op zijn rug terecht was gekomen en in stomme verbijstering heen en weer schommelde. Beauty stak haar hand uit en kiepte hem op zijn voorkant. Ik voelde me verscheurd tussen blijdschap dat de kever was gered en een vaag gevoel van teleurstelling omdat ik hem nu niet kon zien doodgaan. De vrouwen zaten rond het kookvuur vettige thee te drinken uit emaillen bekers.

Af en toe kwam er een man langs de heksenbijeenkomst; of hij nu lang of kort was, dik of dun, altijd droeg hij een overall van dikke, kriebelige stof over een blote borstkas, en meestal had hij geen schoenen aan. Wanneer er een man voorbijkwam, gedroegen de vrouwen zich wat ingetogener; er waren er maar een paar die wat met hem durfden te lachen of hem een opmerking toeriepen. Ik wist dat je zwarte mannen (afgezien van de tuinman en andere mannen die de familie persoonlijk kende) net als onbekende honden moest vrezen, en dus hield ik me stil. Ze wierpen me snelle blikken toe – wie was dat blanke kind dat daar bij de vrouwen zat? Ik was zo blank als maar kon, wist ik, met sproeten en bleke ogen die knipperden en brandden in de zon, en toch voelde ik me niet blank.

Ik vond het heerlijk om bij de vrouwen in de *khaya* te zitten, al vond mama het niet goed dat ik daar al te veel tijd doorbracht.

'Het is daar smerig,' zei ze. Ze kreeg gelijk toen ik op een dag ziek thuiskwam nadat ik water uit de pomp had gedronken, en liet me beloven dat ik er nooit meer heen zou gaan. Ik voelde me echter niet schuldig dat ik die belofte had verbroken, want de Elise die stilletjes haar huiswerk zat te maken in het witte huis op de heuvel was heel iemand anders dan de Elise die met de kinderen van de arbeiders speelde, stenen naar duiven gooide en de kippen hielp plukken voor het avondeten.

'Ga je binnenkort weer naar school?' vroeg een van de vrouwen in het Engels. Haar haar glom van de olie onder haar *dhuku*, een felgekleurde wirwar van stof die om haar hoofd zat geknoopt.

'Ze begint volgende week in groep negen,' zei Beauty, ook in het Engels. 'Nog één jaar, en dan gaat ze naar de middelbare school.'

Ze lachte naar me. Ik keek weg. Ik wilde nog niet aan de middelbare school denken.

'O-o.' De andere vrouw zei iets in het Shona wat ik niet verstond.

'We moeten gaan.' Beauty stond op met een hoop misbaar van kreten en wegvegen van stof en mieren.

'Moet het echt?' vroeg ik.

'Anders vraagt je amai zich af waar je blijft.'

We liepen de weg op, langs vrouwen die hun baby's in draagdoeken op hun rug droegen. Ronde macadamianootkleurige gezichtjes gluurden over hun schouders.

'Mangwanani,' zeiden de vrouwen in het langslopen. Ik stelde me het woord voor als een chongololo, een zwart-gele duizendpoot die zich ontrolde.

De weg over het terrein van de boerderij bestond uit rood stof en bandensporen. Uiteindelijk leidde hij naar de huizen van de bedrijfsleiders, en hutten maakten plaats voor gepleisterde muren en groene gazons. Al het andere gras, en vooral dat in de bush, was zo goudbruin als gebakken brood, maar het gras bij de huizen had brede blaadjes en piepte als je eroverheen liep. Langs de rand van de weg sputterden sproeiers zich in het rond en draaiden sissend weer terug.

Ons huis stond op de top van het *kopje*, vlak tegenover de bush: een prikkerige, droge wirwar van doornen, takken en grassen die krioelde van de zoemende wezentjes die beten. Vanaf dat ik heel klein was, had Beauty me verteld dat het in de bush ook wemelde van de geesten. Je mocht die geesten vooral niet beledigen. Als je dat deed, zorgden ze ervoor dat je voor altijd verdwaalde.

Toen ik klein was, had mijn oom me eens mee uit wandelen genomen in de bush. Hij had een rode lap neergelegd op de plek waar we stonden. 'We zullen die rode lap zien liggen, en dan weten we waar we zijn begonnen,' zei hij. Hij schudde een beetje met het kompas, zodat de naald begon te zwaaien. 'En met het kompas weten we hoe we terug moeten komen.'

We liepen met onze rugzak op onze rug bij de rode lap vandaan. Na een poosje werd ik warm en moe. Je kon nergens zitten. Een vlieg zoemde om me heen en probeerde op mijn oogbal neer te strijken.

'Die rotvliegen ook,' zei oom Pieter. Ik vroeg me af of dat telde als een belediging voor de bush. 'We gaan maar eens terug.'

We keerden om en volgden het kompas. Na een paar minuten begon oom Pieter zorgelijk te kijken. We konden onmogelijk ver van het huis zijn, maar het viel nergens uit af te leiden – elk deel van de bush zag er precies hetzelfde uit.

Ik vroeg of we verdwaald waren.

'Nee, nee,' zei mijn oom.

De geesten waren ondeugend en erg snel beledigd. Ik wist niet hoe ik ze tevreden moest stellen. De bush zag er ineens kwaadaardig uit, en het licht begon weg te ebben. Ik knipperde met mijn ogen en zag door een waas van tranen een scherp gesneden gezicht vanuit een boom knipogen.

'Ach, daar heb je hem,' zei oom Pieter. Hij stak zijn hand omhoog en pakte de rode zakdoek van een tak. 'Hoe is die daar nu terechtgekomen?'

Ik wist wel hoe dat kwam, maar ik zei niets, voor het geval de tokoloshes meeluisterden.

Ik woonde al mijn hele leven op de boerderij, in het huisje boven op het kopje, en ik kende alle leuke manieren om mijn tijd te besteden. Het piepkleine holletje van een mierenleeuw in de rode aarde opsporen, met een twijgje de voetstappen van een mier naapen, en dan zien hoe de mierenleeuw zich in een lawine van stof op het stokje stortte om zich vervolgens teleurgesteld onder de grond terug te trekken. Een kameleon van een blad plukken en hem over je hand laten lopen en zijn geschubde pootjes over je vingers voelen huppen en schrapen alsof ze van klittenband waren. Een halfuur lang een macadamianoot proberen open te breken met een puntige steen op een blok beton. Zwarte kevers vangen en ze in een oude ijsbeker stoppen met wat gras en een dopje water.

'Wel voorzichtig zijn,' zei mama altijd.

Ik wist dat we hier niet welkom waren. Veel te veel dingen konden ons doden: slangen, luipaarden, nijlpaarden, hyena's, agressieve olifanten, spinnen. Bij elke stap die we zetten lag dood of pijn op de loer. Zelfs de planten hadden het op ons gemunt. Omdat ik veel op mijn blote voeten liep, kreeg ik harde, korstige voetzolen, die me beschermden tegen acaciadoorns die op de grond op de loer lagen. Elke expeditie buiten de deur ging gepaard met insectenwerende middelen, sunblock, een hoed en zonnebrandlotion, en mama was me voortdurend met van alles en nog wat aan het insmeren, splinters en bijenangels aan het uittrekken en pleisters aan het plakken. Er ging geen dag voorbij zonder een snee of een blauwe plek.

Mijn moeder zag ik alleen 's morgens en 's avonds, en tijdens bepaalde delen van het weekend: Beauty was degene die 's ochtends mijn ontbijt klaarmaakte, Beauty was degene die me elke dag naar school bracht, Beauty stond na de laatste bel bij de poort op me te wachten. Beauty hoorde al mijn verhalen over de onderwijzers en de andere kinderen aan. Beauty plakte pleisters op mijn knieën als ik die had geschaafd en beloofde het niet aan mama te vertellen als ik alweer mijn appel niet had opgegeten.

Beauty was bij ons komen wonen toen mijn vader was overleden, wat gebeurd was in een tijd die ik me niet kon herinneren. Papa had met oom Pieter op de boerderij gewerkt en toen hij stierf, bleven wij daar wonen.

'Zullen we een Penny Cool gaan halen?' vroeg Beauty.

Penny Cools waren buisjes ijs met een smaakje in een plastic zakje. Ik beet het liefst een gat bovenin, drukte ze daarna plat in mijn handen tot het ijs warm werd en een beetje begon te smelten, om daarna de ijsbrij door het gat naar buiten te knijpen.

De dorpswinkel stond vol kleurige spullen: Freddo Frog-repen, witte Milko-chocola, Mazoe-sinaasappelsap, vanillepriklimonade, namaaksigaretten van suiker en voedselkleurstof, echte sigaretten, cola, een verdwaalde kip die met een bezem naar buiten werd gejaagd. De man achter de toonbank had een blauwe overall aan en miste een tand.

'Wil je een wem?' vroeg hij.

'Een wem?'

'Een gomwem,' legde hij uit.

'O, een wurm,' zei ik, het woord overdreven uitsprekend. 'Ja, graag.'

De man nam zo te zien geen aanstoot aan mijn arrogante gedrag. Hij maakte een pot open en trok er een lange, veelkleurige gomveter uit. 'Daar heb je je wem.'

'Dank u wel,' zei ik.

'Nee, nee.' De man vormde een kommetje van zijn handen en sloeg ze met een hol *klok klok* tegen elkaar. 'Je moet *mazvita tatenda* zeggen.'

Ik deed zijn beweging na. 'Mazvita tatenda.' Twee woorden die allebei 'bedankt' betekenden.

'Waarom zeg je niet gewoon één woord?' Dat had ik me al vaak afgevraagd.

'Omdat je heel erg dankbaar bent voor de gratis wem.'

Toen we thuiskwamen, zat er bezoek op de stoep. Er was altijd bezoek. Chinhoyi was een klein stadje waar iedereen elkaar kende. Er kwamen altijd mensen op me af om me in mijn wang te knijpen of over mijn hoofd te aaien, omdat ze mijn ouders kenden. Ze hadden namen als Hennie en Nicky en Marie, maar ik moest ze allemaal 'tante' of 'oom' noemen, al waren ze geen familie. De mannen hadden een short en lange kousen aan, net als oom Pieter, en ze hadden behaarde benen. De vrouwen hadden zonnebrillen op hun hoofd geschoven.

Er was altijd wel weer iets nieuws om over te roddelen. Als er mensen op bezoek kwamen, dronken ze gin-tonic in lage glazen en ze klaagden over hun bedienden, die wel altijd leken te stelen of stomme dingen deden.

'Heb je het al gehoord, van Hendrik?'

'Ja, zijn huisjongen is er met hun kluisje vandoor gegaan, hè?'

'Typisch weer zo'n stomme *munt*.'

'Hij schijnt jaren voor ze te hebben gewerkt. Zo zie je maar weer...'

'Je kunt ze niet vertrouwen.' Iemand drukte een sigaret uit. Iedereen was aan het roken en de asbak was overvol.

'Het is zijn eigen schuld. Had hij ze maar niet in de verleiding moeten brengen.'

'Ja, nee, hè.'

'Ja, nee, hè,' was een omslachtige manier om 'ja' of 'nee' te zeggen. Bedoelde je ja, dan knikte je en trok je je wenkbrauwen op. Bedoelde je nee, dan zei je dat 'nee' harder en schudde je je hoofd. Iedereen was het erover eens dat Hendrik te aardig was voor zijn bedienden. Als je te aardig en te lief was, werd je opgevreten als een dikke antilope door een krokodil.

'Die stomme munts. Als wij hier niet gekomen waren, maakten ze elkaar nog steeds af.'

Dat soort dingen zeiden ze voortdurend. Of ze zeiden dat de zwarten dan nog steeds aan zwerflandbouw zouden doen, of dat er geen landbouwgrond zou zijn, en geen water, geen ziekenhuizen, wegen of scholen. Maar dat deed er allemaal niet toe. Je kon het toch niet winnen.

'Ze zouden verdorie dankbaar moeten zijn.'

Van al dat luisteren naar de volwassenen wist ik dat zwarten net kinderen waren, maar tegelijkertijd ook doortrapt, en dat je ze niet kon vertrouwen. Ik wist dat ze al het werk deden, zoals tassen inpakken bij de supermarkt of bussen besturen. Het waren er een heleboel – net bezige werkmieren die rond gemorst sap op de keukenvloer scharrelen. Volwassenen zeiden dat het moeilijk was om ze uit elkaar te houden tenzij je ze persoonlijk kende. Vrouwen waren altijd 'meisjes' en mannen altijd 'jongens', ongeacht hoe oud ze waren. Blanke mannen en vrouwen waren 'Baas' en 'Medem'.

De blanken waren om de een of andere reden iets bijzonders. Ze hadden de belangrijke banen; ze hadden mooiere kleren en grotere huizen. Je zag nooit een arme blanke. Ik dacht dat we zeker iets hadden gedaan om al die mooie dingen te verdienen. Dat klonk aannemelijk.

HOOFDSTUK 2

's Ochtends rook Beauty naar vaseline en Sunlight-zeep, en in de loop van de dag begon ze naar vers zweet en kookvuurtjes te ruiken. Ze had me lang geleden een liedje geleerd over vijf groene kikkers, en dat zongen we samen als ze aan de afwas was of zilver poetste op krantenpapier dat op het gazon was uitgespreid.

Vijf groene kikkers
Vijf groene kikkers
(Het woord 'kikkers' moest worden geschreeuwd.)
Waar kunnen ze nou zijn?
Waar kunnen ze nou zijn?
(Daarbij hield je je hand boven je ogen en keek je om je heen.)
Ze verstoppen zich
Ze verstoppen zich
Ze verstoppen zich
Voor de gein!

Beauty leerde me ook tot tien tellen in het Shona. Ik zei de getallen net zo lang tot ik ze zonder nadenken kon opdreunen. '*Poshi piri tatu china shanu tanatu nomwe sere pfumbamwe gumi.*' Jaren later zei ik die woorden nog steeds weleens voor mezelf op om te genieten van hun klank en hoe ze in mijn mond voelden. Ik leerde een vreemde mengeling van Engelse en Shona-woorden waar de landarbeiders erg om moesten lachen als ik bij hen op bezoek was.

Beauty vertelde me over totems. '*Mitupo's* zijn de geesten van dieren die de familie beschermen,' zei ze. Ze was de vloeren aan het poetsen, waarvan ze altijd een beetje in een bespiegelende stemming raakte. Ik zat met gekruiste benen op een lap, om haar werk niet te bederven met voetafdrukken. 'Mijn totem is de buffel. Ik ben sterk, net als de buffel.'

'Betekent dat dat je ook zo dik bent als een buffel?'

Beauty haalde naar me uit met de poetsdoek. 'Niet zo brutaal!'

'Wat is mijn dier?'

Beauty ging op haar hurken zitten. 'Ik weet niet of je er wel een hebt.'

'Een kat?'

'Waarom niet?' Ze klakte met haar tong en ging weer aan het werk. 'Denk eraan: het brengt ongeluk als je je totemdier doodmaakt.'

'Ik ga geen kat doodmaken.' Ik moest denken aan een dode kitten die ik eens op de boerderij had gevonden – een van de wilde katten. Er waren boerderijkatten die in de stallen woonden en nesten vol cyperse katten ter wereld brachten. Deze had het niet overleefd. Toen ik hem vond, was hij al half opgegeten door de maden, en toen ik er met een stokje in poerde, viel zijn lijfje uiteen in zandachtige korrels. Het lijkje fascineerde me ontzettend en ik ging er elke dag naar kijken tot het was verdwenen – weggehaald door een van de landarbeiders of meegenomen door een dier.

'Maar goed, toch niet vergeten,' zei Beauty, en ik knikte. Ik had het gevoel dat ik een plechtige belofte aflegde.

In het weekend trok Beauty witte gewaden aan en ging ze naar bijeenkomsten. Ze zei nooit waar ze heen ging, maar ik wist dat het een soort kerk was. Als wij op zondag naar onze kerk reden, zag ik grote groepen mensen in het wit onder bomen staan zingen. Het zag er een stuk spannender uit dan in onze kerk, waar we moesten opstaan, zitten en knielen alsof we een enorm spel 'Simon Says' aan het spelen waren. Ik vroeg Beauty of het in haar kerk ook zo ging. Ze tuitte haar lippen.

'Niet precies zoals in jullie kerk.'

'Wat doen jullie dan?'

'We zingen, en we prijzen de Heer.'

'Waarom?'

'Omdat we dankbaar zijn.'

'Waarvoor?'

'Voor alles.'

Beauty had een kruis om haar hals. Soms vond ik het vreemd dat ze een kruis droeg en tegelijkertijd een talisman bij zich had. Ik vroeg haar ernaar, en Beauty legde uit dat ze weliswaar God en Jezus aanbad, maar dat ze ook moest oppassen voor de geesten en haar voorouders tevreden moest houden. Toen ik dat aan mama vertelde, schudde die glimlachend haar hoofd, maar ze zei niets.

Mama gedroeg zich de laatste tijd vreemd. Ze was van een licht, bloemig parfum dat op de potpourri in onze badkamer leek overgestapt op iets rokerigs. Het was een aangename, maar gevaarlijke geur.

En ze was begonnen 's avonds te koken. Gewoonlijk bereidde Beauty een van vijf dingen die we door de week aten: gehaktbrood, geroosterde kip, spaghetti Bolognese, worst en stamppot en op die heerlijke vrijdagen *sadza* zo wit en stevig als aardappelpuree met saus, die ik met mijn handen mocht eten.

Maar ineens begon mama curry's te maken – van die gele, met opgezwollen rozijnen die erin ronddreven.

'Wat is dat?' vroeg ik, en ik gaf ze een zetje met mijn vork. De rozijnen begonnen te wiebelen.

'Kip tikka masala,' zei mama.

Na het eten gaf ik Archie mijn bord om af te likken, maar die vond het ook al niet lekker.

'Elise,' zei mama. Ik keek op. Mama gebruikte mijn naam alleen wanneer ik in de problemen zat; anders was het 'schat' of 'liever', of niets.

'Ja?'

'Mis je papa?'

Ik dacht er even over na. Hij was al zo lang dood en ik was zo jong geweest toen hij stierf dat zijn dood eigenlijk alleen maar een manier was om medeleven op te wekken. Ik voelde me schuldig dat ik niet treuriger was. 'Nee, niet echt.'

Mama raakte mijn haar aan. 'Dat dacht ik al,' zei ze.

Kort daarna ging ik met Beauty naar de *n'anga*, de medicijnman. Iemand in haar familie was erg ziek, en ze dacht dat er een vloek op die persoon rustte. Ik moest zweren dat ik mijn mond zou houden.

'Waarom is je tante vervloekt?' vroeg ik hevig geïnteresseerd.

'Sst.'

'Heeft ze iets lelijks gedaan?'

'*Kwete.*' Nee.

'Maar waarom spreekt iemand dan…'

'Sst. Het brengt ongeluk als je over die dingen praat.'

Er kwam een zorgelijke gedachte in me op. 'Zou ik vervloekt kunnen worden? Als ik hem opzoek?'

'Dat denk ik niet.'

'Waarom niet?'

'Ik denk niet dat onze vervloekingen bij blanken werken.'

'O.' Daar dacht ik even over na. 'En als een blanke nu een vloek over mij uitspreekt?'

'Blanken hebben niet zulke tovenarij.'

Ik voelde me beledigd. 'Dat kan anders best.'

'Nee.' Gedecideerd. 'En nu moeten we weg. Mondje dicht, hè?'

Ik liep achter Beauty aan naar een deel van de kraal waar de arbeiders woonden waar ik nog nooit was geweest. Hier waren geen gras en geen bloemen, alleen rode aarde. Mensen stonden voor hun huizen net zo lang te vegen tot alle gras was verdwenen en het een en al rode stoffigheid was. Oom Pieter noemde die mensen Vegers.

'Je hebt de Roodborstveger,' zei hij dan, en hij wees door het raampje van de auto naar een man in een rood overhemd. 'Dat is een schuw en teruggetrokken exemplaar.'

Op dit deel van de boerderij waren meer Vegers dan ik kon tellen. Er waren ook magere honden met uitstekende ribben en omlaaghangende staart, en *piccanins* met korte broeken en kleurige hemden. Ze keken nieuwsgierig naar mij terwijl ik naast Beauty voortliep.

'*Hello, hello. How are you?*' riepen ze, om op te scheppen met hun Engels. Ik wierp ze een blik toe, vanuit mijn veilige positie als dochter van een Baas, en zei niets.

We passeerden een *shebeen*, een dranklokaal. Er zaten een paar mannen buiten op het randje van de stoep Chibuku Scud te drinken – een zoet bier dat in grote plastic vaten zat. Ik had de tuinman eens overgehaald om me een slokje te laten proeven, en het smaakte naar melkachtige suikermaïs en batterijen.

Voorbij de huizen met hun zinken daken zag ik hutten. De muren waren van leem en de daken van riet.

'Hier woont de n'anga,' zei Beauty. Ze zag er zenuwachtig uit. 'Je moet stil zijn, hoor.'

Ik knikte.

Buiten was op een witgekalkte steen een opschrift in blauwe verf aangebracht. Twee woorden en een getal.

'Wat staat daar, Beauty?'

Beauty had haar middelbareschooldiploma gehaald en schepte graag op met haar kennis.

'N'ANGA. MEDICIJNMAN. 122.'

'Wat betekent dat getal?'

'Dat is zijn adres.'

Natuurlijk. Ik liep achter Beauty aan, die op de deur van de hut af liep en klopte.

'*Gogogoi.*' Wat *klop klop* betekent.

De n'anga was jonger dan ik had verwacht. Uit de verte had hij er altijd gebogen en bejaard uitgezien, maar van dichtbij was zijn gezicht nauwelijks gerimpeld. Hij had een hoofdtooi van aangevreten veren op, waarvan één veer nogal zwierig boven zijn oor naar buiten stak, en er hing een luipaardvel over zijn schouders. Het stonk nogal en zag er stoffig uit, maar ik wist dat het een teken van grote macht was als iemand een luipaardvel droeg; de luipaard was een belangrijk dier dat krachtige *muti* voortbracht, en deze luipaard was een oude menseneter geweest die een jongen van drie had gedood. Toen de jagers hem hadden gevangen en gedood, brachten ze hem naar de n'anga, die zijn hart eruit sneed en het in aanwezigheid van het hele dorp had opgegeten. Dat had hem van macht vervuld.

'Kom, kom, kom.' De n'anga sprak heel snel. 'Kom binnen, zuster.' Hij zag mij en zei iets in het Shona wat ik niet verstond. Beauty gaf antwoord en begon me naar buiten te duwen om daar op haar te wachten, maar de medicijnman greep me bij mijn arm.

'Nee, nee, ze moet binnenkomen.' Hij grijnsde breed en ontblootte daarbij een gouden tand. Zijn hand voelde droog en schilferig aan, en zijn handpalm was felroze.

Beauty keek zorgelijk, maar ging niet tegen hem in. 'Bij mij in de buurt blijven,' siste ze.

Ik was dolblij. Het was een buitenkansje om de hut van een n'anga van binnen te zien.

Het was er heel schoon. De vloer was aangeveegd en er was een klein gat voor een kookvuur. In een hoek van de kamer lag een keurige stapel botten, waar ik met mijn rug naartoe ging zitten.

'Waarmee kan ik je van dienst zijn?' De medicijnman sprak Engels in plaats van Shona en wierp me met één geel oog een zijdelingse blik toe. Die zat op te scheppen.

Beauty vertelde hem het verhaal over haar tante; dat die plotseling ziek was geworden, voortdurend moest hoesten en vreselijk zweette, en almaar magerder werd.

De n'anga knikte ernstig. 'Ze is inderdaad vervloekt,' zei hij. 'Vanwege iets wat je voorouders hebben gedaan. Maar ik kan haar helpen.'

Hij pakte een handvol stenen en botsplinters op, mompelde iets en gooide ze op de grond. We wachtten terwijl hij er een tijdje naar zat te staren. Daarna kwam hij overeind, hij trok zijn lendendoek recht en liep naar de planken. Hij koos een pot uit waar een oranje poeder in zat. 'Dit moet je haar vermengd met water te drinken geven,' zei hij. 'Ik zal vanavond en morgenavond ook toverspreuken uitspreken en vragen of de vloek kan worden opgeheven.'

'Dank u wel, n'anga,' zei Beauty vol respect. Ze drukte haar tot een kommetje gekromde handen tegen elkaar – het traditionele gebaar dat een vrouw maakt als ze iets van een man ontvangt. Ik keek toe terwijl ze hem een stapeltje kreukelig papiergeld gaf. Ik zag dat het een hoop geld was.

'En?' zei hij terwijl hij zijn schilferige hand door mijn haar haalde. 'Ben jij wel een braaf meisje?'

'Ja,' zei ik. 'Meneer,' voegde ik eraan toe.

'Mooi zo.' Hij haalde een plastic zakje met bruin poeder van de plank. 'Dit is voor jou.'

'Voor mij?' Ik wierp Beauty een onzekere blik toe.

'Dat moet je drinken. Daar word je groot en sterk van.' Hij stak het Beauty toe, die even aarzelde en het daarna aannam.

'Wat is het?' vroeg ik.

De medicijnman boog voorover tot zijn gezicht maar een paar centimeter van het mijne verwijderd was. Ik voelde zijn speeksel op mijn neus terechtkomen, maar durfde me niet te verroeren. 'Je wordt door tegenslagen achtervolgd,' fluisterde hij. 'Ik zie de ogen van je voorouders achter je, en die hebben het me verteld.'

Mijn ogen waren droog. Het drong tot me door dat ik niet had geknipperd. 'Waarom?' vroeg ik.

Beauty legde haar hand op mijn schouder. 'We moeten weg, n'anga.'

'Er is je iets overkomen,' zei de n'anga, en hij keek me nog steeds strak aan. 'Je bent getekend.'

'Elise.' Beauty keek bezorgd. 'Het is tijd om naar huis te gaan.'

Het leek of de medicijnman langer was geworden, met oogbollen die als eigeel in zijn gezicht van donker leer lagen. Hij grijnsde. Het niet-aflatende gezoem van de krekels buiten zaagde en krijste in mijn oren. Ik knipperde met mijn ogen en toen ik ze weer opendeed, leek de kamer lichter geworden en hoorde ik de vogels boven het gezang van de krekels uit.

'Drink dat poeder maar,' zei de n'anga. Hij klopte me op mijn hoofd. 'Daar word je sterk van.'

Beauty trok me aan mijn arm. 'Kom nou mee.'

Met voor allebei een pakje verlieten we de hut van de n'anga. *'Fambai zvakanaka,'* zei hij toen we wegliepen. Vaarwel. Dat zei je tegen iemand die op reis ging.

'Mag ik mijn medicijn zelf dragen, Beauty?' zei ik toen we wegliepen.

'Nee,' zei ze kortaf.

'Waarom niet?'

'Dat heb ik al gezegd: medicijnen voor zwarte mensen werken niet bij blanke mensen.'

'Maar het is van mij!'

'Sst.'

'Hij zei dat ik vervloekt was.'

'Dat zei hij niet. Hij zei dat hij tegenslagen achter je zag.'

'Dat is hetzelfde.' Ik stak mijn hand uit naar het pakje, maar Beauty hield het buiten mijn bereik.

'De n'anga is oud. Hij weet niet wat hij zegt.'

'Ook goed.' Ik stak mijn handen in mijn zakken en trapte tegen een steen. Ik zou Beauty straks wel overhalen het me te geven.

Voordat ik een plan kon bedenken, haalde Beauty echter het pakje poeder tevoorschijn en maakte het open. Ze schudde het leeg. Een fijn bruin waas dwarrelde neer op het rode stof van de weg en was het volgende moment verdwenen.

'Beauty!'

'Dit medicijn is niet goed voor blanken,' zei Beauty. Haar mond stond in een strakke, rechte lijn. 'Kom mee.'

'En die kwade geesten dan?' vroeg ik.

Beauty stak haar hand in de zak van haar uniform en haalde een bundeltje tevoorschijn. Ik zag veren, twijgjes en bladeren die met een stukje touw bijeen waren gebonden. Een talisman.

'Dit beschermt je tegen tokoloshes. Of *ngozi's.'*

Ik had nog nooit van ngozi's gehoord.

'Wat zijn dat?'

'Geesten die uit zijn op wraak.' Beauty stak het bundeltje terug in haar zak.

'Mag ik er ook zo eentje?'

'Ik zal er een voor je maken.'

Ik dacht na over het bezoek aan de medicijnman. Hij leek in de verste verte niet op de dokter van de blanken. Dat was een heel oude man met een witte jas aan en een pot met snoepjes op zijn bureau. De blanke dokter geloofde niet in geesten.

'Ze gaan bij bosjes dood,' zei hij, 'en ze geven de geesten de schuld of denken dat ze vervloekt zijn, en dan gaan ze naar die verdomde medicijnman. Terwijl ze alleen maar een pakje condooms nodig hebben.'

Ik had weleens condooms gezien, langs de kant van de weg. Beauty wendde altijd afkeurend mompelend haar hoofd af als we er een zagen.

Ik vroeg Beauty of het al beter ging met haar tante.

'Dat gebeurt vast, als we haar de muti's geven.'

Ik vroeg me een tijdje af wie er beter was: de dokter of de n'anga. In elk geval was de n'anga een stuk interessanter om te bezoeken, maar uiteindelijk besloot ik dat de dokter en de n'anga misschien allebei gelijk hadden. Als ik oorpijn had of een loopneus, maakte de dokter dat weer in orde, maar voor zover ik wist kon hij niets beginnen tegen kwade geesten. En ik wist dat die bestonden. Mama geloofde daar zelfs in.

Toen we thuiskwamen, was mama een en al opwinding.

'Waar bleef je toch, Beauty? Het is al laat.'

'Sorry, Medem.'

'Laat maar, het geeft niet. Kom mee, Elise.' Ze dreef me haastig het bad in en in de schone kleren.

'Waar gaan we heen?'

'Op bezoek bij een vriend.'

'Wie?'

'Gewoon iemand die ik aan je wil voorstellen.'

Mama reed naar een boerderij in de buurt. Ik was er nog nooit geweest, maar ik wist dat hij van een van de vrienden van oom Pieter was. Hennie ging er weleens heen om op duiven te schieten.

'Waar gaan we heen?'

'Dat heb ik toch al gezegd? We zijn er bijna.'

'Waarom vertel je het me niet?'

'Het is een verrassing.' Mama keerde zich glimlachend naar me toe. 'Even geduld.'

Ik zakte onderuit op mijn stoel en keek toe hoe de hemel verkleurde.

'We zijn er.' Mama parkeerde de auto voor een huis. Op de stoep stond een man te wachten.

'Wie is dat?'

'Steve,' zei mama. 'Een van de bedrijfsleiders van de boerderij. Kom mee.'

We stapten uit en de man kwam op ons af lopen. Ik herkende hem – hij was weleens bij ons thuis geweest. Hij was blond en lang, de huid van zijn gezicht was rood, en net als alle mannen had hij een baard.

'Dit is Steve,' zei mama.

Ik had nog nooit een volwassene bij zijn voornaam genoemd. Iedereen was meneer en mevrouw dit of tante en oom dat. Ik besloot hem helemaal niets te noemen. 'Hallo.'

'Hallo, Elise,' zei hij. Hij had een zwaar accent, met afgebeten, vlakke klinkers. Hij stak zijn hand uit en die schudde ik.

'Kom binnen.'

Zijn huis was klein en bruin, met bruine meubels en bruine gordijnen en zwart-witfoto's aan de muur.

'Zo,' zei Steve. 'Elise.'

Ik ging zitten.

'Hoe gaat het op school?'

Het dienstmeisje bracht thee binnen. Ik hield de mijne tussen mijn handen geklemd. 'Goed,' zei ik. Ik zag dat mama me een kwade blik toewierp en voegde er 'bedankt' aan toe.

'Heb je al plannen voor de middelbare school?'

Waarom vroegen volwassenen daar toch altijd naar? School was iets wat ik zes uur lang doorstond, voordat ik weer ontsnapte naar de boerderij en naar Beauty. Ik wist dat ik het jaar daarna misschien naar kostschool moest, maar ik probeerde er niet aan te denken.

'Niet echt,' zei ik. Ik slikte een slok thee door. Hij was erg heet en te zoet. Mama en Steve zaten een tijdje te praten. Intussen liet ik mijn gedachten de vrije loop terwijl ik toekeek hoe mama haar hand op de arm van Steve legde als ze lachte.

Boven de televisie hing een kop: een kleine antilope met grote ogen. 'Wat is dat?' onderbrak ik hen.

Mama zuchtte, maar Steve boog naar voren. 'Een blauwe duiker.'

De duiker keek met een smeltende blik in zijn glazen ogen.

'Heb jij die gedood?'

'Nee, die heb ik van een kerel gekregen toen ik op een wild-boerderij werkte,' zei hij.

Ik raakte de kop van de duiker aan. Ik had gedacht dat zijn vacht zacht zou zijn, maar hij was net zo stekelig en hard als de borstel waarmee Beauty de vloeren schrobde.

'Niet…' zei Steve, maar mama suste hem. Ik trok mijn hand terug. 'Neem me niet kwalijk.'

We dronken onze thee. Mama en Steve zaten vlak bij elkaar. Hun armen lagen naast elkaar op de bank, zonder elkaar echt aan te raken.

'Misschien komt Steve nu vaker bij ons op bezoek,' zei mama.

Steve en zij zaten allebei naar me te staren terwijl ik dronk. Dat maakte het lastig om te slikken.

'Oké,' zei ik, en ik zag dat ze een blik wisselden. De blauwe duiker aan de muur keek me treurig aan, alsof hij een geheim kende waar ik nog achter moest komen.

HOOFDSTUK 3

Dit gebeurde er toen we op een dag een slang vonden in de tuin. Ik was met Archie bij de composthoop aan het spelen, toen ik ineens bladeren en gras zag wegglippen en bewegen, alsof iemand de tuinslang verlegde, maar de tuinslang was nergens te bekennen. 'Slang!' riep ik, en mama kwam meteen aanrennen om mij bij mijn arm en Archie bij zijn nekvel te grijpen. Maxwell de tuinman kwam met een grote schop aanzetten. Binnen, achter de grote openslaande deuren, hield mama haar armen om me heen terwijl we toekeken hoe de tuinman met zijn schop in de hand om de slang heen cirkelde. Even was er een snelle beweging. Maxwell schoot naar voren en ramde de metalen rand in de grond. Daarop kwam de slang omhoog, helemaal tot Maxwells middel. Waar zijn kop had gezeten, zat nu alleen nog een rood gat omringd met wit. Daar bleef hij even hangen en vervolgens viel hij op de grond.

Als je over slangen droomde, betekende dat dat er tegenspoed op komst was, zei Beauty. Die nacht zag ik slangen zo groot als gebouwen, en ik rende ertussendoor om iets aan de overkant te bereiken. Ik vertelde Beauty niet wat ik had gedroomd, uit angst voor wat ze zou zeggen.

De dag nadat de slang was gedood, reden we naar de boerderij van oom Pieter, over een lange, ongeplaveide weg waardoor de auto voortdurend van zijn ene op zijn andere wiel sprong. Af en toe mocht ik achter op het *bakkie* zitten om naar het spoor van zand te kijken dat door de wielen werd opgeworpen. Maar meestal moest ik binnen zitten, om te voorkomen dat mijn kleren stoffig werden. Als het erg warm was, bleven mijn benen aan de leren zittingen plakken en voelden ze aan als rauw kippenvlees dat langzaam gaarstoofte. We konden de raampjes niet omlaag draaien vanwege het zand en het ongedierte, en het bakkie had geen airco. Maar die dag mocht ik in de laadbak zitten. Ik keek naar de groepjes landarbeiders die over de weg liepen. Ze hadden middenop gelopen, maar gingen vriendelijk lachend en roepend naar de kant als het bakkie hen inhaalde.

Hennie en ik hadden een spel uitgevonden dat 'Zoet en Zuur' heette, en dat we speelden als we in de laadbak zaten; we zwaaiden naar iemand en als die terugzwaaide, was hij zoet, en deed hij het niet, dan was hij zuur. Nu zwaaide ik naar een knecht, en die begon grijnzend achter het bakkie aan te rennen, tot hij het niet meer bijhield.

De hoeve lag aan het eind van een lange oprijlaan met aan weerszijden dunne, fluisterende gombomen met een geur zo scherp als van een medicijn. Aan de andere kant van de oprit was een rij lange, lage kippenhokken. Ze roken naar veren en schimmel, en het was er een hels kabaal.

Het huis lag aan het eind van de oprijlaan, achter hoge hekken, die gesloten werden gehouden vanwege de honden. Er waren drie honden; twee grote en een kleine. Phineas kwam naar de poort gerend toen we arriveerden, en zwaaide grijnzend toen we erdoorheen reden, om daarna achter de honden aan te rennen, die altijd ontsnapten als de poort werd geopend.

Tante Mary stond in de deuropening te wachten.

'De vermoeide reizigers,' zei ze. Dat zei ze altijd als we aankwamen, al woonden we aan het eind van de weg. Tante Mary maakte over alles grapjes, zelfs over Phineas. Hij was de tuinknecht en stal voortdurend van de boerderij. Ze noemde hem de Trinepon-man. Trinepon was iets plakkerigs dat oom Pieter gebruikte om dingen in zijn werkplaats te repareren, en de handen van Phineas waren zo plakkerig dat er dingen aan bleven plakken en niet meer loslieten – dingen als gereedschap, kleingeld en etenswaren.

Ze omhelsde mama. Mama's schouders zagen er knokig en klein uit. 'Hoe gaat het met je?'

Mama gaf antwoord, maar ik kon niet verstaan wat ze zei. Ik liep de keuken binnen, met aan weerszijden een hond.

'Hallo, Hennie.' Hij stond te treuzelen in de deuropening met zijn luchtbuks over zijn schouder. Hij was vast duiven aan het schieten geweest op de boerderij. Al was hij een jaar jonger dan ik, hij was wel groter. Met slepende tred kwam hij binnen.

'Loop eens fatsoenlijk,' zei tante Mary. Zijn witblonde haar stond overeind, en ze streek het plat.

'Mam!'

'Sst, even stilstaan.'

Hennie rolde met zijn ogen naar me terwijl zijn haar werd platgestreken. Toen ze klaar was, duwde ze hem weg. 'Leg dat geweer neer. Hebben jullie zin om paard te rijden?'

De manier waarop ze dat zei, had iets gekunstelds. Mama wendde haar blik af.

'Ja, oké,' zei Hennie.

'Ik zit hier goed,' zei ik.

'Nee,' zei mama. 'Het is heerlijk weer, zonde om binnen te blijven zitten. Ga nou maar met Hennie mee.'

'Maar de knecht heeft de paarden nog niet eens gebracht.'

'Weet ik,' zei tante Mary op dezelfde kribbige manier. 'Ga zolang je oom maar even helpen met het voeren van de kippen. Hij is bij het kippenhok.'

'Ach *nie*, mam,' zei Hennie. 'Die kippenren stinkt.'

Tante Mary gaf hem een tik tegen zijn achterhoofd. 'Jij ook. Vooruit.'

Mama en tante Mary staken de hoofden bij elkaar. Ik keek over mijn schouder naar hen toen we de keuken uit liepen.

Oom Pieter was een grote baard tegen de hemel op een stel harige benen in *vellies*, stevige schoenen van ongelooid leer. Hij had zo'n harde stem dat we hem al konden horen voordat we het kippenhok hadden bereikt.

'Waarom komen jullie tweeën mij *sjoeperen*? Hebben jullie niets beters te doen?'

'Mama vroeg of we jou wilden helpen de kippen voeren.'

'Tja, vooruit dan maar.' Oom Pieter knipoogde naar me met een leerachtig ooglid. Ik wist dat hij met opzet nors tegen ons deed – dat was zijn manier om grappig te doen –, maar toch werd ik altijd een beetje zenuwachtig van hem. Hij had vaak een reep gedroogd vlees uit zijn mond hangen, waar hij de hele dag op kauwde. Voor zover ik wist was het altijd hetzelfde stuk.

De knechten hielden bladen vol piepkleine, net uitgebroede kuikens scheef boven de vloer van het hok. Ze waren schattig en donzig, maar ze renden er met z'n honderden rond, en het gepiep weerkaatste tegen het golfplaten dak en deed pijn aan mijn oren.

'Shit,' zei oom Pieter toen hij het deurtje van de kippenren openmaakte. Hij riep er een van de knechten bij.

Tegen ons zei hij dat we moesten blijven waar we waren. Ik verzette geen voet, maar ik kon zien waar hij naar wees: een vieze massa veren, glibberige kippenstront en bloed tegen de muur van de ren.

'*Nyoka, nyoka, nyoka,*' zei de knecht almaar opnieuw. Slang.

De slang was vast nog ergens in het hok, of vlak achter de muur. Slangen gaan er niet meteen vandoor zodra ze hebben gegeten; ze blijven met halfgeloken ogen liggen rusten tot ze weer honger krijgen.

De kippen stonden in de verste hoek bijeen. Ze leken zich niet bijzonder druk te maken en flapten met hun schubbige pootjes in de rondte, al pikkend naar de grond. Oom Pieter nam ons mee het bouwsel uit. Toen ik achteromkeek zag ik dat de kuikens al naar de resten van het lijkje pikten.

'We gaan vandaag gewoon wat paardrijden, ja?' zei oom Pieter. 'Maak je maar geen zorgen om die slang. Die krijgen we wel.'

Zijn hand voelde zwaar aan toen hij hem op mijn schouder legde. Het was een ongemakkelijk gevoel, maar ik wilde niet wegstappen, omdat ik wist dat hij alleen maar vriendelijk wilde zijn.

De paarden arriveerden – dat wil zeggen, eentje.

'De enige die ik kon vangen, Baas,' zei de knecht.

Oom Pieter hielp me in het zadel. Ik voelde het warme metaal van de stijgbeugel door het dunne rubber, en het haar van het paard voelde warm en ruw tegen mijn blote benen. Ik klopte hem op zijn hals en zag een stofwolkje opstijgen.

Ik wilde zelf rijden, maar oom Pieter zette Hennie voor me neer. Hij was warm en zwaar, en zijn haar kietelde tegen mijn kin.

'Ga eens naar achteren,' klaagde hij, en hij schoof met zijn achterste heen en weer op het zadel.

'Ik kan niet naar achteren.' Ik duwde hem een stukje naar voren. We zaten net zo lang te duwen tot we min of meer prettig zaten. Oom Pieter gaf het paard een klap tegen zijn achterste en zei in het Shona iets tegen de knecht, waarna we de tuin rond begonnen te stappen.

'Mogen we het land op?' vroeg ik. De knecht grijnsde.

'Oké, Medem.'

Hij voerde ons door de poort de witte weg op, die met een dikke laag crèmekleurig stof was bedekt. We reden langs velden vol koeien die loom met hun staarten zwiepten om de wolk vliegen die voortdurend om hen heen hing op afstand te houden.

Ik had zitten denken. 'Denk je dat er iets aan de hand is, Hennie?'

'Wat bijvoorbeeld?' Hennie was er niet zo sterk in om de fijne nuances op te pikken.

'Ik dacht dat mama het ergens over wilde hebben met tante Mary.'

'Vast wel.' Hennie haalde zijn schouders op. 'Vrouwengedoe, waarschijnlijk.'

'Ik ben een vrouw.'

Hij snoof. 'Ja hoor.'

'Volgens mama ben ik een jonge vrouw.'

'Nèh. Nou ja, je hebt wel tietjes.'

'Nietes.'

'Welles.'

Ik ging behoorlijk gebukt onder die tietjes van me, die twee bultjes waardoor ik niet lekker op mijn buik kon slapen en niet meer zonder hemd kon rondrennen als het erg warm was. Het was heel onrechtvaardig. Hennie maakte een beweging alsof hij ze wilde vastpakken en in mijn tepels knijpen. Dat had hij al eens eerder gedaan en dat deed pijn. Aangezien het overduidelijk geen zin had om Hennie nog meer vragen te stellen, kneep ik hem maar.

Toen we terugkwamen bij het huis, zaten mama en tante Mary op de veranda. Mama's servet lag in flarden op haar schoot, en ze draaide een stukje om haar vinger.

'Heb je fijn gereden?' vroeg ze toen we aan kwamen rennen. 'Ik heb spannend nieuws.'

Ik wierp een blik op mijn tante, maar ik zag alleen een starre glimlach.

'We verhuizen naar Harare.'

Ik knipperde met mijn ogen.

'Harare?' De hoofdstad. Ik was er nog nooit geweest. 'Waarom?'

'Daar heb ik een baan,' zei mama.

'In Harare?'

'Het is een prachtkans,' zei tante Mary. 'Het zal je daar best bevallen, Elise.'

Mijn gezicht voelde warm en opgeblazen aan, alsof ik net door bijen was gestoken. Het kostte me moeite mijn tong te bewegen.

'Wanneer heb je die baan dan gekregen?'

'Nou ja, eerst kreeg Steve een baan,' zei mama. 'Je weet wel, Steve.'

Ik keek haar strak aan.

'Op een boerderij.' Mama glimlachte. 'En hij wil dat wij meegaan. We kunnen daar zo een huis betrekken. Heel spannend allemaal.'

Hennie stond op één been naast me en zei niets.

'Ga zitten en eet je boterham op,' zei tante Mary.

Ik kon onder het eten niet met mama praten. Als ze iets tegen mij zei, werd mijn gezicht zo gevoelloos als een masker terwijl ik terug mompelde. Mijn handen leken tweemaal zo groot als anders, alsof ik grote, vlezige ovenwanten aanhad. Ik kon haar niet aanraken zonder te voelen dat mijn lichaam alles op alles zette om in de tegengestelde richting te bewegen, en als ik haar een vraag stelde moest ik eraan denken mijn stem aan het eind van de zin omhoog te laten gaan en niet de hele riedel op één toon uit te spreken.

Zodra we in de auto waren gestapt, begon ik te schreeuwen. 'Je kunt niet zomaar alles veranderen zonder het mij te vertellen.'

'Nou ja, er zijn dingen veranderd,' zei mama.

'Wat voor dingen? Wat word ik geacht in Harare te doen?'

Mama lachte snuivend. 'De dingen die je hier ook doet. Naar school gaan, met je kameraadjes spelen.' Ze had iets van een gloed over zich, net iemand die een geheim heeft.

'En Beauty dan? Die heeft haar gezin hier. Die kun je niet zomaar vragen alles achter te laten.'

'Beauty blijft hier.'

Op tochtjes met de auto speelden mama en ik weleens een spelletje dat mama heel hard over hobbels reed waardoor we dat zwevende, holle gevoel in onze maag kregen. Dat voelde ik nu.

'We kunnen Beauty niet achterlaten.'

'Ze woont hier, Elise,' zei mama. 'Ze is hier gelukkig.'

'Zonder mij is ze hier niet gelukkig,' zei ik, en dat geloofde ik echt.

'Elise.' Mama haalde een hand van het stuur en stak hem uit alsof ze de mijne wilde vastpakken, maar ik deinsde achteruit. 'Over zoiets mag je niet egoïstisch zijn. We kunnen Beauty niet vragen om haar spullen te pakken en naar Harare te verhuizen.'

'Waarom niet? Ze vindt het daar vast fijn.'

'Elise!' Dat was haar 'punt uit'-stem.

Er viel even een stilte.

'Wanneer gaan we?'

'Aanstaand weekend.'

Ik had het gevoel of ik iets hards en bitters had doorgeslikt dat in mijn keel bleef steken. Ik legde mijn hoofd tegen het warme glas van het portierraam en wilde dat het pijn deed.

'Ik haat je,' zei ik.

'Dat meen je niet echt.' Mama boog naar me toe en ik week terug. Ik snoof even haar vertrouwde bloemige parfum op en hoorde een klik.

'Je veiligheidsriem,' zei mama, die hem voor me had vastgemaakt. De riem zat te strak over mijn borst, maar ik kreeg hem niet losser.

De paar dagen daarna klampte ik me aan Beauty vast alsof ik weer een baby was. Als het had gekund, was ik haar rug op geklauterd en was ik daar blijven zitten zoals ik dat vroeger deed. Ik liep haar achterna terwijl ze haar karweitjes deed en ik hielp mama niet met dozen inpakken. Mama deed het allemaal zelf, knielen en optillen en zweten, in de hitte die om ons heen kleefde als plasticfolie, terwijl de kat angstig rondsloop tussen wolken krantenpapier en plakband.

'Alles wat gebeurt, gebeurt omdat het zo bedoeld is,' zei Beauty. Ik schudde mijn hoofd en liet het op haar warme schouder rusten. Ik kon niet geloven dat dit gebeurde omdat het zo bedoeld was. Wat voor goeds kon hier nu uit voortkomen?

Op de allerlaatste avond kwam Beauty haar laatste cheque ophalen en afscheid nemen. Ik stormde op haar af.

'Elise.' Mama's koude hand sloot zich om mijn arm, en liet me vervolgens weer los. Ik begroef mijn neus in het vlees van Beauty's arm en snoof haar geur op. Vaseline, kookvuurtjes, vers zweet, iets scherps en kruidigs. Haar huid was me net zo vertrouwd als de mijne.

'Fambai zvakanaka,' zei Beauty.

'Ik zal schrijven,' zei ik.

'Ik ook,' zei Beauty. Ik had al eens gezien hoe ze worstelde met letters, hoe ze met veel moeite letters vormde met een blauwe balpen op blaadjes die ze uit een schrift had gescheurd.

'Elise.' Mama stond in de deuropening. 'Beauty moet naar huis. Het wordt al donker.'

Beauty bond haar dhuku om haar hoofd. Hij was wit en stevig, elke dag een schone, en rook gestreken. Hij drukte het springerige haar tegen haar hoofd en ze zag er nietszeggend mee uit, net als iedere andere dienstmeid of oppas die naar huis liep. Ik zag hen buiten, hoe ze uit de huizen kwamen van de bedrijfsleiders, en op weg gingen het kopje af, naar het boerderijdorp. Hun stemmen zweefden naar me omhoog in reeksen langgerekte, ronde klinkers en uitbarstingen van gelach.

'*Chisarai*, Beauty,' zei ik.

'Chisarai,' zei zij, en 'Tot ziens, Medem' tegen mama.

Ze stak haar hand in de zak van haar uniform en haalde er een bundeltje kruiden en veren uit.

'Ik had beloofd dat ik er een voor je zou maken,' zei ze. 'Hij zal je beschermen tegen de kwade geesten. Beter dan muti's.'

Ik pakte het bosje aan, dat nog warm was van haar handen.

'Fambai zvakanaka,' zei ze nog eens. En ze was weg.

'Nu moeten we weer op zoek,' zei mama toen de deur dicht was. 'Stomvervelend. En dat in Harare! God mag weten hoe het personeel daar is.'

'Is dat het enige waar je je zorgen om maakt?' vroeg ik.

'Probeer het nu eens even vanuit mijn standpunt te bekijken, Elise. Je moet hier een beetje volwassen mee omgaan.'

'Dat moet ik helemaal niet.'

'Ze was een goede dienstmeid, Elise, maar ze had niet altijd bij ons kunnen blijven.'

'Beauty is mijn echte moeder,' zei ik. Ik zag mama's gezicht betrekken, en ik voelde alleen maar hevige blijdschap omdat ik haar pijn had gedaan. Ze was in haar peignoir. De mouwen waren te kort voor haar, en haar knokige ellebogen staken eruit. Ik duwde haar opzij, voelde zacht flanel en huid onder mijn handen, en rende de achterdeur uit.

'Elise!' hoorde ik haar roepen.

Ik zat zo diep weggedoken in het lange gras dat ik er ternauwernood overheen kon kijken, en keek naar de zonsondergang. De geur van de aarde veranderde van versgebakken brood naar iets donkerder, iets mineraals. Een fijne nevel van dauw daalde neer rond mijn schouders. Toen de laatste zonnestraal nog even oplichtte, als een lucifer die wordt aangestoken, werden de heuvels door duisternis overspoeld, en ik nam afscheid. Maar alleen in gedachten – het was nergens voor nodig om week te zijn. 'Elise!' Mama riep nog eens. Met moeite haalde ik mijn ledematen uit de vouw en ik liep terug naar het huis. Nog geurend naar de nacht kwam ik binnen, en ik begroef mijn gezicht in mama's peignoir, die ik onder het snot en de tranen smeerde. Hij rook naar pasgewassen kleren en de resten van haar parfum, dat aan stervende bloemen deed denken. Het voelde als verraad.

HOOFDSTUK 4

De verhuizers sprongen uit hun vrachtwagen.

'Morgen, Baas, Medem.'

Mama en Steve hadden het grootste deel van het meubilair op het grasveld neergezet, om het makkelijker te maken. Archie zat zich op een van de leunstoelen te wassen, alsof het hem helemaal niet was opgevallen dat de muren en het plafond verdwenen waren.

De verhuizers droegen de meubels een voor een naar de vrachtwagen. Mama kromp ineen toen ze met een punt van de bank tegen het portier van de auto botsten, maar zij bleven opgewekt lachen. Toen ze een van de bedden bijna lieten vallen, was er ook een hoop hilariteit.

'Ik kan er niet naar kijken.' Mama ging naar binnen.

Ik stond op de oprit. Het was een idioot idee dat alle onderdelen van ons leven in die ene vrachtwagen pasten. Ik wist wel beter. We namen alleen de beste dingen mee en lieten een hele vuilnisbelt aan spullen achter die we niet konden meenemen naar Harare. Al het speelgoed dat ik in de loop van de jaren in de tuin was kwijtgeraakt. De haarspeldjes die ik achter de kaptafel had laten vallen. Het kattenhaar in het tapijt. Het piepkleine lichaampje van een vogel die achter in de tuin in een schoenendoos begraven lag. De uitgekerfde initialen in bomen, vingerafdrukken op de muren en voetstappen op de houten vloer. De eindeloze aandenkens en het afval van twee levens die zich in een huis hebben afgespeeld.

Een paar kleinere dozen zette Steve in mama's auto. Het was een grijs, oeroud bakkie, dat door de landarbeiders Opa Olifant werd genoemd, en de portieren hadden de gewoonte om eraf te vallen.

'Wil je met ons meerijden?' vroeg mama. Ze had Archie in zijn kattenmand geperst, en er stak een smekend pootje tussen de spijltjes door.

'Als je wilt, kun je ook met de verhuizers meerijden,' zei Steve. In iets wat voor een grijns moest doorgaan, trok hij zijn lippen strak over zijn tanden. Hij probeerde vriendschap te sluiten.

Ik gaf geen antwoord, maar liep naar de verhuiswagen en sprong naast de chauffeur in de cabine. De zitting was van opengereten leer, waar de vulling uit hing, en hij voelde warm en plakkerig aan. De bovenkant van de versnellingspook was in de loop van de jaren gladgewreven door zweterige handen.

'Is er een veiligheidsriem?' vroeg ik aan de chauffeur.

'Eh, nee,' zei hij opgewekt. 'Die werkt niet. Doe maar zo.' Hij liet me zien hoe ik de middelste stoelriem moest vasthouden zodat hij eruitzag alsof hij vastzat ('voor als we worden aangehouden door *mapurisa's*'). De andere verhuizer trok het schuifportier van de vrachtwagen met een klap dicht en sprong in de cabine. De hele wagen schudde.

'Oké,' zei de chauffeur, en hij startte de auto. Hij was heet en lawaaiig, en bibberde als een oude wasmachine. Ik keek in de achteruitkijkspiegel en zag mama en Steve in de auto stappen om achter ons aan te rijden. Ik zakte onderuit op mijn zitplaats.

'Is het ver?' vroeg ik.

'Ja, een uur of twee,' zei de chauffeur. Met nauwelijks genoeg ruimte manoeuvreerde hij de wagen door het hek. Een tak piepte en kraste over het dak.

De andere man zette de radio aan. Eerst knetterende ruis, daarna Shona-muziek, vol zonneschijn en het gerammel van *mbira's* en trommels. Ze begonnen mee te zingen. Ik staarde uit het raampje naar mijn geheime plekken. De hoek waar ik op de tokoloshe had gejaagd. De macadamiaboom, waar de kameleons graag zaten. We reden langs het huis van mijn oom en tante. Hennie stond met de honden bij de poort te zwaaien.

De verhuizer op de passagiersplaats zwaaide enthousiast terug.

'Is dat je vriendje?'

Ik knikte.

'Zwaai je niet naar hem?'

Inmiddels waren we de poort al gepasseerd. Ik rekte mijn hals zo ver mogelijk uit om in de achteruitkijkspiegel te kijken. Ik zag Hennie lachend het woord 'Zuur!' mimen.

Het gele gras en de gele struiken op de boerderij waren bijna wit in het vroege ochtendlicht, en de zon hing als een rode *naartjie* in de lucht.

De boerderij maakte plaats voor een lange, ongeplaveide weg, daarna weer glad asfalt en een stadje. De boerencoöperatie waar oom Pieter zijn meel en zaad kocht. De winkel op de hoek waar ik Freddo Frogs en gomwemmen kocht. Mijn school.

Telkens als we een hoek omsloegen, maakte de vrachtwagen een zwaai opzij. Ik hoorde achterin meubilair verschuiven, en af en toe een bons.

'Gaat het allemaal wel goed?' vroeg ik.

'Niks aan de hand,' zei de chauffeur. Hij was nog steeds lustig aan het zingen.

Ik deed mijn ogen dicht en zakte achteruit tegen mijn rugleuning, waarna ik onrustig wegdommelde. Half en half in een droom zag ik de hut van de n'anga. Hij stond buiten naar de weg te kijken en stak een hand op.

Ik werd wakker. We reden nu tussen de dijken door: ronde, bruine heuvels met hier en daar donkergroen struikgewas en acacia's. De verhuiswagen schudde over de hobbels en reed toen over een bochtig spoor heuvelafwaarts. In mijn maag ontstond een hol, pluizig gevoel, dat ik herkende.

'Pamusoroi.'

De chauffeur zat te neuriën en zijn kompaan was in slaap gedommeld.

'Pamusoroi! Neem me niet kwalijk.'

Ik gaf de chauffeur een por met mijn vinger.

'Wat?'

'Ik ben misselijk.'

Hij zette de wagen stil langs de kant van de weg, op het lange, droge gras. Weer klonk er gebonk uit de laadbak. Mama en Steve stopten achter ons.

'Wat is er aan de hand?' vroeg mama aan de chauffeur.

'Zij hier, ze is misselijk.'

Mama droeg me op om met mijn hoofd omlaag in de auto te gaan zitten, met het portier open.

'Diep inademen,' zei Steve. Ik draaide mijn lichaam van hem weg en sloeg mijn armen over elkaar.

Ik zag insecten rond de voorkant van mijn slippers kruipen, en snoof de roestige geur van de grond op. De lucht boven de motorkap siste.

'Voel je je al wat beter?' vroeg mama. Ik knikte.

'Ja.'

'Oké. Kom maar bij mij in de auto.'

'Beetje een gevoelige maag, hè?' zei Steve toen hij in de auto stapte. Ik negeerde hem.

'Het komt door die idioot van een chauffeur; die scheurt door de bochten alsof hij een race probeert te winnen,' zei mama.

Meteen toen we wegreden, voelde ik de wagenziekte weer opkomen, maar ik zei niets. Ik draaide alleen het raampje omlaag en ging met mijn hoofd op de rand hangen. Ik had er alles voor over om de auto in beweging te houden en niet te hoeven praten. Door halfgesloten oogleden zag ik mama en Steve elkaars hand vasthouden op de versnellingspook.

Ik was zeker weer in slaap gevallen, want toen ik opkeek, zaten we op een grote weg naast een gele bus die uitpuilde van de mensen. Het dak van de bus boog door onder de met touwen vastgebonden koffers en kratten, en kippen die onrustig in een hok zaten te tokken.

'Waar zijn we?' vroeg ik mama. Mijn mond voelde kleverig aan.

'Aan de rand van Harare,' zei ze.

Voor ons uit zag ik bruine bulten, waarvan ik dacht dat het hutten waren in een dorp. Toen ze dichterbij kwamen, zag ik dat het rijen en nog eens rijen krotten van karton en golfplaat waren. Aan geïmproviseerde waslijnen hingen flarden wasgoed. Eén krot had een televisieantenne.

'De krottenwijk,' zei mama.

Ik liet mijn kin op mijn borst zakken en sloeg mijn armen over elkaar.

Harare betekent 'hij slaapt niet'. Het was veel groter dan Chinhoyi en de bush was nergens te bekennen.

We reden door het centrum van de stad, over Samora Machel Avenue. De straat was breed genoeg voor zes banen met auto's, en erlangs stonden paarse jacaranda's, rode flamboyants... en bedelaars. In Chinhoyi waren er ook wel een paar geweest, maar ik had er nog nooit zoveel op één plek bij elkaar gezien. Elke stoep waar we langskwamen, was in twee onzichtbare banen verdeeld: een voor de voetgangers en een voor de mensen die tegen de muur zaten met uitgestoken bakjes. Mensen in pak – zwarten en blanken – liepen zonder te kijken langs de bedelaars. Als we voor een stoplicht bleven stilstaan, kwam er een half dozijn kinderen rond de auto staan roepen.

'Geld voor brood! Geld voor brood!' gilde er een. Hij was een jaar of negen en graatmager. Het wit van zijn ogen was melkachtig en vlekkerig.

Mama draaide het raampje vlak voor zijn neus omhoog, en we zaten in de warme, vieze lucht van de auto naar de straatkinderen te kijken die buiten geluidloos hun mond bewogen.

'Kunnen we hem niet wat geld geven, mam?' vroeg ik.

'Nee.'

'Maar hij wil eten kopen.'

'Dat wil hij niet.'

'Wat wil hij dan wel kopen?'

'Lijm,' zei mama, en ze zette haar zonnebril weer op. Ik zag haar spiegelbeeld in het raam, nietszeggend en gezichtloos achter de glazen. Het zweefde als een bleke geest voor de troep straatkinderen. Het licht sprong op groen en mama reed snel weg. Ik keek achterom en zag de jongen met zijn vuist naar ons zwaaien. Van achter ons klonk het geluid van een sirene. Mama ging aan de kant en de auto reed hobbelend de berm op.

'Daar heb je Bob and the Wailers,' zei Steve.

Er kwamen drie motoren met sirenes voorbij, daarna een grote zwarte auto met donkere ramen.

En nog een. En nog een. Het waren er negen in totaal, met een vlaggetje op hun motorkap.

'Wie is Bob?' vroeg ik aan Steve na een paar ogenblikken stilte. Ik verdacht hem ervan dat hij probeerde me aan de praat te krijgen, maar ik was te nieuwsgierig om het niet te vragen.

'President Mugabe.'

'Zat die in de auto?'

'Ja.' Steve keek grimmig.

Ik kon het niet geloven. Ik had zo-even de president voorbij zien rijden. Zoiets opwindends zou in Chinhoyi nooit zijn gebeurd.

'Wat gebeurt er als je niet uit de weg gaat?'

'Iedereen gaat uit de weg.'

'Maar wat gebeurt er als je dat niet doet?'

'Iedereen doet dat.'

'Mag ik naar ze zwaaien?'

'Nee!' Voordat ik mijn hand had kunnen bewegen, pakte mama hem vast. 'Dat moet je nooit doen.'

Ik wreef over mijn pols. Ik wilde alleen het 'Zoet en Zuur'-spelletje doen. Zelfs de bewakers op de boerderij hadden dat grappig gevonden. 'Waarom niet?'

'Gewoon niet doen.'

Harare leverde blijkbaar heel wat onbeantwoorde vragen op. Mama zette de richtingaanwijzer aan en we voegden ons weer bij het verkeer.

De stad maakte plaats voor buitenwijken. Alles was heel groen. Tuinlieden liepen maaiend en water gietend over de bermen.

We waren al zo lang aan het rijden dat ik een hol gevoel kreeg in mijn maag, en ik wist niet of ik nou honger had of misselijk was, of allebei. Ik rook nog steeds de boterhammen en de bananen die mama voor tussen de middag had meegenomen. De stank was in de bekleding gaan zitten en had de geur van warm leer besmet met een kleverige rijpheid.

De buitenwijken maakten plaats voor het platteland. De witte gebouwen werden kleiner en kleiner, en verdwenen toen helemaal. Het gras groeide van kort en groen aan tot lang en geel. De hemel werd uitgestrekter en dieper. Algauw zaten we in de diepe kom van een geel dal, met hier en daar een groepje bruine struiken en af en toe een afgeplatte acacia. Vliegtuigen knipoogden wit in de zon en sneden een kanaal door de hoge, pluizige wolken.

'Het vliegveld is vlakbij,' zei Steve, en hij draaide zich een stukje om op zijn stoel. Ik had het grootste deel van de rit tegen zijn nek aangekeken en het was nogal verwarrend om ineens zijn gezicht weer te zien. Ik keek uit het raam en gaf geen antwoord.

We reden onder een witte boog door met een soort vissenstaart. Bovenaan stond erin gekerfd: onafhankelijkheidsdag april 1980.

'We zijn er bijna,' zei mama.

Onder mijn blote benen hadden zich poeltjes zweet verzameld, maar ik had er bijna plezier in om me ongemakkelijk te voelen. Als ik nooit meer gelukkig zou zijn, wat had het dan voor zin om van positie te veranderen of mijn hoofd uit het raam te steken om een beetje wind te vangen? Als dit de hel op aarde werd, kon ik er net zo goed meteen een hekel aan krijgen.

De auto slipte over stenen en uitgesleten bandensporen. Na zo'n tien minuten hielden we halt voor een ijzeren hek, en er kwam een zwarte man in uniform tevoorschijn. Steve en hij voerden een joviaal gesprekje, en de poort werd geopend. De man in uniform gaf de auto in het langsrijden een speels tikje met zijn wapenstok.

'We zijn er,' zei mama.

Ik keek over mijn schouder. Aan de poort hing een bord: COO-
PER FARMS.

Iemand had er in rode verf een zin in het Shona overheen ge-
krabbeld. Ik wist niet wat er stond.

De aarde had een andere kleur dan in Chinhoyi – wit en poe-
derig in plaats van zandkleurig, alsof iemand een vat met talkpoeder had leeggegooid. Ik had nooit gedacht dat zelfs de grond onbekend zou zijn. Ik liet mijn voorhoofd tegen het raam rusten.
Hemel, geel gras en hekken van schrikdraad schoven voorbij: drie
linten kleur boven de weg. Iets doods en pluizigs dat ik niet al te
goed bekeek. Een groepje vrouwen dat met trage, statige passen
voortliep, met zakken maïs- en tarwemeel hoog opgetast op hun
hoofd. Een kudde vee, en een magere piccanin dat met een twijg
naar hun flanken uithaalde en tegen stenen schopte.

Ik zag donkergroene velden, en draaide het raampje omlaag.
De lucht rook bijna naar sigaretten, maar dan frisser en zoeter –
een bedwelmende geur. De planten zagen er wasachtig en giftig
uit, en mannen in overalls waadden in slowmotion tussen de rijen
door.

'Wat is dat?'

'Tabak. Het is een tabaksboerderij,' zei mama.

De lemmetachtige bladeren hadden iets dreigends. Ik zag een
blanke man tot zijn knieën in de tabak op de velden staan. Met
zijn hand boven zijn ogen volgde hij de auto toen we voorbijkwa-
men, en ik had heel even een naar voorgevoel.

De auto kwam tot stilstand. 'Hup, eruit jij,' zei mama. Ik
scheurde me los van de zitting. Nu er geen briesje meer was van de
beweging van de auto, was het net of je een oven binnenstapte.

'Je nieuwe huis,' zei Steve met zijn hand boven zijn ogen tegen
de zon. Hij legde een hand op mijn schouder en ik schokte even
met mijn huid als een paard dat een vlieg verjaagt.

'Elise,' zei mama.

Ik negeerde haar en draaide me om om naar het nieuwe huis te kijken. Het was witgepleisterd en gedrongen, met de wezenloze uitstraling die lege huizen vaak hebben. Het grasveld was groen en sappig, met hier en daar een piepkleine stekelige plant.

De boerderij was van de familie Cooper, een vader en zijn tienerzoon.

'Je vindt ze vast aardig,' zei mama.

Ik haalde mijn schouders op. Ik hielp dozen uit de auto te dragen, maar ik weigerde nog steeds iets te zeggen behalve als het echt niet anders kon.

'Vast wel. De jongen is maar drie jaar ouder dan jij.'

'Oké.' Dus dan was hij zestien en angstaanjagend, en geen potentieel speelkameraadje. 'Wat is de vrouw van meneer Cooper voor iemand?'

'Zijn vrouw?'

'Ja.'

'Hij heeft geen vrouw.'

'Maar...'

'Die heeft hij wel gehad, maar ze is gestorven,' zei mama. 'Een tijd terug al. De jongen en hij zijn de enigen nog.'

'Weet je hoe...'

'Nee.' Ze wierp me een scherpe blik toe. 'En je vraagt er niet naar.'

'Dat doe ik ook niet.'

'Oké, als je het maar uit je hoofd laat, afgesproken?'

Ik tilde de kattenmand van Archie uit de auto. Hij was bijna niet te zien – een zwarte kat in een donkere mand – maar als ik goed tuurde, zag ik twee paniekerige ogen naar me staren.

'Laat hem er nog maar even niet uit,' zei mama. 'Dan gaat hij ervandoor.'

Ik deed het luikje open. Archie kwam er met zijn buik bijna over de grond slepend uit kruipen. Zijn pootjes raakten de onbekende ondergrond aan en hij snoof vol afkeer.

'Mij best. Het is je eigen schuld als hij zoekraakt, verdorie,' zei mama.

Archie draaide zich met een ruk om en vloog zijn mand weer in. Ik kon het hem niet kwalijk nemen.

'Blijf je daar de hele avond zitten?' vroeg mama. Ik gaf geen antwoord, en even later draaide ze zich om en ging weer naar binnen. Ik hurkte naast Archie en snoof de onbekende geur op. Ik hoorde de toerako, de schettervogel, die ook wel de *go-away bird* wordt genoemd omdat zijn kreet als 'gowee' klinkt, vanuit een boom roepen. Ik hoorde mama en Steve binnen lachen, en al was de zon nog niet onder, ik had het toch koud.

HOOFDSTUK 5

Mama en Steve gingen de volgende dag aan het werk. Steve zou leidinggeven op een stuk van de boerderij, en mama ging de boekhouding doen. Mama nam mij die eerste dag mee naar kantoor.

'Kan ik niet hier blijven?'

'En een beetje op je kamer gaan zitten mokken?'

Ik was nog niet eens in de tuin geweest.

'Ik heb geen zin om mee te gaan.'

'Taaie *takkies*, dan.'

We aten toast bij het ontbijt. Ik moest denken aan de pap die Beauty elke ochtend voor me klaarmaakte, en die herinnering voelde aan als een zeurende pijn.

Na het ontbijt reden we naar het kantoor van de boerderij. Onderweg was mama voortdurend opgewekt aan het praten. 'Je kunt me wel helpen met dingen opbergen of zoiets. Een mooie manier om wat extra zakgeld te verdienen, vind je niet?'

Ik maakte een geluid dat zowel ja als nee kon betekenen.

'Daar zijn we.' Mama sloeg een ongeplaveide weg in. Hij was breed en doorploegd met de sporen van vrachtwagens en tractoren. Langs de rand van de weg stond een antilope, die ons een heldere, beschuldigende blik toewierp voordat hij in het geelbruine struikgewas verdween. We reden langs een van de arbeidersdorpen. Buiten was een Veger bezig, en een menigte kinderen met rood-met-bruine T-shirts aan sprong zwaaiend op en neer.

'Hoe gaat het? Hoe gaat het?' gilden ze, waarna ze in gegiechel uitbarstten.

'Ze kennen mijn auto nog niet,' zei mama. 'Ze denken dat ik

een bezoeker ben. Ze zullen ons gauw genoeg leren kennen, wat jij?'

In de achteruitkijkspiegel zag ik de zwarte kinderen rondspringen in het stof van de wielen.

Mama zette de auto neer voor een rij lage, witgepleisterde gebouwen. 'Dit is het kantoor,' zei ze, terwijl ze de motor uitzette. Haar wangen waren roze.

Naast het kantoor waren lange, met kippengaas afgedekte rennen. 'Wat zijn dat?'

'Struisvogeljongen,' zei mama. 'Meneer Cooper houdt struisvogels naast de tabak.'

Ik stapte uit om de struisvogelhokken te bekijken.

'Als je klaar bent, kun je me binnen vinden,' zei mama. Ze haalde een grote sleutelhanger uit haar tas en maakte de deur open.

De struisvogels waren in leeftijdsgroepen ingedeeld; je had een rij broedmachines, een ren vol pluizige kuikens, een ren voor net even minder pluizige, iets grotere kuikens, en dan de slungelige tieners die in de rui waren. Ze roken naar veren en vettige uitwerpselen. Ik ging met mijn rug tegen de muur zitten kijken hoe zij door het kippengaas naar mij keken.

Mama kwam naar buiten met een cola. 'Wil je niet een beetje rondkijken?' vroeg ze.

'Nee.'

'Dat zal toch een keer moeten.'

'Helemaal niet.'

Mama sloeg haar ogen ten hemel en verdween weer naar binnen.

Het was schoolvakantie; daarom nam mama me die week elke dag mee naar haar werk om te helpen dingen te archiveren en enveloppen te adresseren. Ik vond het lang niet zo erg als ik deed voorkomen. Dan had ik tenminste iets omhanden en dacht ik niet de hele tijd aan Beauty en Chinhoyi – en aan school, die binnenkort begon.

'Wil je even een suikervrije cola voor me uit de koelkast pakken, schatje?' vroeg mama toen we even pauzeerden.

Ik liep naar de koelkast.

'Mam?' Een bloederige berg veren. En een pot yoghurt. 'Mam!'

Mama kwam naar me toe. 'Getverdemme.'

'Wat is dat?'

Ik zag wat meer details: stukjes huid, geschubde poten, dooraderde oogleden strakgetrokken over uitpuilende ogen.

'Pasgeboren struisvogels,' zei mama. 'Die zijn in de rennen doodgegaan. Jeans zei dat hij ze zou weggooien...'

'Hij zal ze wel koel moeten houden,' zei ik. 'Voordat hij ze verplaatst.'

'Dat neem ik aan.'

We stonden een poosje in stilte naar de koelkast te kijken.

'Doe die deur dicht,' zei ze uiteindelijk. 'Nee, wacht, pak eerst even wat cola voor ons.'

Ik haalde er twee blikjes uit.

'Proost.' Mama trok het blikje open. Het klonk als een zoen. We dronken.

Toen ik de dag daarop bij het boerderijkantoor kwam, zag ik een ingewikkeld bouwsel van touwen en katrollen op een klein plateau staan.

'Wanneer hebben ze dat neergezet?' vroeg ik mama.

'Vanochtend.'

We stonden te kijken. Een groep mannen kwam dichterbij met een kar achter zich aan. Er lag iets groots en bruins op, ineengezakt. Geboeid stond ik toe te kijken terwijl ze het ding bij het plateau eraf tilden. Daarna vol afgrijzen, toen ze het geval begonnen vast te maken.

'Mam!'

'Wat is er?' Mama kwam naar het raam en keek naar buiten.

'Nou begrijp ik het,' zei ze.

De mannen hadden grote hakmessen bij zich. We keerden ons

af van het raam, maar konden niet voorkomen dat de warme, metalige geur van bloed binnen kwam sijpelen. De kop van de koe bungelde aan haar schouders, en haar oogballen waren stoffig en blind.

'Misschien ga ik vragen of mijn kantoor verplaatst kan worden,' zei mama.

Ik voelde me misselijk en tegelijk vreemd uitgelaten. Ik herinnerde me die keer dat oom Pieter een koedoe had gedood en hem mee naar huis had genomen om hem in de kamer naast de werkplaats op te hangen. Hennie en ik hadden uren zitten kijken hoe zijn bloed uit zijn hals druppelde, gefascineerd door de manier waarop het roze en kloppend uit de ader kwam borrelen en wegliep door een afvoer in het midden van de vloer. De deuren waren gesloten om de honden buiten te houden, en het licht was gedempt en griezelig.

We waren er de hele middag gebleven. Ik zag nog steeds hoe rood het was, als felgekleurde bloemen op de betonnen vloer, of als het sap van een granaatappel waar een vuist te hard in knijpt.

De nieuwe boerderij rook helemaal verkeerd. Er hing dezelfde scherpe, medicinale geur van eucalyptusbomen en de warme stank van mest, maar die waren vermengd met de onbekende, veerachtige geur van struisvogels, de zoete nicotinelucht van de tabak, en iets anders wat ik niet kon thuisbrengen, maar wat overduidelijk 'niet thuis' was.

Mama en Steve waren hier ook anders. Soms hoorde ik mama giechelen en zag ik de hand van Steve over mama's rug omlaagkruipen. Soms deden ze 's middags hun deur dicht om een dutje te doen, en hoe lang ik ook bleef kloppen of hoeveel lawaai ik ook maakte, ze deden niet open. Mama trok geen pyjama meer aan en begon zijdeachtige gevalletjes te dragen met kant langs de zoom.

Ik miste Beauty. Het voelde net als steken van honger in mijn maag. We hadden nog geen bedienden, en dat had iets vreemds.

Het huis was te stil. Er was geen Beauty, geen Maxwell, geen Hennie, geen tante en oom, en geen arbeiders bij wie ik kon gaan zitten. Alleen ik.

Archie stond bij dit alles aan mijn kant. De eerste week bleef hij binnen, onder het bed, met alleen een kwaaie staartpunt die eronder vandaan stak.

Een poosje nam ik Steve voor lief, omdat ik stiekem dacht dat we wel weer naar Chinhoyi teruggingen. Na een paar weken besefte ik echter dat we nergens heen gingen en dat Steve voorgoed bij ons bleef wonen. Ik begon minder beleefd tegen hem te doen. Ik vond het maar niks zoals hij mama altijd aanraakte, en zoals zij mij negeerde als hij in haar oor zat te fluisteren.

'Elise,' zei hij op een dag. 'Daar moet je nou eens mee uitscheiden, man. Dat gemok is niet eerlijk tegenover je moeder.'

'Ik mok niet.'

'Dat doe je wel. En het wordt tijd dat je daarmee ophoudt.'

Ik barstte in woede los. 'Jij hebt niets over me te zeggen! Je bent mijn vader niet! Jij bent helemaal niemand!'

Steve liep rood aan. 'Mond dicht.'

'Nee! Ik haat jullie allebei.'

'Dat meen je niet.'

'Ik wil naar huis.'

Hij greep mijn pols vast om me in bedwang te houden en gaf me een harde tik, alsof ik een klein kind was. Bij de eerste poging miste hij mijn achterste omdat ik wegkronkelde, en de tik kwam op mijn rug en arm terecht voordat hij ten slotte raak sloeg. Drie van die klappen; toen liet hij me los en rende ik naar de voordeur. Ik hoorde hem schreeuwen dat ik terug moest komen.

We hadden het er niet meer over en ik vertelde het niet aan mama. Ik probeerde wel weg te lopen.

Ik had een vaag plan om op de een of andere manier terug te liften naar Chinhoyi. Niet met een blanke, uiteraard, want die zouden me rechtstreeks terug naar huis brengen, maar ik bedacht dat ik misschien wel een ritje kon regelen bij een noodtaxichauffeur, als ik net deed of ik geld had. Al toen ik op pad ging, met mijn rugzak, wist ik dat het een stom idee was, maar ik wilde per se mezelf bewijzen dat Chinhoyi nog steeds bestond, dat het niet was verdwenen toen wij waren vertrokken, en dat Beauty en Hennie en het huis er nog waren.

Ik haalde de buitenste hekken rond de boerderij, vlak voor de weg naar het vliegveld. De bewaker was niet op zijn post bij de boerderijpoort, maar er zat een groep zwarte mannen op de putdeksels met hun vat Chibuku tussen hun knieën. Toen ik naderbij kwam, begonnen ze te lachen. Een zei iets in het Shona, te snel voor mij om het te verstaan.

'Kom maar op mijn knie zitten,' zei een ander grinnikend. Aarzelend bleef ik in de poort staan.

'*Voertsek,*' zei ik. Dat was een van de onbeschoftste manieren om tegen iemand te zeggen dat hij moet wegwezen – het is een woord dat gebruikt wordt om honden weg te jagen en kinderen van je erf te verdrijven.

'*Iwe!* Wat was dat?' De glimlach gleed van zijn gezicht. 'Dacht je dat je slim was, blank grietje?'

Ik stak mijn handen in mijn zakken. Ik was me ineens erg bewust van mijn roze takkies en de geborduurde bloemen op mijn spijkerbroek. Ik zag eruit als een klein meisje. Een klein, rijk, blank meisje.

'Hé, kom eens hier jij,' zei de man.

Ik deinsde achteruit en botste tegen iets warms.

'*Maiwe!*' De bewaker was van achter mijn rug aan komen lopen. Hij ritste zijn gulp dicht en rook verdacht naar iets scherps. 'Wat is hier aan de hand?'

De mannen lachten en bogen zich weer over hun Chibuku. Een maakte een wegwuivend gebaar met zijn hand.

Hij had een boek in zijn hand met op het omslag een zeerover en een meisje met lang haar. Ik gaf geen antwoord, maar hij zag mijn rugzak. 'Het is geen goed idee om in je eentje te gaan zwerven.'

Hij had een rond, open gezicht en de opengesperde ogen van een bushbaby. Je kon je moeilijk voorstellen dat hij een bewaker was of iemand kon intimideren.

'Ik ga een wandeling maken,' loog ik. Ik liep de poort weer in en hij volgde me.

Hij stak zijn hand uit. 'Ik ben Cephas.'

Ik pakte zijn hand. Hij gaf de handdruk die gebruikelijk was onder Shona's: een zachte streling met de handpalm.

'Elise.'

'Ga je nu weer naar huis?'

Ik haalde mijn schouders op.

Hij zwaaide op zijn hielen naar achteren en naar voren, terwijl hij naar mij omlaagkeek. Toen vroeg hij: 'Wil je wat uit mijn boek horen?'

Ik knipperde met mijn ogen.

'Het is een heel goed boek.' Cephas was pijnlijk gretig. Hij haalde zijn stoel uit het wachthuisje en ging zitten.

'Oké.'

Hij sloeg het boek open, zodat ik het omslag beter kon zien. De man die ik voor een zeerover had aangezien, was gewoon een man met ontblote borst, een zwaard en lang haar dat in een paardenstaart zat samengebonden. Hij hield de vrouw in zijn armen en het stel stond op het dek van een schip op een stormachtige zee. Zo te zien maakten ze zich geen zorgen over die storm, want ze waren aan het zoenen.

Het boek rook een beetje raar, alsof het nat was geweest en daarna was opgedroogd. Hij ging met zijn hand over de bladzijde, en ik zag dat hij een vinger miste.

'Wat is er met je vinger gebeurd?' vroeg ik.

Hij blies lucht uit via zijn mond. 'Ik heb gevochten.'

'Met wie?'

'Dat weet ik niet meer. Het was bij de shebeen.' Hij speelde het hele verhaal na. 'Ik drink een heleboel Chibuku en ik zeg allemaal dingen. Komt die man naar me toe en hij zegt: "Schei uit met die onzin." Ik zeg: "Nee." En hij neemt me mee naar buiten en slaat me met een *bhadza*.'

Ik zag dat de huid van het vingerstompje gerimpeld was. Het zag eruit als een mond met samengeperste lippen. Cephas moest lachen bij de herinnering.

'Hij liet los…'– hij maakte een plopgeluid met een vinger in zijn wang – 'en ik ga de shebeen weer in en mijn vriend zegt: Wat doe je nou? Je bloedt de hele vloer onder. Toen wist ik het weer en ik ging naar het ziekenhuis.'

'Wat hebben ze in het ziekenhuis gedaan?'

'Ze deden er een verband omheen. Ik was de vinger kwijt, dus ze konden hem er niet meer aan naaien.'

Ik stelde me een vinger voor die op de grond lag bij de shebeen voor de deur, waar iedereen hem kon oprapen.

'Wil je dit verhaal horen?' vroeg Cephas. Hij sloeg het boek open bij de boekenlegger die aangaf waar hij was gebleven. Ik ging in kleermakerszit in het stof zitten en hield mijn hand boven mijn ogen tegen de zon.

Cephas ging met zijn vinger langs de regels terwijl hij las, en hij las langzaam. Hij had een zwaar accent, en ik begon me slaperig te voelen in de zon. Ik leunde met mijn hoofd tegen het met creosootolie behandelde hout van het wachthuisje en snoof de petroleumachtige geur op. Zijn stem was rustgevend.

Ik hoorde het vertrouwde geronk van Steves auto en deed mijn ogen open. Cephas sprong overeind om de poort open te doen.

'Wat doe jij hier?' vroeg Steve.

'Ik wou even praten met…' Ik aarzelde.

'Cephas,' vulde de bewaker aan.

'Nou, kom mee,' zei Steve. Hij boog zich over de achterbank en deed het portier van het slot.

'Kom zo vaak met me praten als je wilt,' zei Cephas. 'Ik heb een heleboel boeken.'

HOOFDSTUK 6

Hoe ik me ook verzette, uiteindelijk liet ik me verleiden door de nieuwe boerderij. Ik was niet stom of opstandig genoeg om voorbij de hekken van schrikdraad het gebied in te gaan waar het wild los rondliep, maar er was aan deze kant genoeg te verkennen. Je had de hokken met de struisvogels, die als een stel enorme plumeaus met hun lange zachte halzen omlaag zwaaiden om met belachelijke wimpers naar me te knipperen.

Je had de welige, gifgroene tabaksvelden, waar ik vaak een paar blaadjes afbrak om onder het lopen op te kauwen. Je had de dorpjes van de arbeiders, die door de nijvere Vegers tot stofholen werden geveegd, waar ik mee kon doen met een partijtje voetbal, dat algauw onmogelijk werd in de stofwolk en de hittenevel.

Ik probeerde maar één keer bij een kring volwassenen te gaan zitten. Ik zag een paar mensen op een kleine open ruimte tussen de hutten, rond een kookvuur, en liep erheen om erbij te gaan zitten. Ik herkende een magere oude vrouw die in de kliniek van de boerderij werkte, de tuinman die alle gemeenschappelijke grond verzorgde, en de dikke vrouw die naast ons werkte.

Ze zaten te praten, maar zodra ze me zagen, hielden ze hun mond.

'Eh, eh!' zei een van hen verbaasd. 'Wat doet die nou hier?'

Ik hield halt en bleef onzeker op één been staan.

'Voertsek!' riep een van de dienstmeiden en ze wuifde me weg.

Ik was me pijnlijk bewust van mijn blanke huid. Ik deinsde achteruit. 'Neem me niet kwalijk. Neem me niet kwalijk.' Ik had het gevoel dat Beauty teleurgesteld in me zou zijn. Waarom precies wist ik eigenlijk niet.

Ik had nog steeds meneer Cooper niet leren kennen. Ik hoorde wel verhalen over hem, van de arbeiders en van Cephas. 'Hij heeft ogen in zijn achterhoofd,' zei Cephas. 'Hij weet altijd wat er aan de hand is.'

Ik vroeg mama naar hem. 'Het is een aardige vent,' zei ze. 'Hij heeft het wel erg druk en is altijd op pad.'

Maar een paar weken nadat we er waren komen wonen, vertelde mama me dat meneer Cooper mij wilde ontmoeten.

'Hij heeft ons voor de lunch uitgenodigd.'

'Moet ik er echt heen?'

'Ja. Meneer Cooper heeft ons een baan gegeven en een plek om te wonen. Jij gaat mee om hem te leren kennen. Punt uit.'

'Het kan hem vast niet schelen of ik wel of niet meekom.'

'Punt uit, zei ik.'

We hielden halt voor een zware ijzeren poort met punten, in een grote muur waarbovenop gebroken glas zat. Mama stopte net te ver weg, waardoor ze haar portier moest opendoen en er helemaal uit moest hangen om op de intercom te kunnen drukken. Er flitste een rood lampje, en de poort schoof ratelend over een kleine rails open.

De auto knerpte over het grind van de oprijlaan en kwam tot stilstand. Het huis was reusachtig, met druk bewerkte Kaap-Hollandse gevels en een brede veranda over de hele, witgepleisterde lengte.

'Daar heb je hem,' zei mama.

Meneer Cooper. Ik had geen idee waarom alle boeren zo stonden, maar dat deden ze nu eenmaal: wijdbeens, handen in hun zakken of op hun heupen, en met hun bekken een beetje naar voren gekanteld. Hij had een honkbalpet op, dus in eerste instantie kon ik zijn gezicht niet zien. Dat was anders dan anders. De meeste boeren hadden een golfhoed op met een brede rand die slap was geworden van ouderdom en slijtage. En ondanks de hitte had hij een leren jack aan dat op de ellebogen dun en vezelig was geworden van slijtage. Ik herkende hem – hij was de figuur die ik in de tabaksvelden had zien staan toen we hier aankwamen.

'Hé, hallo,' zei mama met een onnatuurlijke stem. Ze wiebelde met haar vingers naar meneer Cooper, alsof ze een bekende zag staan aan de overkant van een café, in plaats van haar nieuwe baas. Ze had haar telefoonstem opgezet, waardoor ik meteen wist dat meneer Cooper blijkbaar knap was. Ze had haar mooie sandalen aan, die met het goudvlechtsel, en had haar haar in de krul gezet. Bij het uitstappen hield ze haar hoofd omlaag, om de krullen niet te pletten.

'Hoe gaat ie?' vroeg meneer Cooper. Hij was een lange, magere man met donker haar, dat aan de slapen tot zilveren spinnen vergrijsde, en hij droeg een overhemd met boord. Ik wist dat hij onder zijn sokken de gebruinde huid zou hebben van een boer – bleke schenen die verder naar boven plaatsmaakten voor roodbruine knieën met de kleur van de aarde. Hij gaf mama een kus op haar wang.

'Leuk om je te zien. En dit is zeker Elise?'

We schudden elkaar de hand. De zijne was overdekt met interessant eelt. Hij stelde alle vragen die volwassenen altijd stellen. Hoe heet je? Hoe oud ben je? O ja? Goed, goed.

Het dienstmeisje deed de voordeur voor ons open.

'Kom binnen, kom binnen,' zei meneer Cooper. 'Thee?'

Ik veegde zorgvuldig mijn voeten en liep de treden naar de voordeur op.

'Je hebt een prachtig huis,' zei mama. Dat was nog heel zacht uitgedrukt. De vloeren waren van geboend hout dat zo glad en glanzend was dat ze eruitzagen als poelen donker water. Aan het plafond draaiden de ventilatoren loom door de warme, soepachtige lucht.

Er kwam een hortend beleefdheidsgesprek op gang. Hallo,

hallo, hallo, lange rit, warm, thee? Ja, graag. En voor mij graag sap. Ik snapte niet hoe iemand in deze hitte thee kon drinken. De witte muren werden witter en oogverblindender, en voor mijn ogen dansten zwarte vlekken. Er verscheen een dienstmeisje – ja Baas, ja Baas. Verdween. Mijn hoofd voelde aan alsof het vol water zat dat achter mijn ogen heen en weer klotste.

'Gaat het wel goed met je?' vroeg mama.

Ik vertelde over mijn klotsende hoofd en ze begonnen allebei opgelucht bezorgd te doen.

Ga zitten, drink wat. Hou je hoofd tussen je knieën. Het is een warme dag, veel te warm. Ze knikten. Ik had het ijs gebroken, en dat was leuk en aardig, maar ik had nog steeds pijn in mijn hoofd. Toen we een poosje zaten en ik mijn sap had opgedronken, ging het beter met mijn hoofd. Toen ik opkeek, leken de muren niet zo schel meer.

Het dienstmeisje kwam binnen met een dienblad, dat ze op de salontafel zette. Het was van zilver, glanzend gepoetst, net als de theepot en het melkkannetje. Ze glimlachte naar me. Ze had treurige ogen, maar een lief gezicht.

'Dank je wel, Mercy,' zei meneer Cooper.

Mercy knikte en ging terug naar de keuken, waar ik haar met borden hoorde rammelen en kranen hoorde opendraaien. Ik wilde met haar mee, op de koele tegels zitten en kijken hoe haar benen heen en weer bewogen. Ik vroeg me af of Mercy kinderen had. Ik hoorde haar door het raam naar iemand roepen, en de vertrouwde muzikale klanken deden me aan Beauty denken.

Ik kreeg in de gaten dat mama mijn aandacht probeerde te trekken.

'Ik ga even naar het toilet,' zei ze, terwijl ze van haar leven nog nooit een wc een toilet had genoemd. 'Blijf jij maar bij meneer Cooper.'

Meneer Cooper en ik bleven een ogenblik lang in een plotselinge, oorverdovende stilte zitten. Ik staarde naar de bobbels in het vloerkleed. Hij boog voorover op zijn stoel en zette zijn ellebogen op zijn knieën. Hij zoog wat lucht in zijn wangen en blies hem weer uit. Even later begon hij te praten.

'Ik heb met je vader in het leger gezeten.'

'Mijn vader?' Ik ging overeind zitten.

'Ja. Je moeder en ik hebben het erover gehad. Hij was een verdomd goeie kerel.'

Overal aan de muren hingen geweren en zwaarden, en op een tafel stond een buste van zwart steen van een man in legeruniform.

'Dat ben ik. Die heeft een vent van me gemaakt die langs de kant van de weg beeldhouwwerk verkocht. Naar een foto.'

Meneer Cooper stak een sigaret op, en de rook vulde de kamer. Het leek op mest; een zoete, bruine geur. Ik snoof.

'Dat is gezond voor je,' zei hij. De sigaret schoof naar zijn mondhoek als hij praatte, en wipte dan op en neer. 'Dan word je niet verkouden.'

Ik keek de kamer door. Er hingen hele rijen dierenkoppen aan de muur die met een bevroren blik van verbijstering op ons neerkeken. Er was ook een lange, uitgekerfde stok die op twee haken balanceerde.

'Wat is dat?' vroeg ik.

'Dat?' Meneer Cooper volgde mijn blik. 'O.' Hij stond op en haalde het ding van de muur. 'Kijk maar eens.'

Ik trok met mijn vinger de vorm na die in de stok was uitgekerfd: een monster dat eruitzag als een slang die zich om de stok heen wentelde en bovenaan zijn slagtanden ontblootte. Hij was omgeven door kleine mensenfiguurtjes met etenswaren op hun hoofd.

'Dat is Nyaminyami.'

'Nyaminyami.' Mijn tong en mijn verhemelte plakten aan elkaar bij het woord. 'Wat is dat?'

'De riviergod van het Karibameer.'

'Wat doet die Nyaminyami?'

'Hij beschermt de rivier.' Meneer Cooper nestelde zich weer op zijn stoel. 'Toen de blanken bij de rivier de Zambezi kwamen, besloten ze er een dam in aan te leggen, zodat ze het water konden gebruiken om elektriciteit op te wekken. Nyaminyami was het volgens de mensen hier niet eens met die dam, omdat daarmee zijn kracht werd ingeperkt. Toen de blanken bijna klaar waren met de dam, sloeg Nyaminyami toe met gruwelijke overstromingen. Het water spoelde de gedeeltelijk afgebouwde dam weg en doodde vele arbeiders.'

Ik raakte de piepkleine slagtanden aan.

'Sommige van die omgekomen arbeiders waren blank, en hun lijken verdwenen in de rivier. De blanken haalden er mannen van de plaatselijke stam bij om hen te helpen de lijken op te sporen. De n'anga van de stam legde uit dat Nyaminyami die vasthield totdat er een offer was gebracht.'

Dat klonk eigenlijk wel redelijk. Ik was op de hoogte van de 'oog om oog, tand om tand'-filosofie van de meeste plaatselijke goden.

'De blanken brachten een kalf naar de oever van de rivier, slachtten dat en duwden het de rivier in. Drie dagen later kwamen de lijken van de vermiste blanken boven water op de plek waar het kalf was geofferd.'

'Hebben ze die dam nog afgebouwd?'

'Jawel, maar wel na jarenlange overstromingen en verwoestingen.'

'Dus we hebben Nyaminyami verslagen?'

Meneer Cooper hield even zijn mond. 'De blanken maken zichzelf graag wijs dat ze Nyaminyami hebben getemd. Ze hebben tien jaar tegen hem gevochten om de dam te bouwen. Maar volgens mij is hij niet getemd. Ik denk dat hij wacht.'

'Waarop?'

'Op zijn kans.'

Mama kwam breed glimlachend de kamer in. Meneer Cooper hees zich overeind. 'Hebben jullie zin om de tuin te bekijken?'

De tuin stond vol bomen. Onder het wandelen somde meneer

Cooper ze op: banaan, avocado, macadamia en pecan, Australische borstelkers, citroen, acacia en flamboyant. Alle blanken hadden mooie tuinen, maar deze was anders. De kleuren vloekten. Stekelige, agressieve planten stonden naast lage wolken klaver en ruches van bloemen. Er hing een zoete geur die aan rotting deed denken, en het gezoem van insecten was oorverdovend. Ik moest mijn best doen om de stem van meneer Cooper erbovenuit te verstaan.

'Ik vind hem prachtig,' zei mama. Ik wist het niet zo zeker. Ik vond hem een beetje angstaanjagend.

'Allemaal het werk van de tuinman,' zei meneer Cooper. 'Hij heeft ook voor mijn vader gewerkt. Hij is hier al langer dan ik. Die man is een genie als het om planten gaat. Hij heeft nooit echt een opleiding gehad, het gaat allemaal op het gevoel.'

Aan het eind van de tuin had meneer Cooper kippen in een ren. Ze waren dik en hadden stoffige veren en een comfortabel, breed achterste.

'Mag ik ze optillen?' vroeg ik. Mama wierp me een blik toe, maar die negeerde ik.

'Als je ze te pakken krijgt.'

Ik stak mijn hand uit naar een van de kippen. Die schommelde weg, maar langzaam, en het lukte me haar te pakken. Toen ik haar eenmaal stevig onder mijn arm had, worstelde ze niet meer, maar ze draaide haar oudedameshals om en knipperde met haar ogen naar me.

'En wat wil je er nu verder mee doen?' vroeg meneer Cooper. Mama en hij grinnikten. Ik voelde mijn gezicht warm worden. Ik zette de hen weer terug, en ze schudde zichzelf op voordat ze zich weer bij haar vriendinnen voegde.

'Help me maar met eieren rapen,' zei meneer Cooper.

Achter in het kippenhok waren bedjes van stro, met erboven een speciaal afdak aan scharnieren waardoor je het kon opklappen. Toen meneer Cooper het optilde, zag ik in elk bed een ei liggen en in sommige twee. Ze waren warm en rond, en er zaten stukjes veer aan geplakt. Ik hield er een op mijn handpalm, en het voelde aan als een steen die in de zon is opgewarmd.

De deur naar de kippenren piepte, en iets blokkeerde het licht. Een lange, zwarte man met holle wangen en wijd open, strak kijkende ogen. Hij leek op een plaatje van een profeet in de Bijbel. Onwillekeurig stapte ik achteruit.

'Hallo, Jonah.' Meneer Cooper bleef rustig eieren rapen. 'Dit is mijn tuinman, degene over wie ik het net had.'

'Baas,' zei hij, en ik zag dat hij een emmer met kippenvoer bij zich had. Die kletterde tegen de deurpost toen hij erlangs stapte.

'Dit is Jonah,' zei meneer Cooper toen we met de eieren vertrokken. 'Hij is getrouwd met Mercy. Ze wonen in de khaya.'

Die kon ik zien, voorbij de groentetuin: een klein, smoezelig gebouwtje met een hek eromheen. We gingen op weg terug naar het huis.

'Jonah is al jaren bij de familie,' zei meneer Cooper. 'Hij is als huisjongen begonnen, en toen hij groter werd, heeft mijn vader hem tuinman gemaakt. Verdomd goeie kerel, voor een Aff.'

Ik keek over mijn schouder. Jonah stond roerloos naar ons te kijken. Ik keek snel weer voor me.

'Zwijgzaam,' zei meneer Cooper. 'Maar een goeie kerel. Heel loyaal.'

Ik keek om me heen naar de tuin, dus ik zag niet waar ik op trapte voordat het al te laat was. Er klonk een misselijkmakend gekraak en ik voelde iets zachts onder mijn voet. Er stak iets scherps door het rubber van mijn teenslipper.

'Verdomme.' Meneer Cooper boog voorover om te zien waar ik in had getrapt. Het was een kraai – een erg dode kraai. Onder mijn voet was zijn borstkas ingedeukt en er lekte traag bloed uit. De mieren rukten al op naar zijn stoffige oogballen.

'Gaat het?' vroeg meneer Cooper. Hij inspecteerde mijn slipper. De snavel van de vogel had de zool doorboord.

'Maak je geen zorgen, hij bijt niet,' zei hij, en hij moest om zijn eigen grapje lachen. Hij trok de snavel eruit en hield de slipper met zijn vingertoppen vast. 'Die brengen we naar Mercy om hem schoon te laten maken. Je moet maar even naar de keuken hinkelen. Lukt dat, denk je?'

Ik knikte.

'Jonah!'

De tuinman kwam naar ons toe.

'Die vogel is weer gevallen.'

Er zat een touw aan de geschubde poten van de kraai. Jonah pakte het uiteinde van het touw en het dier tolde langzaam rond met zijn gekrulde, ineengestrengelde tenen, alsof hij ondersteboven een pirouette maakte.

'Wil je hem terughangen?' vroeg meneer Cooper. Jonah knikte en liep in de richting van de schuur.

'Waarom?' vroeg ik. Ik was een beetje misselijk.

'Hoezo waarom? O, die kraai? Nou, die beesten zijn een bezoeking.' Meneer Cooper keek omhoog naar de takken van de pecannotenboom. Wel vijf kraaien hadden zich daar geïnstalleerd en ze keken met lege, gele ogen omlaag.

'Die hameren met hun snavel een gat in een noot... Kijk, hier is er een.' Meneer Cooper boog voorover en pakte een pecannoot op. Aan de zijkant zat er een keurig rond gaatje in. Een deel van het vruchtvlees was weg, maar er was nog een heleboel over. Terwijl ik stond te kijken, stak een mier zijn kopje boven de rand van het gat en hij verdween weer.

'Ze eten niet eens het hele geval op.' Meneer Cooper schudde zijn hoofd. 'Dus bij tijd en wijle schiet Jonah er een dood, en die hangt hij in de boom.'

Over mijn schouder zag ik Jonah op een ladder de vogel weer aan de takken vastmaken. De vogel keek me strak aan met zijn dode blik.

'Als je er een doodt, gaan de andere weg,' zei meneer Cooper.

HOOFDSTUK 7

Tegen het eind van de week verveelde ik me dood. Geen Hennie, geen Beauty. Alleen ik.

'De meisjes van Jonah zijn voor het weekend thuis van school,' zei meneer Cooper. 'Misschien vindt ze het leuk om met hen te gaan spelen.'

Mama knikte, maar Steve keek twijfelachtig. 'Ik weet niet of dat wel gepast is…'

'Onzin,' zei meneer Cooper kordaat.

Dus leerde ik de meisjes kennen. Ze heetten Jane en Susan. 'Toen Mercy de eerste keer zwanger werd, wilde Jonah de baby naar mij vernoemen,' zei meneer Cooper. 'Helaas bleek het een meisje te zijn toen ie tevoorschijn kwam. Hij vroeg me een naam voor te stellen en ik noemde de meest Engelse naam die ik kon bedenken: Susan. En met de tweede ging het precies zo.'

De meisjes waren tikkertje aan het spelen rond de groentetuin toen ik ze vond. Ze waren knap, met ranke handen en voeten, en kleine, mooi gevormde hoofden met heel kort haar. Ik voelde me kleurloos vergeleken bij hen.

Ze hielden op met spelen en wachtten tot ik iets zei.

'Hallo.'

We bleven een poosje zo staan. Ik voelde een vlieg op mijn arm neerstrijken en weer opvliegen.

'Wil je ons huis zien?'

'Ja.'

De khaya rook naar kookvuurtjes.

'Is dit het?'

'Ja.'

Ik kon vanaf de voordeur het hele huis zien. Er was maar één slaapkamer, met een groot bed en op de vloer een matras. Aan de muur hingen een paar uit tijdschriften geknipte plaatjes. Ernaast was een kleine badkamer met een betonnen vloer, een toilet, en een douchekop die uit de muur stak. De enige andere ruimte was een keuken met een grote stenen gootsteen, een fornuis, een tafel en een paar stoelen.

'Wat is het klein,' zei ik.

Susan was verbaasd. 'Dit is een mooi huis. Moet je sommige andere eens zien.'

'Die zijn heel slecht,' zei Jane.

'O.' Mooie huizen hadden volgens mij een zwembad en een grote tuin.

Op de matras zag ik een barbiepop liggen. Haar haar was vlassig.

'Slapen jullie allemaal in één kamer?' vroeg ik.

'Ja.' Susan keek een beetje ongemakkelijk.

'En als je je nou wilt aankleden?'

'We kleden ons in de slaapkamer aan.'

'Maar…' Ik zag dat Susan geen vragen meer wilde beantwoorden. 'Oké.'

Achter me klonk een geluidje. Susan draaide zich met een schuldbewuste blik om. Jonah stond in de deuropening, zijn huid blauwzwart in het gedempte licht.

'Ze hoort hier niet.'

'Maar *baba*…'

'Ze hoort hier niet.'

Hij keek me recht aan. 'Ga naar huis.'

Later realiseerde ik me dat zijn huis technisch gesproken niet van hem was, maar van meneer Cooper. En ik mocht overal spelen waar ik maar wilde. Maar ik werd bang van die strakke blik van Jonah, en ging op de loop.

'Kom je nog eens?' fluisterde Susan voor ik vertrok.

'Ik denk het wel.'

We begonnen naar nieuw personeel te zoeken. Het raakte al bekend voordat we het officieel hadden aangekondigd – 'De oerwoudtamtam,' zei Steve – en er kwamen sollicitanten aan de deur. Saru vonden we meteen aardig. Ze was een mollige, gezellige vrouw met een brede lach en een heel repertoire aan recepten. Onze nieuwe tuinman was een jongeman uit de Oostelijke Hooglanden die naar Harare was gekomen om fortuin te maken. Hij heette Tatenda, en hij was geitenhoeder.

'Je weet dat wij geen geiten hebben,' zei Steve.

'Ja, Baas.'

Hij had een opgewekte blik in zijn ogen en was totaal niet gewend aan het stadsleven. Hij vertelde ons over de aardige man die had gezegd dat hij een rijbewijs voor hem kon regelen zonder dat hij hoefde af te rijden. Tatenda gaf de man geld en zijn identiteitsbewijs, en de man verdween, 'om het rijbewijs te halen'. Tatenda bleef uren wachten, maar de man kwam niet terug.

'Hij was zeker verdwaald,' zei hij.

Steve en mama wisselden even een blik.

Toen we Saru en Tatenda in dienst hadden genomen, hing Steve een bordje op de poort: HAPANA BASA – geen werk. Een bordje dat we in die tijd overal in de stad zagen hangen.

Ik kon nog een paar weken van mijn vrijheid genieten voordat de school weer begon.

'Meneer Cooper vroeg of je hem een plezier wilde doen en tegelijkertijd een beetje zakgeld wilde verdienen,' zei mama.

Ik zweeg even. 'Oké. Wat is het?'

'Hij zoekt iemand die overdag de honden uitlaat.'

'Hoeveel honden?'

'Drie. Vijf dollar per keer.'

'Oké.'

'Ja? Dan kun je net zo goed vandaag beginnen. Weet je hoe je bij het Grote Huis komt?'

Het gras bij meneer Cooper had dikke sprieten en voelde aan als plastic: schoon en pieperig. Ik had het gevoel dat ik mijn schoenen zou moeten uitdoen voordat ik erop liep. Voor de veranda was een niervormig zwembad dat blauw licht afgaf, met tegels van glinstersteen die door het water heen twinkelden. Aan de rand stond een bediende een net door het water te halen om alle bladeren, insecten en schorpioenen te verzamelen. Het was een oude man met een baard en diepliggende ogen en terwijl hij door het water veegde, staarde hij voorbij het zwembad in de verte. Ik vroeg me af waar hij aan dacht.

'Wat doet u hier?'

Ik schrok. Het was Jonah, die achter me op een spade leunde.

'Medem,' zei hij, met een tikje tegen een denkbeeldige pet.

'Ik kom de honden uitlaten,' zei ik. 'Waar zijn ze?'

Zonder iets te zeggen draaide Jonah zich om en ging me voor om het huis heen naar de achterkant. De honden waren dolblij om me te zien en sprongen zo druk rond dat het bijna onmogelijk was om hun riem aan hun halsband vast te maken.

'Dankjewel,' zei ik tegen Jonah toen ik wegliep. Hij draaide zich niet eens om.

De Coopers hadden drie honden: een grote labrador die Shumba heette, een schnauzer genaamd Sergeant en een Rhodesische pronkrug die Ian heette, naar Ian Smith.

Mama had me verteld dat de ouders van meneer Cooper Afrikaners waren die na de Onafhankelijkheid waren vertrokken. Meneer Cooper was achtergebleven om in het nieuwe Zimbabwe te werken. Er waren verschillende soorten blanken: de Afrikaners, de Britse blanken en de Rhodies. De meeste Afrikaners woonden in Zuid-Afrika en spraken hun eigen taal, maar sommigen waren naar Zimbabwe verhuisd in de hoop dat ze in dat land beter behandeld zouden worden. Wij waren van oorsprong Britse blanken. Toen ik voor het eerst een kaart van Zimbabwe zag, besefte ik dat het de vorm van een theepot had, en ik stelde me voor dat die helemaal volliep met alle koppen thee die Britse blanken elke dag drinken. Rhodies waren blanken die in Rhodesië woonden voordat het Zimbabwe werd, en wilden naar die goede oude tijd terugkeren. Ze kenden de woorden van *Rhodesians Never Die*, en ze zakten onderuit op hun stoel en hadden het over die verdomde bananenrepubliek en dronken grote glazen gin-tonic. Arme blanken waren nog weer een ander slag. Die hadden klitterig haar en vreemde kleren. Het was een raar gezicht om blanken te zien die bedelden of aanboden je voorruit schoon te maken. We vermeden het altijd hen aan te kijken.

Het was leuker dan ik had verwacht om de drie honden uit te laten. Eigenlijk hoefden ze helemaal niet aan de lijn; ze kenden de boerderij veel beter dan ik.

De kinderen van de boerderij bleven bij me uit de buurt als ik met de honden op pad was, maar ze liepen wel in een gefascineerd, giechelend groepje achter me aan. Het zachte ploffen van hun voetzolen op de ongeplaveide weg en het gedempte, halfbange gelach vormden steevast de achtergrond van onze wandelingen.

In de tweede week dat ik als hondenuitlater optrad, liet Jonah me binnen door de poort van de boerderij. Zoals gewoonlijk vermeed ik zijn blik en ik concentreerde me op het aaien van de honden.

'Ze sjoeperen me te veel,' zei hij.

De honden sprongen opgewondener dan anders tegen me op.

'Wat is er met ze aan de hand?' vroeg ik.

'De Kleine Baas is thuis van school,' zei Jonah.

'De zoon van meneer Cooper?'

'Hongu.'

Ik wilde maken dat ik wegkwam. Ik had geen zin om de zoon van de boer tegen het lijf te lopen.

'Kom mee, jongens.'

Shumba liet een bal aan mijn voeten vallen. Hij zat onder de grassprietjes en oud speeksel – het gebruikelijke begin van een eindeloos spelletje apporteren.

We gingen op pad over de onverharde weg. Zoals gewoonlijk deed ik bij elke arbeiderskraal die ik passeerde een paar volgelingen op: zwarte kinderen met shorts aan en op blote voeten, die in hun handen klapten naar de honden en naar mij grijnsden. Tegen de tijd dat ik het kantoor van mama had bereikt, had ik een stoet van zo'n twintig kinderen achter me aan en was er op de stoffige weg een geïmproviseerde voetbalwedstrijd van start gegaan.

'Goeie hemel,' zei mama met een blik achter mijn rug. 'Wil je wat drinken?'

'Ja, graag, en ook voor de honden.'

Voor de honden goten we troebel kraanwater in bakken, dat ze met slap uit hun bek hangende tongen oplikten.

Ik boog net voorover om de waterbakken te vullen toen ik achter me het snikkende gebrul van een motor hoorde. Meneer Cooper? Ik draaide me om en hield mijn hand boven mijn ogen.

'Hoe gaat ie?' zei een stem.

'Hai.'

'Ik ben Sean.'

Ik kneep mijn ogen toe. Toen hij eenmaal zijn helm had afgezet, zag ik dat hij een bruine huid had, en geel haar dat voor zijn ogen sliertte. Hij leek de afmetingen van een volwassene te hebben, maar ik wist van mama dat hij pas zestien was.

'De zoon van meneer Cooper?'

'Ja. En wie ben jij?'

'Elise. Mijn moeder werkt hier.'

'De nieuwe accountant?'

'Ja.'

'Hoe lang zijn jullie hier al?'

'Nog maar een paar weken.'

'Ik weet graag wat hier zoal gaande is,' zei Sean grinnikend. Hij stapte van zijn motor en zette hem op de standaard. Het ding zag er vreemd uit, dat felle rode plastic tegen de leeuwkleurige bush. De honden hielden op met drinken en zwermden om hem heen, een en al kwispelende staarten en gelukzalig gehijg. Shumba trok een hoek van zijn zwarte lip op tot een grijns. Sean ging nonchalant met ze om; hij klopte ze afwezig op de rug en verfrommelde hun oren, maar zonder er echt aandacht aan te besteden.

'Heb je zin in een ritje?'

'Op dat ding?'

'Wat denk je?'

Ik bekeek het geval. 'Is het wel veilig?'

'Natuurlijk.' Sean legde zijn hand erop.

'Ik moet het wel aan mijn moeder vragen,' zei ik, en vanbinnen kromp ik ineen omdat ik zo kinderachtig deed.

'Ga maar vragen dan.'

Ik rende naar binnen.

'Mag ik bij Sean achter op de motor, mam?'

Mama keek weifelend.

'Toe nou, mam?'

'Heeft hij nog een helm?'

Ik had geen idee. 'Ja.'

'Goed dan. Als je maar wel voorzichtig bent, hè?'

'Zal ik doen.'

Buiten stond Sean met zijn rug naar me toe, alsof hij elk moment op zijn motor kon springen en verdwijnen. Toen ik naar buiten kwam, lachte hij.

'*Lekker*. Spring maar achterop.'

De zitting was heet en rook naar smeltend plastic.

'Hou me vast om mijn middel,' zei hij, zich omdraaiend. Hij was ongeduldig. 'Kijk.' Hij pakte mijn handen vast en trok ze om zich heen naar voren. 'Zo.'

Ik voelde de ruwe katoen van zijn overhemd langs de spiralen en hobbels van mijn vingers schuren. Hij rook naar zweet en Persil. Ik zag de achterkant van zijn oren, gebogen en gloeiend in de zon, en de kleine gele haartjes in zijn nek.

'Hou je je goed vast?' vroeg hij.

Ik knikte. Mijn wang schuurde langs zijn schouder.

'Oké.' Hij startte de motor. *Mhudhudhudhu* is het Shona-woord voor 'motor', en dat was precies het geluid dat deze motor maakte: *mhu-dhu-dhu-dhu-dhu-dhu-dhu*, sidderend en bevend. Ik had het gevoel dat als ik mijn mond opendeed, mijn tanden er zomaar uit zouden vallen.

Sean gaf gas en we kwamen in beweging. De wereld loste op tot strepen kleur. Ik kon niet recht voor me kijken omdat mijn ogen traanden en insecten met een verbijsterd gezoem tegen mijn gezicht vlogen – waar komt dat menselijke wezen ineens zo snel vandaan? Er zat niets anders op dan mijn hoofd maar tegen Seans rug te leggen en me op het weefsel van zijn hemd te concentreren. Hij riep iets boven het lawaai van de motor uit. Ik wist niet wat. Ik schreeuwde iets terug, en blijkbaar was hij tevreden.

De motor kwam kuchend tot stilstand. Sean had een groep landarbeiders van de tabaksvelden terug zien lopen. De meesten waren jonge mannen, ergens tussen de zestien en de dertig en ze riepen lachend opmerkingen naar de zoon van de Baas.

'Wie is je vriendinnetje, hè?' (Op dat moment verborg ik mijn gezicht.)

'Ben je weer met je speelgoedmotor aan het spelen?'

Tot hun grote genoegen gaf hij meteen antwoord in vloeiend Shona, met een indrukwekkende variëteit aan slangwoorden en vloeken. Witte tanden flitsten in hun gezicht als ze antwoord gaven, en toen Sean de motor weer aantrapte, zwaaiden ze ons na.

'Waar gaan we heen?' toeterde ik in Seans oor.

'Hè?'

'Waar gaan we heen?'

'Naar huis.'

'Waarheen?'

'Naar huis!'

'Jouw huis?'

'Ja.'

'Maar ik moet terug naar...'

Ik had geen idee waar ik was. Verwachtte hij dat ik naar huis zou lopen? We waren kilometers van het kantoor vandaan. We waren de tabaksvelden, de kassen en de struisvogelhokken gepasseerd. Het zou me een uur kosten om terug te lopen naar het kantoor en de honden op te halen, en tegen de tijd dat ik ze thuisbracht, zou het donker zijn. Ik voelde me een idioot.

We vlogen door de poort de weelderige tuin in, waar we halt hielden. Jonah wierp me een blik toe en knipoogde. Met gloeiende oren keek ik weg. Stom.

'Ik loop even naar binnen om iets te pakken,' zei Sean, terwijl hij zijn helm afzette. Hij zwaaide zijn been over de motor en stapte af. Ik bleef waar ik was.

'Kom je mee?'

'Nee, ik wacht hier wel.' Ik negeerde de kramp in mijn benen.

'Vooruit. Ik pak iets te drinken voor je.'

Ik klauterde van de motor. Mijn benen voelden aan als drilpudding, alsof ik dat hele eind had gerend in plaats van gereden.

'Kom nou.'

Ik liep achter Sean aan het Grote Huis in. Hij ging niet door de voordeur naar binnen, zoals ik bij mijn eerste bezoek, maar deed de openslaande deuren open naar een serre.

Ik bleef op de veranda dralen om de antilopenkoppen te bekijken die over de hele lengte van het huis hingen. Het was er koel, met grote plekken schaduw en een schone, rijke geur van dure boenwas.

'Kom nou!' Sean verscheen weer tussen de deuren. 'Waar wacht je nou op?'

'Ik sta hier goed.'

'Ben je soms bang dat je iets kapotmaakt? Kom nou binnen.'

Hij draaide zich om en ik liep achter hem aan. Het eerste wat ik zag was de kop van een buffel die boven de open haard hing. Het ding was een stuk groter dan ikzelf.

'We noemen hem Buffy,' zei Sean. Hij had twee cola's ingeschonken. Die zat in hoge glazen, met ijs. Ik nam een slokje van de mijne en voelde de prik als kleine naaldjes in mijn tong steken.

'Jullie hebben een mooi huis,' zei ik, net als mama tegen meneer Cooper had gezegd.

'Ja, het kan er best mee door, hè?' Sean plofte op een stoel neer en zijn armen en benen hingen in vreemde hoeken.

'Woon jij op het terrein?'

'Ja.'

'Broers en zussen?'

Ik schudde mijn hoofd.

'Net als ik.' Hij nam nog een slok van zijn cola. Ik hield mijn glas vast tot hij klaar was. Ik durfde niet te veel te drinken, uit angst dat ik zou gaan boeren van de prik, wat zo gênant zou zijn dat ik hem nooit meer zou kunnen aankijken.

'Dan kan ik je maar beter even terugbrengen, hè?'

'Ja.' De hemel zij dank. 'Wat moest je eigenlijk pakken?'

'O ja, bedankt dat je me eraan helpt herinneren.' Hij verdween een ogenblik en kwam terug, terwijl hij iets in zijn zak stopte. 'Oké, we gaan.'

Maar we gingen niet naar de motor. In plaats daarvan liepen we om de zijkant van het huis.

'Waar gaan we heen?'

'Naar het generatorhok.'

'Het wat?'

Sean maakte een deur van golfplaat open. 'Het generatorhok. De generator gebruiken we alleen als de stroom uitvalt, het is hier helemaal veilig. Kom op.'

Het hok was smoorheet en gonsde van de elektriciteit. Sean leunde tegen de muur en maakte het pakje sigaretten open dat hij in zijn zak had.

'Wat doen we hier?' Onzeker bekeek ik de machinerie.

'Zo kan Jonah ons niet zien en het doorvertellen aan mijn vader. Hoe oud ben je?' vroeg hij.

'Bijna dertien.' Ik nam hem op. De sigaretten waren slank en elegant in hun wit-met-gouden huls, heel volwassen en vreselijk chic. Sean bracht de sigaret mummelend van zijn ene mondhoek naar de andere, en stak het uiteinde aan, met zijn hand rond de vlam, alsof hij die geheim wilde houden. Toen hij zijn eerste trekje nam, zoog hij dat met een zucht naar binnen; hij leunde naar achteren en keek met halfgesloten ogen naar me. Ik wist wel dat hij stond op te scheppen, maar het was er niet minder indrukwekkend om.

'Wil je er ook een?'

Natuurlijk wilde ik er een. Ik pakte een van de sigaretten die hij me voorhield en hield hem tussen mijn vingers.

'Dat doe je zo.' Hij pakte mijn hand en corrigeerde me. Zijn vingers waren warm en een beetje zweterig.

'O ja.'

Hij wierp me een geamuseerde blik toe. 'Wil je een vuurtje?'

Ik keek hoe de vlam flakkerend in de wind dicht bij mijn gezicht kwam. Hij leek net iets levends dat aan het uiteinde van zijn aansteker zat, als een mot met oranje vleugels. Ik boog naar achteren en inhaleerde. Heel even smaakte het naar de tabaksvelden, en ik was trots op mezelf, maar toen schroeide het met een houtrooksmaak omlaag door mijn keel en moest ik ervan hoesten en proesten. Tegen de tijd dat de tranen uit mijn ogen waren verdwenen, had hij zijn tweede sigaret opgestoken.

'Je kunt geen tabaksboerderij hebben en niet roken,' zei hij. 'Pa wil wel niet dat ik rook, maar dat kan ie vergeten. Hij rookt zelf.'

Sigaretten, motor. Ik rook de benzine en de nicotine. Je zou je makkelijk kunnen laten meeslepen door dat volwassen air van Sean.

'De arbeiders noemen me Mini Cooper,' zei hij.

'O.'

'Later ga ik de boerderij leiden.'

'Oké.' Ik kreeg genoeg van al die bestudeerde poses, de manier waarop hij de sigaret tussen zijn vingers liet bungelen, alsof hij te moe was om hem goed vast te houden. Ik keek hoe hij langzaam opbrandde.

'Ik wil eigenlijk weg.'

'Nog even.'

'Mij best.' Ik liep het hok uit, de helverlichte wereld in.

'Iwe!' Hij kwam achter me aan gerend, onderweg zijn sigaret uittrappend met zijn voet. 'Wacht nou.'

'Ik moet terug.'

'Oké, ik breng je wel.' Hij grijnsde. 'Zie je nou dat dat gesjoeper van je wat oplevert?'

Ik zei niets toen ik bij hem achter op de motor klom, en ik zei niets op de terugweg naar het kantoor. Toen hij me afzette, wierp hij me een afwezige grijns toe, alsof hij al bezig was met wat hij daarna ging doen.

'Ik zie je.'

Ik was verliefd.

HOOFDSTUK 8

Ik had het warm en voelde me veel te gekleed in mijn schooluniform, met die dikke blazer en wollen sokken. Het was ontwor-
pen voor een ander land.

'Wat een chique blazer,' zei mama, terwijl ze hem rechttrok.
'Hoe voel je je?'

'Best.'

Mijn nieuwe lerares heette mevrouw Starling. Ze had blond
geverfd haar dat dor en kaarsrecht omlaaghing en naar iets che-
misch rook, een schorre stem en een schrille lach die met elke 'ha'
sigarettenrook uitstootte. Zodra ik op school aankwam, wist ik
dat ze me niet mocht. Ze vond de knappe meisjes aardig die in de
middagpauze om haar bureau dromden en over jongens praatten.
Ze heetten Cheydene, Lamese, Tasha, Kerry en Dallas – meisjes
die borsten hadden, ongesteld werden, oudere broers hadden en
mascara droegen.

Dallas werd me op mijn eerste dag toegewezen als mentor. Ze
had witblond haar en dichte, donkere wimpers. Ze liet me
de school zien en stelde me voor aan de harem van knappe meisjes. Ik wist meteen dat ik met geen van hen ooit bevriend zou
raken.

Op mijn derde dag op school drong tot me door dat mijn sta-
tus als het Nieuwe Meisje was vervallen en dat ik een doelwit was
geworden. Een zwarte jongen die Simba heette, had een hekel aan
me gekregen. Hij was een van de gangmakers in de klas en hing
tijdens de les onderuit op zijn stoel en maakte bijdehante opmerkingen. Aangezien hij zich verveelde en zin had om rotzooi te

schoppen, zei hij tegen mevrouw Starling dat ik hem een zwart varken had genoemd.

Ik werd voor de klas geroepen.

'Is dat waar?'

'Nee!'

'Wel waar,' zei iemand uit de rijen tafels. 'Ik heb het zelf gehoord.' Een meisje met wie ik nog geen woord had gewisseld.

'Niet waar,' hield ik vol.

Mevrouw Starling zuchtte. 'Er zijn getuigen.'

'Dat verzinnen ze maar. Ik...' Mijn stem werd beverig, en ik voelde de tranen in mijn keel opwellen. Ik slikte ze weg. Het was nergens voor nodig om zwak te worden waar iedereen bij was.

'We moeten dit serieus nemen,' zei de lerares. 'Zo kun je niet tegen mensen praten.'

Ik was me op school nog nooit zo bewust geweest van zwart en blank. Ik wist niet of dat alleen kwam doordat ik nu ouder was of doordat het in Harare nu eenmaal anders lag, maar er was een overduidelijke scheiding tussen ons. En nadat Simba me een racist had genoemd, was ik in geen van beide kampen nog welkom. Ik kon me er op geen enkele manier tegen verdedigen, dus ik bleef bij iedereen uit de buurt en hield tijdens de lessen mijn blik op mijn tafeltje gericht.

Zo merkte ik voor het eerst Kurai op – vanuit mijn ooghoek, terwijl ik over mijn tafel gebogen zat. Ze was een lang, knap zwart meisje, en dan echt gitzwart, met een stoffige huid die blauw glansde in het licht. Van anderen in de klas hoorde ik dat ze dat jarenlang had proberen te bestrijden met huidbleekcrèmes en -lotions, maar die werkten nooit. Haar haar was kort of lang, gevlochten of aan één kant van haar hoofd strak samengebonden, zwart of rood of bruin, van zichzelf of van een ander, al naargelang haar stemming, en haar kapsel leek wel elke paar dagen te veranderen. Als ik in haar buurt kwam, haalde ze een liniaal tevoorschijn, die ze naar me ophief.

'Waar is ze mee bezig?' vroeg ik aan Dallas, mijn zogenaamde mentor.

'Dat doet ze omdat jij een racist bent,' zei Dallas, en ze zwaaide haar haar de andere kant op. 'Ze wil niet dat je te dicht in de buurt komt.'

'Dertig centimeter,' gooide iemand anders ertussendoor. 'Daarom gebruikt ze die liniaal.'

Mama haalde me elke dag na school op.

'Hoe gaat het?' vroeg ze elke dag.

'Best.'

Na een paar weken leek het racisme-incident over te waaien. Kurai liep niet meer rond met een liniaal, en de klas hield ermee op om me tussen de lessen door dat woord toe te sissen.

Eén iemand bleef me wel kwellen. Stuart was een knappe, slungelige jongen die te oud was voor onze klas. De laatste paar weken duwde hij me regelmatig tegen de muur en greep dan naar mijn (vrijwel niet-bestaande) borsten, hij spuugde onder het praten tegen mijn gezicht en in de gang probeerde hij mijn rok op te tillen. Toen ik hem tegenhield, vertelde hij iedereen dat ik half jongen, half meisje was.

Een keer in de pauze dreef Stuart me de hoek in met de bureaustoel op wieltjes van de lerares, en begon hij met andere jongens tegen me te schreeuwen en te jouwen. Mijn ogen begonnen te tranen en ik had het gevoel dat ik op het punt stond voorover te vallen, maar ineens hoorde ik Kurai tegen hen gillen. Plotseling stond ik buiten, met een splinternieuwe blauwe plek op mijn pols, waar zij me had vastgegrepen.

'*Bhenzi*,' noemde ze me. Idioot. 'Weet je dan echt niet beter?'

'Nee,' zei ik, terwijl ik over mijn arm wreef.

'Ze scheuren je nog aan stukken,' zei ze. 'Kom bij mij zitten. Je moet niet in je eentje rondlopen. Anders ben je rijp voor het gekkenhuis.'

Ik liep achter haar aan, minus mijn hoed, die ik in de klas had laten liggen. De zon striemde neer op mijn haar en schroeide mijn schedel. We mochten nooit zonder hoed naar buiten, zelfs niet in de winter.

'Shit,' zei Kurai. 'Ik ga hem wel halen. Jij gaat daar niet meer naar binnen.'

Ze verdween, en ik krabde aan mijn benen en sloeg naar vliegen, tot ze triomfantelijk terugkeerde. 'Kijk! Kom mee.'

Onder de lunch liepen we pratend rond. Ik kwam erachter dat Kurai weliswaar lang was en verpletterend zelfverzekerd, maar dat ze van nature opkwam voor de zwakkeren.

'Je moet voor jezelf opkomen, *sha.*'

We raakten bevriend.

Daardoor ontdekten we ook de geheime plek tussen de klassen. We hadden iets nodig waar we ons aan de anderen konden onttrekken, of in elk geval ik. We baanden ons een weg door onkruid en dode aarde om er te komen.

'Maiwe, het ruikt hier niet zo geweldig,' zei Kurai.

'Volgens mij is hier iets doodgegaan.'

'Die bonen, ja.' Ze hingen deprimerend over het hek.

'Walgelijk.'

Het was achter een blok klaslokalen, uit het zicht van de rest van de speelplaats: een lapje stoffige rode aarde dat af en toe slijmerig onkruid uitbraakte. Het was met kippengaas afgescheiden van de groentetuin van de zwarte conciërge – slappe wortels en tomaten die de zon indronken en de dikke, stevige regendruppels van de zware stortbuien opslorpten zonder ooit groter te worden of hun gele rafelige randen kwijt te raken. De lucht was een soort warm gezichtsdoekje dat tegen onze neus en mond drukte; onze blote schoolmeisjesbenen, onder lelijke zomerjurken, jeukten van de beten van onzichtbare wezentjes met te veel poten. Het was het echter allemaal waard om voor alles verborgen te zijn behalve de kleine groene ogen van de bonen.

'Dit is geweldig,' zei ik.

'Meen je dat nou?'

'Niemand kan ons hier zien.'

Kurai zuchtte en ging zitten. Ze stond weer op, trok haar schooltrui uit en ging erop zitten. Ik wist dat ik had gewonnen, en voortaan zaten we daar elke pauze.

Mijn vriendschap met Kurai maakte me wel een stuk cooler. Ik zat ademloos te luisteren naar verhalen over zes uur bij de kapper, ontkroezingscrème die op haar schedel brandde en haar haar in woeste bosjes rechtop liet staan. Bij mij kostte het op z'n hoogst een halfuur. Ik voelde me afgezet.

We bedachten vaste kreten, privégrapjes, geheime woorden. We hadden het over onze toekomst.

'Ik wil directeur worden,' zei Kurai. Die dag was haar haar strak tegen haar hoofd gevlochten en het had een vettige glans in de felle zon.

'Een directeur die wat doet?'

'Ik weet niet. Dat maakt me niet uit. Ik wil een kantoor op de hoek, met uitzicht. En ik wil dat mijn secretaresse een secretaresse heeft.'

Haar moeder gaf les op een gerenommeerde meisjesschool; haar vader had vijf bedrijven. Ze had een oudere broer en zus, die allebei vreselijk cool waren, net als zij. Ik was vooral ademloos van bewondering voor haar oudere broer, met zijn baggy kleren en zijn zware gouden sieraden. Hij luisterde naar keiharde rap en noemde zichzelf T-Zone, al heette hij in werkelijkheid Tafadzwa.

Nadat Tafadzwa op school was geweest, viel niemand ons nog lastig. Simba had de moeder van Kurai een hoer genoemd. Kurai zat nijdig plukken gras uit te trekken op onze geheime plek, en ze kondigde aan dat ze het aan Tafadzwa ging vertellen. De volgende dag verscheen hij met twee van zijn vrienden: zwarte mannen met zware jacks, zware ringen aan elke vinger en een zware tred.

Tafadzwa greep Simba bij zijn kraag en drukte hem fijn tegen de muur. Ik hoorde niet wat hij zei, maar ik zag wel Simba's witte, ronde ogen rondtollen in zijn angstige gezicht. Ik kon mijn lachen niet houden.

'Dat zal hem leren,' zei Kurai tevreden. 'Niemand praat zo over mijn amai!'

Aan het eind van het seizoen werd er op school een toneelstuk opgevoerd. We gingen in de rij staan op de geboende vloer van de aula om te horen te krijgen welke rol ons was toebedacht. Ik had goede hoop. Ik wilde niet de hoofdrol spelen, maar ik zou er geen bezwaar tegen hebben om een van de prinsessen te zijn. Het was een heel kort proces. Alle meisjes met lang haar (de Lameses, Dallassen, Lara's en Kerry's) waren prinses. Alle meisjes met kort haar (ik en nog twee anderen) zouden voor rots spelen, helemaal in het zwart gekleed. De zwarte meisjes speelden het voor- en achterdeel van de paarden. Het ergst van alles was nog dat de jongens en meisjes aan het eind twee aan twee een dansnummer moesten opvoeren.

'Geweldig,' zei Kurai, terwijl ze de nagellak van haar nagels pulkte.

Ik had Gary als partner toegewezen gekregen, een blonde jongen die de beste vriend was van Duivelse Stuart, en kleiner dan ik. Hij deed vreselijk zijn best om me niet aan te raken, maar het was een wals, dus we moesten elkaars hand wel vasthouden. Hij hield zijn hoofd afgewend, en ik voelde hoe zijn vingers alles op alles zetten om zo ver mogelijk uit mijn buurt te komen. Als er ook maar even iets meer van onze huid tegen elkaar kwam, kromp hij ineen alsof ik hem een elektrische schok had gegeven.

We waren allebei vreselijk slecht in de dans. De koppels werden geacht op eigen gelegenheid te oefenen, maar ik wist dat we dat niet zouden doen. Toen we uit de aula wegliepen, hoorde ik Gary tegen Stuart praten.

'Die dans is hartstikke nichterig, man.'

'Ja.'

'Maar jij hebt tenminste een fatsoenlijke partner.'

Tegenover Kurai lachte ik het later weg. 'Die knaap is een belediging voor het menselijk ras,' zei ze.

Maar thuis zat ik erover te piekeren. Kurai leerde me dingen over muziek. Ze nam hits uit de top tien van de radio op en nam die mee naar school op haar Walkman. Ze hield van rap en hiphop. Ze was vooral gek op Tupac Shakur, en deed een schoolproject over hem. 'Hij is niet dood,' zei ze. 'Hij heeft een heleboel aanwijzingen achtergelaten in zijn songs. Als je die achterstevoren afdraait, hoor je waar hij zich verborgen houdt.' Ze leerde me skeeleren. Ik had de inlineskates van haar broer aan, die veel te groot voor me waren. Op den duur werd ik goed genoeg om in haar kielzog mee te komen, en ik skeelerde met een geoefende zoef in een lekker gangetje het blok om. We hielden alleen halt om op de elektrische bel van een poort te drukken en weg te vluchten zodra er iemand opendeed. Ze vertelde me over de keer dat haar dienstmeisje haar meenam naar haar vriendje. 'Ik was nog maar een jaar of drie,' zei ze. 'Ik weet nog dat ze me meenam naar zo'n smerige khaya een eind verderop aan de straat, en dat ze me op een stoel neerpootte. Ze zei dat ik daar met mijn gezicht naar de muur moest blijven zitten. De stoel stond in de slaapkamer en ik hoorde ze achter mijn rug grommen en hijgen. Walgelijk.' 'Heb je het tegen je ouders gezegd?' 'Nee. Het dienstmeisje zei dat ze me zou ontvoeren als ik dat deed.' 'Wat afschuwelijk.' 'Tja, nou ja, ik was gewoon stom.' Kurai stak haar tong uit en keek scheel. Hun huis was exotisch. Het rook er naar vreemde kookgewoonten en een lichaamsgeur die anders was dan de mijne. Ze spraken bij haar thuis Shona en Engels door elkaar, en bij vrijwel elke maaltijd aten ze sadza. Zij vonden mij ook exotisch, die blanke vriendin van Kurai met haar blonde haar, die daar maar stilletjes klein en bleek zat te zijn aan hun tafel, terwijl er overal om haar heen witte tanden blikkerden, handen gebaarden en stemmen met het rijke timbre van melassestroop in twee talen aan het praten waren.

Kurai was tegelijkertijd zeer loyaal en neerbuigend tegenover haar familie. Elke maand ging ze met haar ouders en haar broer en zus naar het platteland om daar de neven en nichten van hun *extended family* te bezoeken.

'We gaan dit weekend naar de *gwash*,' zei ze dan, als ik haar uitnodigde. 'Sorry.'

Dan klonk ze verveeld, maar die bezoeken waren wel belangrijk voor haar. Ze kwam thuis met een stoffige huid en verhalen over net geslachte kippen die ze hadden klaargemaakt, het fijnstampen van pinda's, en het schoffelen van tuinen om er sorghum of maïs te planten. Na zulke bezoeken hing er een mysterieus sfeertje om haar heen. Ze vertelde me weliswaar lange verhalen over wat de ene neef tegen de andere had gezegd, wat de medicijnman tegen haar tante had gezegd en wat haar tante daarna met haar grootmoeder had gedaan, maar ze besefte dat ik het nooit helemaal zou begrijpen. Ik voelde me witter dan sneeuw, en ontzettend saai. Maar ineens was ze dan weer de Kurai die ik kende, die het over hits had, en over kleren en auto's. Ik wist nooit hoe ik moest omgaan met die sfeer van zwarte magie en tribale geheimen die na haar bezoeken aan het platteland om haar heen hing.

Voor het eerst kreeg ik officiële lessen Shona. Onze Shona-leraar heette VaChihambakwe. Hij had een brilletje met ronde glazen en zijn haar groeide aan weerszijden van zijn gezicht in een keurige baard. Geen enkele andere leraar droeg een pak en een stropdas, maar hij wel. Hij had helemaal geen Shona-accent; hij klonk gewoon als een blanke, behalve als hij voorlas uit ons leerboek.

Iedereen had een hekel aan de lessen Shona.

'Het heeft helemaal geen zin,' zei Dallas.

'Het is tijdverspilling,' zei iemand anders.

Zelfs sommige vaders en moeders zagen niets in de lessen Shona. 'Het is al moeilijk genoeg om ze Engels te laten lezen,' hoorde ik er een tegen de leraar zeggen. 'Waarom moeten ze dan ook nog die Shona-rotzooi leren?'

'Ze hoeven alleen maar een beetje keukenkaffer te leren om wat tegen de bedienden te kunnen zeggen,' zei een man wiens vrouw hem snel het zwijgen oplegde.

Ik was dol op Shona. Het deed me denken aan de boerderij, en aan Chinhoyi. De eerste keer dat we een paar woorden hardop moesten zeggen, was VaChihambakwe onder de indruk van mijn uitspraak. Maar verder niemand. Ik kwam er al snel achter dat het de bedoeling was dat blanke kinderen Shona met hun gewone stem lazen zonder moeite te doen om dingen fatsoenlijk uit te spreken.

Hij was vast eenzaam, als enige zwarte leraar op school. Alle andere zwarten die er werkten waren tuinlieden, schoonmakers en terreinknechten. Soms keek ik door het raam van de lerarenkamer naar VaChihambakwe – als enige donkere gedaante was hij makkelijk te onderscheiden. Terwijl de andere docenten in de middagpauze zaten te kletsen, las hij een boek en at hij sadza met een vork.

Op een keer zwaaide ik door het raam naar hem. Blijkbaar pikte hij de beweging in zijn ooghoek op en hij keek omhoog. 'Mangwanani!' mimede ik, en glimlachend stak hij zijn hand op. Ik had het gevoel dat we een geheim hadden en lacherig vanwege mijn eigen lef rende ik terug naar de klas.

Nu ik voor het eerst echt Shona leerde, kwam ik erachter dat alles twee namen had, een Engelse en een Shona. Dat was nooit eerder in me opgekomen. In het Shona was 'brood' *chingwa*. Ik had altijd gedacht dat brood iets wits was dat in plakken was gesneden en in plastic zakken zat die met een clip dichtzaten, terwijl chingwa bruin was, en dikker gesneden, met pindakaas erop. *Mombes* waren magere beesten met mbira-achtige ribben, die op de kale velden met hier en daar een struik op het platteland woonden. Koeien waren dikke, glanzende gevallen op omheinde weilanden. Het leek nogal vreemd dat die twee woorden eigenlijk precies hetzelfde betekenden.

Als je een Engels woord leerde, bleef dat je bij, en het zag er altijd hetzelfde uit, waar het ook stond. Shona-woorden waren ingewikkelder. Je leerde een goed, solide woord en vervolgens kwam je erachter dat er aan het eind of aan het begin allerlei stukjes extra werden geplakt om duidelijk te maken dat het woord enkel- of meervoud was, groot of klein, en of het al of niet in aanzien stond. Engelse woorden stonden rechtovereind in een kaarsrechte lijn en raakten elkaar niet aan. Shona-woorden liepen in elkaar over en je kon er niet eentje hebben zonder dat er een hele familie van andere bij kwam.

De kinderen op school hadden ook nog weer hun eigen taal. Lekker betekende 'goed'. *Mushi* betekende ook 'goed'. De jongens noemden andere jongens *oen* of *oek*, en wij waren voor de oudere kinderen *lighties*. Als iemand zich in de problemen had gewerkt, begon de hele klas met zijn rechterhand te schudden alsof ze die net aan een heet fornuis hadden gebrand, en dan riep iedereen: 'Ie-ie, ie-ie, ie-ie!'

Ik vond mijn draai in het ritme van lessen, bijeenkomsten en pauzes. Elke dag zongen we het volkslied. Het moest een glorieuze melodie voorstellen, maar eigenlijk klonk het nogal treurig:

Simudzai mureza wedu weZimbabwe
Yakazvarwa nemoto weChimurenga
Neropa zhinji ramagamba
Tiidzvirire kumhandu dzose
Ngaikomborerwe nyika yeZimbabwe.

Vertaald betekende het: 'Til op het banier, de vlag van Zimbabwe. Het symbool van de vrijheid die onze overwinning verkondigt. We loven het offer van onze helden en beloven plechtig het land vrij te houden van vijanden. God zegene ons land, het land Zimbabwe.'

Ik had geen idee over welk offer ze het hadden, maar waarschijnlijk had het iets te maken met de Oorlog waar niemand het over had. Ik wist niet wie onze vijanden waren, maar ik nam aan dat die ergens aangenaam ver weg waren, en naar alle waarschijnlijkheid niet dichterbij zouden komen.

Ik kreeg dat jaar een brief van Beauty. Hij was met blauwe balpen geschreven op een gelinieerd stuk papier dat uit een oefenschrift was gescheurd:

Lieve Elise,
Hoe maak je het? Ik hoop dat het goed gaat. Met mij gaat het goed. Ik heb nieuwe baan gevonden bij een aardig gezin in Chinhoyi sinds de Madam verhuisd is. Alles is goed hier, maar we missen je heel erg. Ik hoop dat je gelukkig bent in Harare.
Liefs van Beauty

Daar schreef ik een lange brief op terug, vol nieuws over school en de boerderij, en hoe erg ik haar miste. Beauty schreef een antwoord. Die tweede brief hing weken bij me aan de muur, en ik was van plan terug te schrijven. Maar hij viel van de muur en kwam achter mijn bureau terecht, en ik merkte het niet eens.

HOOFDSTUK 9

Mama en Steve gingen op een avond naar een feest bij de Coopers thuis. Ik smeekte of ik mee mocht, maar ze zeiden dat het alleen voor volwassenen was. Toen ze thuiskwamen, kwam ik in mijn pyjama naar hen toe. Ze hadden stralende ogen en rood aangelopen wangen. Mama had nog steeds een glas in haar hand.

'Is dat een glas van de Coopers, mam?'

'O.' Mama keek omlaag. 'Ja.' Ze was kennelijk verbaasd.

'Geweldige avond,' zei Steve.

'Wat zit er in dat glas?' Een onsmakelijk bruin goedje kleefde aan de bodem.

'Hooligan-sap.' Ze wisselden een blik en moesten giechelen. 'Cognac met roomijs.'

Ze ploften neer op de banken. Steve kwam weer overeind.

'Sjie-it, ik ga thee zetten.' Zigzaggend liep hij naar de keuken.

'En mam, wat heb jij gedaan?' Ik snakte naar details over het chique feest in het grote, witte huis.

'Ach, er was een *braai*, en we hebben wat gedronken…' Mama dacht na. 'De bedrijfsleiders deden een spel.'

'Wat voor soort spel?'

'Dan drukken ze een tandenstoker in hun voorhoofd en steken het uiteinde in brand.'

'Doet dat geen pijn?'

'Ja. Degene die hem het langst laat branden is de winnaar.'

'O.'

Steve kwam terug en kietelde mama. Ze giechelde weer, en ik had het idee dat het waarschijnlijk tijd was om naar bed te gaan.

Mama berekende de lonen van alle arbeiders en betaalde die uit. Dat gebeurde eenmaal per maand. Dan kwam er een lange rij zwarte mannen in feloranje, blauwe of groene overalls uit mama's kantoor gekronkeld. Er hing een feestelijke sfeer; mensen lachten, wisselden grappen uit en maakten plannen voor hun tochtje naar de shebeen na het werk, om een deel van hun loon te spenderen.

Sommige arbeiders hadden Shona-namen, maar andere waren Engels: namen als Jeans, Lettuce, Hatred, Oblivious, Killer, Murder, Doesn't-Matter, Enough, Lovemore, Loveness, Gift, en nog duizend andere. Ik vond die Shona-gewoonte leuk: om een kind een naam met een bepaalde betekenis te geven.

Ik hielp mama door het geld in enveloppen te stoppen met een naam erop, en die enveloppen omhoog te houden voor de arbeiders.

'Alsjeblieft.'

'Bedankt.'

'Dank u wel, Medem.'

'Mazvita tatenda.'

Een hele stoet van gezichten, en elk weer anders. Steve zei soms dat alle zwarten op elkaar leken, maar dat kon hij onmogelijk volhouden als hij elk gezicht aankeek, zoals ik deed. Toen ik klaar was met het uitdelen van de enveloppen, ging ik op de treden voor het kantoor zitten en hield ik mijn gesloten ogen op naar het zonlicht om de rode patronen aan de binnenkant van mijn oogleden te zien.

'Hoe gaat ie?'

Het was een bekende stem. Ik keek op. Een paar sterke bruine benen die eindigden in stoffige voeten met slippers. Het shirt van een Zimbabwaans cricketteam. Blauwe ogen.

'Sean.' Ik vroeg me af of ik wel of niet moest opspringen. Ik besloot het niet te doen, omdat ik aan de achterkant van mijn broek een gaatje had, dat er niet toe had gedaan toen het alleen nog mama, ik en de arbeiders was geweest. Ik probeerde me te herinneren wat voor kleur ondergoed ik aanhad.

'Hai.'

'Ja, hai.' Sean stapte over me heen naar binnen om mama te spreken. Hij gaf een boodschap door van zijn vader.

'Poeh, wat is het warm,' zei hij toen hij klaar was, en hij haalde nadrukkelijk de rug van zijn hand langs zijn voorhoofd.

'Kun je cola voor ons halen?' vroeg mama aan mij.

De cola bruiste in de glazen en lichtte rood op in het zonlicht.

'Kijk eens.'

'Bedankt.'

Ik wist niet of ik nou moest blijven en bleef in de deuropening hangen. Als ik naar buiten ging, kon ik niet meer naar binnen gaan. Dat zou de indruk wekken of ik terugkwam om hem te zien. Ik hakte de knoop door en ging naar buiten, om onder de bomen achter het kantoor te gaan zitten en met mijn vinger patronen in het stof te tekenen.

Sean bleef nog een paar minuten om zijn cola op te drinken. Toen hij vertrok, riep mama me binnen om afscheid te nemen.

'Ach nee, mam.' Ik fluisterde in de hoop dat onze stemmen niet al te ver zouden dragen.

'Vooruit, niet onbeleefd zijn.'

'Ik ben niet onbeleefd. Ik wil alleen niet binnenkomen om gedag te zeggen.'

'Waarom wind je je zo op?'

'Nergens om.'

'Vind je hem leuk, is dat het?'

'Echt niet.'

'Mooi, kom dan maar mee om hem gedag te zeggen.'

Ik werd mee naar binnen gesleurd. 'Dag, Sean.'

'Ja, dag.' Hij keek geamuseerd.

Zodra hij weg was, wurmde ik me los uit mama's greep en ging terug naar buiten. Ik hoorde haar lachen en ik had haar met liefde gewurgd.

De keer daarop dat ik met mama mee naar kantoor ging, zorgde ik ervoor dat ik mijn mooiste denim short aanhad. Zonder gaten. Ik zat op de treden voor het kantoor facturen te registreren.

'Waarom kom je niet binnen?' riep mama.

'Heb ik geen zin in.'

'Maar het is buiten zo warm.'

'Kan me niet schelen.'

De terracotta treden voelden koel aan onder mijn blote benen, en ik zat voor het grootste deel in de schaduw. Uiteindelijk wierp mijn gewacht vruchten af.

'Hoe gaat ie?'

'Hai.'

Sean stond voor me. 'Heb je zin in een ritje?'

'Dat moet ik eerst aan mama vragen.' Niet te geloven dat ik dat nu weer moest zeggen, maar mama zou me vermoorden als ik wegging zonder het tegen haar te zeggen.

'Ja.' Sean was ongeduldig. 'Er is een olifant op de gameboerderij.'

'Een olifant? Ik dacht dat er alleen antilopen en zebra's waren.'

'Daarom wil ik ook gaan kijken, domkop.'

'Is dat wel een goed idee? Ik dacht dat ze gevaarlijk waren.'

Sean begon zijn belangstelling te verliezen. 'Niks aan de hand. Wil je nou mee of niet?'

'Ik ga mee.' Ik kwam haastig overeind. Ik had slippers aan. 'Kan ik daarmee wel op de motor?' vroeg ik.

'Ja, het maakt niet uit wat je op de motor aan hebt.'

Mama had tegen me gezegd dat ik fatsoenlijke schoenen moest dragen als ik op de motor zat, maar het zou haar hopelijk niet opvallen. Ik ging naar binnen, maar mama was er niet. Dan was ze zeker naar het andere kantoor gelopen om iets af te geven. Ik schreef een briefje voor haar en plakte het tegen het computerscherm, zodat ze het onmogelijk over het hoofd kon zien.

'Het is goed,' zei ik toen ik buiten kwam.

'Mooi. Spring maar achterop.'

Ik was inmiddels al wat vertrouwder met de motor, maar het lawaai verraste me nog steeds. Het stopte mijn oren zo vol dat er geen enkel ander geluid bij kon kruipen. Het zand van de weg beet in mijn voeten en ratelde aan de binnenkant van het frame. Er zaten twee donkere plekken zweet onder Seans armen, en ik maakte me zorgen dat ik misschien zelf ook zweette. Een glanzende, bijna witte pluk haar stak aan de achterkant uit zijn honkbalpet, en als ik mijn hoofd even afkeerde van de brandende wind, zag ik Shumba achter ons aan rennen. Aan weerszijden liepen twee draden speeksel uit de hoeken van zijn grijnzende mond, als de touwen van een vlieger. Uiteindelijk werd hij moe en raakte hij hijgend steeds verder achterop.

'Waar is de olifant?' brulde ik.

'Wat?'

'De olifant!'

'Jonah heeft hem bij de waterpoel gezien.'

'Wat deed hij daar?'

'Drinken.'

'Nee, wat Jonah daar deed.'

'Wat?'

'Jonah!'

'Geen idee.'

'Heeft iemand anders hem ook gezien?'

'Neuh. Ik wilde hem het eerst vinden.'

'Oké.' Ik hield een tijdje mijn mond. De enige keer dat er eerder een olifant op de gameboerderij terecht was gekomen, was het een solitair mannetje dat een van de arbeiders aanviel en moest worden afgeschoten. Ik wist dat we niet zomaar de gameboerderij op mochten zonder een van de arbeiders mee te nemen – iemand die goed was in sporen herkennen en die zou weten of er een luipaard in de buurt was.

Mijn hoed vloog van mijn hoofd.

'Hé!' Ik gaf Sean een por. 'Stoppen.'

'Wat?'

'Mijn hoed.'

'Huh?'

'Hoed!' Ik gaf hem een peut met mijn vinger. Zijn hemd was vochtig van het zweet. 'Stoppen.'

Hij ging naar de kant, en ineens werd de wereld als bij toverslag stil en bewegingloos. De hete lucht viel als een deken op ons, en over mijn hele lichaam begon ik te zweten.

'Mijn hoed.'

'Wat is daarmee?'

'Die zit niet op mijn hoofd.'

'Had je er dan een op?'

Zo goed keek hij dus naar me.

'Ja.'

'Hoe ver terug?'

Ik maakte een vaag gebaar.

'Sjie-it, man, die vinden we nooit. Hij kan wel overal heen zijn geblazen.'

Daar had hij gelijk in.

'Als we terug zijn, pak ik wel een van mijn oude hoeden voor je, oké?'

'Goed.'

Brullend reden we weer weg. Ik had geen flauw idee in welk deel van de boerderij we zaten. En Sean had geen radio bij zich.

We hielden halt bij een grote poel. Ik zag muggen hangen boven het vlakke, metalige oppervlak.

'Hij was hier ergens,' zei Sean. Hij sprong van de motor, waadde door het lange gras en ging zitten op een steen naast de poel. Met mijn hand boven mijn ogen liep ik achter hem aan. Waren we maar teruggegaan om mijn hoed te halen. Ik voelde de zon op mijn schedel jeuken – die zou rood verbranden en dan zou mama woedend zijn.

We zaten een hele tijd te wachten.

'Ik denk dat Jonah heeft gelogen,' zei ik.

'Waarom zou hij liegen?'

'En waarom zou hij hier naar olifanten komen kijken? Wanneer komt hij ooit op de gameboerderij?'

Sean haalde zijn schouders op. 'Hij komt heus wel.'

'Ja, vast.'

We zaten een poosje te zwijgen.

'Wat is er met je moeder gebeurd?' vroeg ik.

Hij zat aan het gras bij onze voeten te frunniken.

'Die is gestorven,' zei hij. 'Kanker.'

'O.' Sean had inmiddels een aardig bergje gras opgebouwd. Het leek wel of hij niet stil kon zitten. Toen hij er genoeg van kreeg om gras uit de grond te trekken, liet hij zijn knie schommelen en zat hij zachtjes te neuriën.

'Mijn vader is gestorven,' bracht ik te berde.

'O ja?'

'Bij een auto-ongeluk.'

'Mis je hem?'

'Nee, niet echt.'

'Ik ook niet,' zei hij. 'Mijn moeder, bedoel ik.'

'Oké.'

'Eerst wel, hoor. Maar die dingen gebeuren nou eenmaal, hè.'

'Ja.'

Zo zaten we een poosje.

'Je bent fijn om mee te praten,' zei hij.

'O.' Ik kon niet slikken. Mijn hart steeg op door mijn keel en bleef vlak onder mijn kin hangen.

'Je bent bijna net een jongen,' zei hij.

'O,' zei ik weer. Ik sloeg een vlieg van mijn knie. 'Nou ja, mensen zeggen vaak dat ik op een jongen lijk.'

'Ja, dat klopt wel een beetje.'

'Ja.'

We zaten te zitten.

'Misschien had ik als jongen geboren moeten worden,' zei ik. Ik hoopte nog steeds dat hij me zou tegenspreken.

'Ja!' Hij klonk enthousiast. 'Dan hadden we kunnen gaan kamperen.'

'Dat kan nu ook.'

'Maar niet overnachten.'

'Nee, niet overnachten.'

We zaten een halfuur lang insecten van onze armen en benen te slaan. Ik voelde hoe de zon steeds dieper mijn huid in siste.

'Ik denk niet dat hij nog komt,' zei ik.

Sean haalde diep adem en blies de lucht weer uit. 'Ja, nee, hè. Oké, ik breng je wel terug.'

'Fijn.'

Hij hielp me niet overeind. We liepen terug naar de motor. Voor we die hadden bereikt klonk er echter een soort hoest uit de bush, en een geluid alsof er een lap stof werd verscheurd.

'Sst, man,' zei Sean. Ik had niet eens in de gaten dat ik een geluid had gemaakt.

'Dat is de olifant.'

'Ja, sst.'

Sean hurkte neer naast de motor, en ik ook. Het gras maakte rode striemen op mijn blote benen, en ik kon het gekriebel nauwelijks verdragen. Een mier klauterde over mijn grote teen.

Er klonk gekraak uit het struikgewas, en een diepe, hartgrondige zucht. Een oeroud, knipperend oog dook op uit de bush, gevolgd door een rimpelige, schildpadachtige huid. De olifant bewoog zich behoedzaam voort. Elke poot werd zorgvuldig opgetild en neergezet. Een vlieg zoemde rond zijn fluwelige oogbal, en een lange franje van wimpers knipperde hem weg.

'Jeez, man,' fluisterde Sean. 'Moet je zien hoe groot hij is.'

'Stil nou!' Ik wist zeker dat de olifant ons had opgemerkt – hoe erg mensen ook hun best doen om stil te zijn, ze zijn nu eenmaal niet opgewassen tegen de oren van een dier –, maar ons voorlopig nog niet als een bedreiging beschouwde.

'Het is een vrouwtje,' zei Sean.

De huid op de knieën van de olifant zat net zo in vouwen gekreukeld als die op mijn knokkels. De wind ging liggen. Zelfs de mier op mijn teen pauzeerde even in zijn redeloze verkenning van mijn voeten en keek omhoog, alsof ook hij de olifant aanbad.

De olifant onderzocht een struik door haar slurf als een liefhebbende vinger over de bladeren te laten gaan, om hem er daarna omheen te slaan, als een grijze, gerimpelde bruid die een rommelig boeket vasthoudt. Ze propte de bladeren in haar mond en kauwde erop met een oorverdovend klotsend en malend geluid dat tegen de kopjes weerkaatste.

Het kan net zo goed vijf minuten zijn geweest als drie kwartier voordat de olifant weer verdween. Ik heb geen idee. Ik zag haar niet vertrekken. Ik was verbijsterd dat iets wat zo groot was spoorloos in het grijsbruine struikgewas kon verdwijnen.

We kwamen niet meteen in beweging, maar wachtten tot de betovering was verbroken, de vogels weer waren gaan zingen en de wind door het hoge gras begon te neuriën.

'Dat was lekker,' zei Sean. 'Ben je blij dat je bent meegekomen?'

'Ja.' Mijn benen tintelden en mijn huid jeukte van het gras. 'We moeten terug.'

'Kom op dan, we gaan.' Sean ging op de motor zitten en probeerde hem te starten. De motor liet één keer een kuchje horen en viel toen stil.

'Shit,' zei hij.

'Wat is er?'

'De motor start niet.'

Ik dacht dat hij een grapje maakte.

'Wat?'

'De motor. Start niet.'

Het drong tot me door dat hij het meende. Ineens was ik me erg bewust van de rimboegeluiden om ons heen: knappende twijgen, een griezelige vogelkreet, iets wat door het lange gras gleed.

'Wat doen we nu? Heb je een radio bij je?'

'Neuh.'

Sean stond net als zijn vader, met zijn benen wijd uit elkaar en zijn handen op zijn heupen. Hij zag er stoer en capabel uit, al kon ik wel zien dat hij zich zorgen maakte.

'Dus wat doen we nu?'

'Hij start zo meteen heus wel.'

Hij probeerde het nog eens. Nu kwam er helemaal niets meer.

'Shit,' zei hij.

'Wat kunnen we doen?'

De zon begon naar de horizon te zakken, en de schaduwen lagen uitgestrekt over de grond als hagedissen die plat tegen een muur zitten.

Sean ging zitten. 'We kunnen niets doen.'

'We kunnen gaan lopen.'

'Het is mijlenver. Ik wil de motor niet laten staan. En ik wil niet door de bush lopen, dat is niet veilig.'

'In de bush zitten is ook niet veilig. Als we lopen, komen we tenminste nog ergens.'

'Ik zei nee,' zei Sean, en hij rekte zich uit tot zijn volle zestienjarige lengte. 'We blijven hier wachten.'

We zaten zwijgend te kijken hoe de schaduwen verschoven en langer werden. Toen de eerste krekel begon te tjilpen, voelde ik mijn blote benen koud worden.

'En als ze ons nu niet vinden?'

'Dat doen ze heus wel,' zei Sean.

'En als we hier nu de nacht moeten doorbrengen?'

'En als, en als.'

'Maar stel nou.'

'We redden ons echt wel. Ik weet alles van kamperen. En hoe je een vuur maakt.'

's Nachts zwierven er jakhalzen op de boerderij rond, en erger.

We zaten er urenlang. De zonsondergang was een oranje flits voordat het donker werd. De krekels waren oorverdovend. Elk geluid werd uitvergroot. De kille puntjes van de sterren schonken ook al geen troost en maakten me duizelig. Ik liet mijn hoofd op mijn knieën zakken.

'Hé, wat is dat?' Seans stem klonk onverwacht en breekbaar in de duistere wereld.

'Wat?'

'Kampvuur.' Hij wees. Voor ons uit was een geel vuurtje. Ik was alle gevoel voor afstand kwijt en wist dus niet zeker of het een kampvuur was een paar kilometer verderop of een kaarsvlam die vlak voor mijn gezicht zweefde.

Sean stond op met een geknap van kreupelhout en wegschietende kiezels. 'Ik ga met ze praten.'

'Met wie?'

'Wie dat ook zijn.'

'Je weet niet of het een kampvuur is.'

'Jawel.' Ik wist dat hij naar me omlaagkeek, want zijn stem klonk dichterbij en duidelijker. 'Je hoeft niet mee te komen. Het is zelfs beter als je hier blijft.'

'Ik blijf verdomme mooi niet hier.'

Ik liep achter hem aan, en bad intussen dat we straks de motor zouden kunnen terugvinden.

'Het zijn vast arbeiders die een braai houden,' zei Sean.

'Op de gameboerderij?'

'Ja, nou ja, ze horen hier niet te komen, maar ze doen het vast wel. Ik doe het ook.'

Al lopend zag ik het kampvuur rijzen en dalen en heen en weer zwaaien. Het was het enige wat ik kon onderscheiden – de rest was zwart. We knerpten over bladeren en twijgen, omringd door een wolk nieuwsgierige muggen die zich hadden verzameld om te zien waar wij mee bezig waren.

We bereikten de open plek. Drie mannen zaten rond het vuur vlees aan een stok te roosteren. Naast hen stond een krat bier.

'*Manheru,*' zei Sean, met zijn handen open en omhoog in een smekend gebaar. De mannen stonden op.

Mensen! Ik was zo opgelucht een ander menselijk wezen te zien dat ik hen wel alle drie had willen omhelzen. Even later zag ik hoe ze stonden, de glimlach op hun gezicht, en ik werd bang. Mijn oog viel op andere dingen: een stapel geweren. Een pasgevilde dierenhuid. Een net.

Stropers.

'Ik ben de zoon van de Baas,' zei Sean. Ik probeerde hem in stilte het zwijgen op te leggen.

'De Baas?' zei een van hen. Hij had een onverwacht hoge stem.

'Ja, Baas Cooper. Dit is zijn boerderij. Werken jullie niet hier?' Handen op de heupen, benen gespreid. Vol zelfvertrouwen.

De mannen lachten. 'Nee.' Een van hen gooide zijn lege vleespen in de bosjes en zette een stap in onze richting.

'Wat doen jullie dan hier?' vroeg Sean. 'Dit is privéterrein.'

Ik vroeg me af of hij echt zwaar gestoord was, of alleen maar stom.

'Best hoor, wij gaan weer,' zei ik. Ik trok aan Seans arm, die koud en knokig aanvoelde.

'Wacht even,' zei een van de mannen. Ik was niet van plan te wachten. Ik zette het op een lopen en trok Sean aan zijn arm mee. Hij bood geen verzet en begon mee te rennen. Eindelijk had hij zich gerealiseerd dat we weleens ernstig in de problemen konden zitten.

Ik had geen idee of de mannen achter ons aan kwamen, maar ik stelde me voor van wel, en telkens als er een takje knapte, had ik het gevoel dat ze ons inhaalden. Ik rende door de duisternis in de richting waar volgens mij de motor stond. Het enige wat ik kon zien, waren sterren die om me heen hipten en tolden, meer niet; doorns en struikgewas bleven aan mijn voeten haken.

'Waar is die motor nou, verdomme?' siste ik naar Sean, maar voor hij antwoord kon geven, stond ik tot mijn knieën in het water.

'We zijn er,' zei hij. 'Hij staat bij de poel.'

Ik wilde er voor geen goud over nadenken wat het precies was dat in het bedompte water om mijn voeten zwom, of wat er vanuit de struiken naar ons keek, in afwachting van het moment dat het rustig iets kon drinken in de duisternis. Ik plonsde het water uit in de richting van de vage vorm van de motor, en liet me ernaast neervallen. Ik hoorde Sean vlakbij ademhalen, en ik rook zijn zweet. 'Stomme idioot die je bent!' had ik willen brullen, maar ik was bang dat de mannen ons zouden horen, dus ik brulde zo goed en zo kwaad als het ging op fluistertoon. 'Jij hebt verdomme je hele leven op een boerderij gewoond, en dan denk je er nog niet aan om een jerrycan benzine of een radio mee te nemen als je op pad gaat met de motor? Waar zit je verstand?'

Ik voelde Seans kwade blik in de duisternis. Hij stampte weg en ging een paar meter verderop zitten.

We zaten voor mijn gevoel heel lang in stilte. We waren allebei genoeg thuis in de bush om te weten dat je beter op één plek kunt blijven dan te proberen ergens heen te lopen, maar toen ik in de duisternis een stel lichtjes zag glanzen, overwoog ik toch in beweging te komen. Een paniekerige seconde lang dacht ik dat het een stel dierenogen waren, maar daarna zag ik de lichtbundels van de koplampen en ik hoorde het gepruttel van een motor die over ruwe grond denderde. Het bakkie waggelde over grind en zand en kwam naast ons tot stilstand.

Meneer Cooper stapte uit de cabine.

Sean sprong overeind. 'Hoe gaat ie, pap?'

Meneer Cooper gaf Sean een draai om zijn oren. Sean hield een hand tegen zijn oor en hij zag er verdoofd uit in het schelle licht van de koplampen. Zijn oor deed vast behoorlijk pijn.

'Schei uit met dat ge-"hoe gaat ie". Wat moet dit verdomme voorstellen, hè?' zei meneer Cooper. 'Je gaat niet op stap zonder radio. Dat weet je. Wakker worden, domkop!'

Hij wendde zich tot mij. 'Gaat het?'

'Ja, hoor.'

'We moesten je maar gauw terugbrengen naar je moeder, hè?' Zijn stem klonk vriendelijk, maar dat veranderde toen hij het woord tot Sean richtte. 'O wee als jij het te hoog in je bol krijgt, knaap. Je bent lang zo slim niet als je zelf denkt. Dacht je soms dat je hier iets mee opschiet dat je de zoon van de boer bent?'

'Nee, man.'

'Wat zei je?'

'Nee, pa.'

'Juist. Je had jullie allebei de dood in kunnen jagen, weet je dat wel?'

Sean zweeg.

Meneer Cooper tuitte zijn lippen in een luide zucht. 'Oké, stap in.'

Ik ging op de passagiersplaats zitten. Sean zat achterin en zei geen woord. Toen we terugkwamen bij het kantoor, was mama over haar toeren van opluchting, en Sean zakte nog verder onderuit op de kussens van de zitting.

'Tja, sorry,' zei meneer Cooper tegen mama. 'Ik zorg dat hij nooit meer zonder radio op stap gaat.'

Mama vertelde dat er op de hele boerderij naar ons was gezocht, en dat alle arbeiders paraat hadden gestaan.

Uiteindelijk had Jonah laten vallen dat hij Sean over de olifant had verteld.

'Meneer Cooper was verschrikkelijk kwaad,' zei ze.

'Arme Sean,' zei ik.

'Ammehoela met die arme Sean van je! Het was verdorie oerstom om zonder geweer en radio de bush in te trekken. Godzijdank zagen ze jouw hoed op de weg liggen, anders hadden ze jullie misschien nooit gevonden.'

Toen we thuiskwamen, verwende mama me met kopjes thee en liet ze het bad voor me vollopen.

Ik dacht na over wat Sean had gezegd: dat ik op een jongen leek. Toen ik in bad lag, staarde ik naar mezelf omlaag. Ik lag voor een deel onder water, en de huid erboven was deegachtig, met een roze streep waar hij in aanraking kwam met het warme water. Onder water was mijn huid groen met blauwe aderen die erdoorheen kronkelden. Bobbelig. Bleek.

Mama bonsde op de deur. 'Ben je daar nog?'

'Ja.'

'Niet te lang blijven zitten. Steve en ik moeten er ook nog in.'

'Zal ik niet doen.'

'En niet het water laten weglopen.'

'Weet ik, mam.'

Ik vond het fijn om als eerste in bad te gaan. Als ik als laatste aan de beurt was, moest ik altijd denken aan alle dingen waar ik in zat. Stukjes huid die als cornflakes voorbij kwamen drijven. Haren die over het wateroppervlak kronkelden.

Ik trok de stop eruit en keek hoe het water gorgelend en spetterend door het gat wegliep.

Mama bonsde nog eens op de deur. 'Laat je het water weglopen? Waarom doe je dat nou?'

'Sorry.' Ik ging op de mat staan en keek hoe het water een plasje vormde rond mijn voeten.

'Ik zei nog zo…' Mama's stem bewoog bij me vandaan, tot ik alleen nog de vage klank van ergernis kon onderscheiden vanaf de andere kant van het huis.

HOOFDSTUK 10

Ik keek omlaag naar mijn borsten. Ze vormden niet meer dan een klein heuveltje onder mijn T-shirt, maar mama vond dat ik een beha aan moest. Ze nam me speciaal mee naar warenhuis Edgars om me er een te laten aanmeten; dat was een hele gebeurtenis, aangezien we vrijwel nooit de stad in gingen.

'Ze zijn niet groot genoeg,' wierp ik tegen, maar ze krauwde alleen lachend door mijn haar, waar ik hels van werd.

Een dikke zwarte vrouw bij de beha-afdeling mat me op met een koude centimeter die kriebelde onder mijn oksels. Ze had een afschuwelijke lichaamsgeur en een jurk zonder mouwen. Ik veranderde een beetje van positie.

'Niet bewegen,' siste mama.

'Niet bewegen,' siste de vrouw, en voor straf trok ze de centimeter nog strakker aan. Daar stond ik, alles op alles zettend om mijn adem in te houden, met de oksel van de vrouw op een paar centimeter van mijn gezicht.

'Je hebt cup A,' zei de vrouw.

'Is dat de kleinste?' vroeg ik.

'Ja.'

'Dat zei ik toch al, mam?'

De vrouw zwaaide met een vinger voor mijn gezicht. Zelfs die vinger was dik. Elk kootje was een worstje aan een touwtje. 'Dan heb je nog een goede beha nodig. Iedereen heeft steun nodig.'

Ik hield mijn armen voor mijn borst en liet de rest over aan mama en de verkoopster. Ze kozen twee witte en een zwarte; lapjes plasticachtige stof met onbegrijpelijke haakjes en bandjes.

Het was een raar gevoel om iets tussen mijn huid en mijn T-shirt te hebben zitten. Ik had het idee dat iedereen kon zien dat ik een beha droeg, al bezwoer mama me dat hij niet tekende. Ik herinnerde me de tijd dat Hennie en ik in ons ondergoed door de tuin renden onder de sproeiers door, en de keer dat mama me vertelde dat ik dat niet meer mocht. Ik zal een jaar of zes zijn geweest.

'Waarom niet?' had ik gevraagd.

'Dat horen meisjes gewoon niet te doen.'

'Waarom niet?'

'Daarom niet. Dat vertel ik je wel als je ouder bent, goed?'

'Jongens doen het wel.'

'Jongens zijn anders.'

'Waarom?'

'Dat zijn ze gewoon.'

Ik moest ook deodorant gaan gebruiken. Die zat in een klein flesje en rook naar talkpoeder. Ik moest hem langs mijn oksels laten glijden tot die overdekt waren met iets slijmerig wits, dat opdroogde tot witte vlokjes.

Ik begon puistjes te krijgen. Dat was niet bepaald bevorderlijk voor de toestand op school, helemaal niet toen een van de meisjes een puistje op mijn neus 'Old Faithfull' noemde. Het werd zo erg dat Saru zorgelijk met haar tong begon te klakken en me mijn hoofd alle kanten op liet draaien om te zien hoe het zich ontwikkelde.

'Dat ene daar gaat niet weg, hè?'

Ik trok mijn hoofd opzij. 'Maakt niet uit.'

De meisjes op school wisten alles van beha's en make-up. Ik bestudeerde hen. Van de manier waarop ze liepen tot de manier waarop ze hun handen omhoogstaken om aan hun haar te zitten, was alles erop gericht om te zorgen dat de jongens naar hen keken. De meeste meisjes hadden parfum en mascara op, en sommige lipgloss die naar aardbeien of kauwgom rook. Dallas kreeg haar moeder zelfs zover dat ze het schooluniform korter maakte om met haar benen te kunnen pronken. Mama kocht mijn uniform een maat te groot, zodat ik erin kon groeien.

De zwarte meisjes waren weer anders. Die giechelden niet en lieten hun haar niet zwieren, zoals de blanke meisjes deden, maar hadden een natuurlijke gratie. Ze leken nu al net vrouwen. En ze hadden grote tieten, sommige wel zo groot dat ze een beha moesten dragen met metaaldraad erin en bekleding, om ervoor te zorgen dat alles omhoog en naar voren bleef wijzen. Ik zag ze wanneer ze in de kleedkamers waren na het zwemmen of sporten.

'Waar sta jij naar te staren?' vroeg Yevedzo, een van de grootste meisjes. Het drong tot me door dat ik had staan kijken naar dat geheimzinnige puilen en bengelen van haar borsten terwijl ze haar shirt aantrok.

'Nergens naar.'

Toen ik voor het eerst ongesteld werd, besefte ik dat in het begin helemaal niet. Ik zag een bruine vlek in mijn onderbroek, maar die gooide ik weg, en ik dacht dat mijn maag van streek was. Toen het twee dagen zo doorging, begon ik me zorgen te maken. Er kwam een roestig, donker luchtje vanaf.

Op de derde dag zat ik met al mijn kleren aan en het wc-deksel omlaag bijna een uur lang op de wc. Ik wist niet wat ik moest doen. Uiteindelijk vroeg ik het aan Saru. Ik vertelde over het bruine spul en dat ik dacht dat het misschien menstruatie was.

'*Azwiite.*' Het is taboe.

'O.' Nu voelde ik me nog ellendiger. 'Neem me niet kwalijk.'

Ik stopte een paar dubbelgevouwen stukken wc-papier in mijn onderbroek en wachtte tot mama thuiskwam. Ik voelde me vies, maar wilde niet in bad voordat deze kwestie was opgelost.

'Mam,' zei ik toen ze thuiskwam. Ze was bezig haar autosleutels weg te leggen, iets te drinken in te schenken, haar zonnebril af te zetten. Ik liep achter haar aan.

'Hè?' Niet dat ze nou echt tegen me uitviel, maar ze zat met haar gedachten elders.

'Ja, wat is er?'

'Sst.' Ik voelde mijn buik samentrekken. 'Ik ben ongesteld, mam.'

'Wat ben je? Mompel niet zo.'

'Ik ben ongesteld.'

Ineens verzachtte mama's gezicht. Ze stak haar hand uit om mijn schouder aan te raken, maar ik rukte hem weg. Ik had geen zin in een beetje moeder-dochtergedoe over zoiets als dit. Nu nog niet. Ze leek het te begrijpen en werd meteen praktisch.

'Blijf hier.'

Ze keerde terug met dozen met verbandjes en legde me uit wat ik ermee moest doen. Het hele gesprek was een bezoeking, helemaal toen ze aanbood met me mee naar de wc te gaan om me te helpen.

'Nee!'

'Oké.' Ze stak haar handen in de lucht. 'Maar wel roepen als je hulp nodig hebt, hè?'

'Niet tegen Steve zeggen,' smeekte ik. Ik kon de gedachte niet verdragen dat iemand naar me zou kijken en dan wist wat er in mijn lichaam gaande was.

'Oké.'

Ik wist dat ze het toch zou doen, maar ik waardeerde de leugen.

De volgende ochtend bereidde ik me zorgvuldig voor op school. Het verband voelde vreemd en dik aan in mijn onderbroek, en ik wist dat het nu al zwaarder aan het worden was van het bloed, maar ik kon eenvoudig niet het risico lopen om een reserveverband mee naar school te nemen. Soms pakten de jongens me mijn tas af en verspreidden ze mijn boeken over het gras. Ik kon niet riskeren dat er iets wits en gênants tevoorschijn zou komen.

Het schooltoneelstuk stond voor de deur. Ik was bezig op een ladder bomen op het decor te schilderen toen ik beneden me een stem hoorde.

'Wat is dat?'

Ik keek van mijn plek hoog op de ladder omlaag. Dallas stond naar iets onder mijn rok omhoog te kijken.

'Wat?' Ik bracht mijn handen omlaag om mijn rok vast te pakken.

Ze barstte in giechelen uit. 'Kom eens kijken.'

De anderen dromden samen aan de voet van de ladder. Ik draaide me onhandig om en probeerde op de bovenste sport te gaan zitten.

'Wat?' vroeg ik nogmaals.

'Heb je een verbandje in?' vroeg Dallas, nog steeds giechelend.

Ik voelde hoe mijn ingewanden zich tot iets kleins opkrulden, net als een chongololo als je er met een stok in port.

'Hoezo?' vroeg ik, en mijn stem schoot uit.

'Er zit allemaal bloed op je onderbroek,' zei ze.

Het gelach zwol aan als het geluid van krekels, tot de hele lucht ervan gonsde. Ik klauterde zo vlug ik kon van de ladder af, waarbij ik mijn scheen stootte aan een van de sporten.

'Wat is hier aan de hand?'

Een van de docenten kwam naar ons toe gelopen.

'Zij is ongesteld geworden,' zei Dallas, naar mij wijzend.

'O.' De lerares trok een begripvol gezicht. 'Kom maar mee, lieverd.'

Ze bracht me naar het kantoor van de schoolverpleegkundige en gaf me een reserveonderbroek die ze voor dat soort gelegenheden in de kast hadden liggen: ooit wit geweest, maar nu grijs.

Kurai kwam bij me zitten op het meisjestoilet, terwijl ik zat te huilen. Ze pulkte aan de oude nagellak op haar vingernagels.

'Waarom ben je daar nu zo van streek van?' zei ze. 'Je weet best dat het stom is.'

Dat kon zij makkelijk zeggen. Zij was lang en prachtig.

'Ik kan niet terug naar de klas,' zei ik.

'Nee.' Ze dacht er even over na. 'Ga maar achter de klaslokalen zitten. Ik kom na school naar je toe.'

Ze zocht me op op onze geheime plek. Ze zat zwijgend naast me, terwijl ik snotterde.

'Niks ergs aan,' zei ze.

'Ik kan me niet meer in de klas vertonen.'

'Natuurlijk wel.'

De geleende onderbroek was te groot en ging opgepropt onder mijn rok zitten. 'Ik ga naar huis.'

'Bel je je moeder?'

'Nee, ik glip naar buiten.'

'Je komt nooit langs de bewaking.'

De bewaking op school was aangescherpt. Er had altijd een bewaker bij de poort gestaan, maar nu waren het er twee. Volgens de nieuwe regels mochten we overdag niet buiten het hek komen.

'Doe niet zo stom. Morgen zijn ze het alweer vergeten. Bovendien zijn mensen je veel leuker gaan vinden.'

Ik schudde mijn hoofd.

'Echt waar. Dankzij mij ben je een stuk geloofwaardiger geworden.'

Ik stak mijn tong naar haar uit.

'Je bent mijn entourage,' zei ze. 'Je staat onder mijn bescherming.'

Ik voelde me een stuk beter.

In de stad waren voedselrellen. Mensen konden zich geen dingen als brood en melk meer veroorloven en protesteerden. Op school kregen we reloefeningen. Als het alarm afging, moesten we onze handen op ons hoofd leggen en onder ons tafeltje wegkruipen.

'Wat denken ze dat we daarmee opschieten?' fluisterde Kurai. Ze had de dag ervoor haar haar laten vlechten en hield haar handen niet helemaal plat op haar hoofd. Ze zweefden er een millimeter of twee boven.

'Ik weet niet.' Ik zag dat er oude kauwgum onder mijn tafeltje zat geplakt. 'Wat smerig.'

'Denken ze nou echt dat we braaf onder onze tafeltjes blijven zitten als hier een stel raddraaiers langs komt rennen?' Kurai was verontwaardigd. Ze had net een van haar nagels met Tippex zitten beschilderen toen het alarm afging, en het was in een vreemde vorm opgedroogd.

'Waarom zouden ze hier trouwens langs komen rennen?'

'Om aan de politie te ontkomen.'

Ik wist dat de rellen over de voedselprijzen gingen. Brood, suiker en cola waren al heel erg duur. Ik had ook gehoord dat de belastingen omhoog zouden gaan, wat mij weinig uitmaakte, maar Steve stampte door het huis en keek kwaad naar dingen. Blijkbaar zouden er met die belastingen pensioenen worden betaald voor de Veteranen.

'Veteranen,' snoof Steve zodra hij die term hoorde. 'De helft was in die verdomde oorlog nog niet eens geboren! Je staat ervan te kijken hoeveel oorlogshelden er ineens uit het niets tevoorschijn komen als het allemaal achter de rug is.'

'Ben jij een Veteraan?' vroeg ik aan Steve. Hij moest zo vreselijk lachen dat ik dacht dat hij het in zijn broek zou doen.

'Je moet zwart zijn om een Veteraan te kunnen zijn. Of een oorlogsheld,' zei hij.

Ik had nooit veel aandacht besteed aan het nieuws. Mama en Steve klaagden altijd al over Mugabe, maar ik voelde bijna een soort genegenheid voor hem. Hij was net een bazige, incompetente bovenmeester die door iedereen werd gehaat, maar voor wie jij een soort loyaliteit voelde. En wat er ook gebeurde, met ons ging het toch altijd goed. Natuurlijk werd er weleens bij iemand ingebroken, we moesten weleens een droogteperiode verduren of meer voor benzine betalen, maar ons leven was in wezen niet veranderd. Saru neuriede nog altijd als ze de was opvouwde. Het gras was nog steeds groen; er zat nog steeds elke dag thee in de zilveren theepot.

Maar als ik nu op de televisie een betoger zag met een bord in de hand waarop stond '19 JAAR CORRUPTIE IS GENOEG', begon ik me te realiseren dat dit niet normaal was. Dit was niet leuk. Mugabe was geen schurk uit een komedie, en de mensen die gewond raakten waren echte mensen.

Op het nieuws waren beelden van politieagenten die zwepen en *sjamboks* gebruikten om de meute tot bedaren te brengen. Ik zag een zwarte fontein uit het hoofd van een man spuiten, alsof dat hoofd als een glazen fles in scherven huid was versplinterd. Tot ik zag dat de donkere vlekken bloed waren.

Het was nauwelijks te geloven dat dit in onze stad gebeurde. Archie lag als een donker, tevreden hoopje op mijn schoot te spinnen. Ik hoorde de grootvadersklok tikken en rook het avondmaal dat Saru voor ons klaarmaakte. Ik vroeg me af wat zij van dit alles vond, maar ik wist dat ik haar er nooit naar zou vragen.

De schoolsportdag brak aan. We dromden de bus uit en het sportveld op, dat er heel feestelijk uitzag, met overal lijnen met vlaggetjes, verse verf op de atletiekbanen en een met een witte lap stof gedekte tafel met tientallen trofeeën.

'Ga jij hardlopen?' vroeg ik Kurai. Ze had een hekel aan lichaamsoefeningen.

'Mooi niet. Ik heb gezegd dat ik ongesteld ben.'

Kurai maakte handig gebruik van haar ongesteldheid. Die deed zich steevast voor als er een sportevenement was. Een van de docenten zei dat ze loog, dat ze onmogelijk vier keer in één maand ongesteld kon zijn, maar Kurai haalde haar moeder erbij, die de lerares de huid vol kwam schelden, en voortaan lieten ze haar met rust.

We stonden in keurige rijen opgesteld. Het hoofd van de school stond op het punt de sportdag te openen, toen iets haar daarvan weerhield, en ze draaide haar hoofd om om naar de weg te kijken. We hoorden getrommel, en geschreeuw in de verte.

We keken elkaar aan. Iemand giechelde. Een ander kuchte. Het was heel stil.

Er klonk ruis. Een lerares was naar de bus gelopen en stond dringend in de radio te praten. Kordaat liep ze naar ons terug, waardoor haar rok met rukjes tegen haar benen sloeg.

'Allemaal gaan zitten.'

Vrijwel in stilte liepen de leraressen om ons heen om te controleren of iedereen wel in kleermakerszit op het gras zat. Er werd nog wel wat gegiecheld, maar mijn borstkas bonsde van een onnatuurlijk luid en pijnlijk kloppend hart.

Vanaf het veld konden we de hoofdweg zien. Een menigte zwarte mannen met sjamboks en stokken marcheerde over de weg naar de stad. Het verkeer probeerde langs hen heen te komen, maar ze waren met te veel.

We keken toe hoe de meute een bejaard echtpaar in een auto passeerde. De oude man pakte het stuur vast en bleef recht voor zich uit zitten staren. De eerste paar lui van de groep liepen opgewekt fluitend en met een paar klappen op het dak voorbij. De volgende paar bleven staan en begonnen dingen door het raampje te schreeuwen. Vanaf het veld konden we niet verstaan wat ze zeiden, maar we zagen wel het profiel van de oude man, die vastbesloten voor zich uit zat te staren. De vrouw keek een stuk geagiteerder.

Kurai nam hen op. 'Dat is vast doodeng.'

'Mijn broer is op de fiets naar huis,' fluisterde Dallas. 'Ik hoop maar dat hij ze niet tegenkomt.'

'Hij draait vast om als hij ze ziet,' probeerde ik haar te troosten.

Ze schudde haar hoofd. 'Nee. Die gaat tegen ze zeggen dat ze verdomde *kaffirs* zijn, en dan wordt hij in elkaar geslagen. Dat soort dingen doet hij nu eenmaal.'

Inmiddels had zich aan weerskanten van de auto een hele menigte verzameld. Ze begonnen hem ritmisch heen en weer te schommelen. Sommige mensen die erlangs liepen, hadden brandende stokken in de hand. Het leek alleen nog maar een kwestie van tijd voordat iemand zou besluiten de auto in brand te steken.

Terwijl ik toekeek, zag ik de oude man zijn hoofd tegen het raam stoten. Er verscheen een donkere streep op zijn voorhoofd.

'Niet kijken,' snauwde een lerares, en met de grootste moeite wendde ik mijn blik af. We zaten zo stil als we maar konden en durfden zelfs de vliegen niet van onze blote knieën te slaan. Mijn hand lag in het gras, en ik trok stilletjes sprietjes los, die ik tussen mijn vingers platwreef.

Vastpakken, platwrijven, loslaten.

Na een hele tijd stierf het geschreeuw weg. We zaten te midden van de vrolijke vlaggen en trofeeën. De warmte van de zon had zich verplaatst van mijn schouders naar mijn kruin. Ik hoorde sirenes. Ik keek niet naar de weg.

'Allemaal terug naar de bus,' zei het schoolhoofd, en we sjokten terug. Mijn been sliep, en ik had een netwerk van rode strepen op mijn schenen, op de plek waar ze tegen het gras geduwd hadden gezeten. Leraressen stopten de trofeeën terug in hun dozen.

'Nou ja,' zei Kurai, 'we hebben tenminste niet hoeven hardlopen.'

'Daar zit wat in. Waar ging het eigenlijk over?'

Ze haalde haar schouders op. 'Over brood, waarschijnlijk.'

Het regenseizoen brak aan. De wolken liepen leeg alsof Saru een natte dweil uitwrong, en de lucht was geladen met elektriciteit. Mama kreeg last van haar onweershoofdpijnen en lag met twee plakjes komkommer op haar ogen op bed. Als ik Archie aaide, sprongen er blauwe vonken van zijn vacht.

Ik zat achter mijn raam naar de regen te kijken. Onweerswolken beslopen de stad op poten van bliksem, en tussen de bliksem en de donder door speelde ik het telspelletje. Zodra ik de lichtflits zag, begon ik zacht te tellen.

'Eén chongololo, twee chongololo, drie chongololo...'

De chongololo's regen zich aaneen. 'Drie' betekende dat het onweer drie kilometer verderop was. Als je het woord niet tot het eind kon uitspreken voordat de donder losbarstte, was het onweer boven je hoofd.

Onze tuin werd een grote rode modderpoel, het gras raakte ontworteld en dreef in plukken op het water. Het was niet te voorkomen dat we modder mee de keuken in namen als we naar binnen kwamen, en Saru was uren bezig op haar knieën de tegels te schrobben. Net binnen de deur groeide een slappe stapel modderige teenslippers en takkies, op een stuk krantenpapier dat binnen de kortste keren pap werd.

Daarna verschenen de vliegende mieren, en dan was Saru er na aan toe om de hele keukenvloer maar te laten voor wat hij was. Zodra de regen de grond raakte, kwamen ze uit hun onderaardse nesten tevoorschijn en vlogen ze in kurkentrekkerbewegingen de lucht in. Archie danste door de tuin en wrong zijn lange lijf in allerlei onwaarschijnlijke bochten om ze uit de lucht te grissen.

Vliegende mieren leiden een zinloos leven: een enkele dans in de regen en daarna raakten ze hun vleugels kwijt en werden ze zwakke, pletbare wezentjes die op hun buik rondkropen. Ze kwamen het huis binnen via elk raam en elke deur, en fladderden urenlang rond in een langgerekte, melodramatische doodstrijd. Ze hadden brosse vleugels met draadachtige aderen die de laagjes breekbare huid verbonden, en zweefden in grote wolken door het huis, waar ze zich tegen de muren opstapelden en in de haren van Saru's bezem verstrikt raakten. Als zij ze naar buiten veegde, blies de wind ze weer naar binnen.

Door het onweer viel de stroom af en toe uit. Daar waren we aan gewend. Het gebeurde meestal 's avonds, wanneer een hoogspanningskabel werd geraakt door de bliksem of door een vallende boomtak. Het televisiescherm verschrompelde tot een piepklein wit vierkantje, en knipperde dan uit. Het licht flikkerde even op en doofde.

'Allemaal blijven zitten,' zei Steve, net als altijd wanneer de stroom uitviel.

Er klonk een bons wanneer hij tegen het meubilair botste, en een vloek. We hoorden hem in de kast rommelen. Er verscheen een bleke kegel licht toen hij de zaklantaarn aandeed. Dat was het sein voor mama en mij om lucifers te pakken en de kaarsen aan te steken die we overal in de kamer hadden staan. Steve legde een vuur aan en Archie bleef bij hem in de buurt in afwachting van de warmte.

Vervolgens was het kampeerfornuis aan de beurt, op zijn kleine gasfles. Mama warmde wat witte bonen in tomatensaus op voor het avondeten. Steve zocht de BBC World Service op zijn radio en we zaten met ons eten op schoot voorovergebogen bij elkaar, met bruinverbrande gezichten in het kaarslicht.

De regen roffelde op het dak als ongeduldige vingers op een tafel.

Na het eten zat er weinig anders op dan maar een spelletje te kaarten. Het was te schemerig om te kunnen lezen en de televisie deed het niet. We hielden er alleen even mee op om mama de gelegenheid te geven de ZESA te bellen om te vragen hoe het met de storing zat.

Ze kenden mama bij de ZESA. 'Daar heb je die kwaaie blanke vrouw weer.' Ik hoorde de blikkerige stem van de telefoniste door de hoorn. Na vijf, zes telefoontjes kregen we te horen dat er iemand was gestuurd om het probleem te verhelpen.

'Dus dan duurt het nog een uur of vier,' mopperde Steve.

Het was bijna jammer toen het licht weer aanging. De gekrompen wereld barstte weer open om elke verre muur aan te raken. Interessante schaduwen werden weer het oude, vertrouwde meubilair. Onze donkere, geheimzinnige ogen werden weer hun normale, gebleekte zelf.

De volgende ochtend was de tuin platgeslagen en drassig, de planten hingen slap en grijs neer. De wereld was een legpuzzel van plassen met daartussen smalle stukjes droge grond, en de putdeksels werden bruggen over traag stromende bruine rivieren. Op het wateroppervlak dreven dode knaagdieren en insecten mee. De zon zag er uitgespoeld en bleker uit dan anders; de lucht rook schoon. Ik wilde die lucht in een fles stoppen, voor de dagen dat de wereld muf en doorstoofd was, maar in plaats daarvan stak ik mijn handen in de vochtige aarde en snoof de geheime minerale geur op van plantenwortels en de holletjes van insecten. Wormen gleden van mijn handen vandaan minieme tunneltjes in.

'Wat doe jij nou?' vroeg mama. 'Ga je handen wassen.'

Mijn vingers waren rood van de modder. Mama hielp me bij de gootsteen mijn nagels te schrobben, maar we kregen het er niet allemaal onder vandaan. Rode, aderachtige strepen kronkelden door elke barst in mijn huid.

'Dat was een verdomd stom idee,' zei mama.

Dat kon me niet schelen. De regen bracht leven. Het gele gras werd groen en sappig, de planten zwollen op en botten uit tot tweemaal hun normale omvang. 's Ochtends deed het vogelgezang pijn aan je oren.

's Avonds krijsten de krekels. De rietratten die Archie keurig op een rijtje bij de deur neerlegde, waren fors en gezond. De aarde had een rijke, bloedrode kleur en krioelde van de wormen. Alles leefde, bewoog en groeide, en de gewassen floreerden. Blanke boeren en hun land waren avond aan avond in het nieuws. Steve zei dat Mugabe hun land wilde afnemen. Door mijn contact met Kurai en haar vrienden was ik voor hervestiging. 'Dacht je nou echt dat dat land naar de armen gaat?' vroeg Steve. 'Bob wil het gewoon aan zijn maatjes geven.'

'Waarom doet hij dit dan?'

'Omdat de verkiezingen eraan komen,' zei Steve.

'Gaat hij oom Pieter zijn land afnemen? En meneer Cooper?'

'Welnee, zover komt het heus niet,' zei Steve. 'Hij is gewoon een beetje met de speren aan het zwaaien, vanwege de verkiezingen. Mugabe heeft de blanke boeren nodig. Die houden de economie draaiende.'

Ik kon me niet voorstellen dat iemand ooit meneer Cooper van zijn boerderij zou verdrijven. Hij sprak zo vloeiend Shona en stond in zo'n hoog aanzien bij zijn arbeiders dat hij bijna bovenmenselijk leek. Ik kon me niet voorstellen dat Lettuce en Jeans en de andere zwarte voorlieden zonder verzet te bieden Veteranen zouden toelaten om de boel over te nemen.

We maakten ons – meestal – geen zorgen. De boerderij was altijd zonovergoten. De wind die er waaide rook scherp en heet. Er hing energie in de lucht; machines met knarsende raderen, mensen die op het veld aan het werk waren, dieren die door de weiden renden – alles was gericht op welvaart en rijkdom. Van de hele boerderij straalde af dat er geld werd gespendeerd en verdiend.

Mama had weliswaar bezwaar gemaakt tegen de vleeshaken die bij haar kantoor voor de deur hingen, maar ze waren er nog steeds. Op een dag zat meneer Cooper in het kantoor met mama te kletsen, en ik zat op de stoep buiten, toen er een stel arbeiders bij het kantoor aankwamen die een magere mombe aan een eind touw voortsleurden.

'*Sah!*' riepen ze van buiten. Ze hadden waarschijnlijk zijn motorfiets zien staan.

'Ik ga hem wel halen.' Ik ging naar binnen. Meneer Cooper zat, zoals altijd, op de rand van mama's bureau te kletsen. Mama leunde achteruit op haar stoel en streelde met een hand over haar haar.

'Meneer Cooper!'

Hij liep met me mee en zag de magere koe aan het gerafelde touw.

'Ze is ziek, sah,' zei een van de arbeiders.

Zelfs ik kon zien dat ze ziek was. De koe stond op haar poten te zwaaien. Af en toe voer er een siddering door haar knokige lijf.

'Kan ze nog opknappen?'

'Nee, Baas.' De arbeider schudde zijn hoofd. 'Het spijt me, Baas.'

'Het is jouw schuld niet, man.' Meneer Cooper nam de koe nadenkend op.

'Ja, oké.'

Hij liep naar zijn bakkie en haalde zijn geweer tevoorschijn. Het was een olifantengeweer. Ik had er een keer mee geschoten, op een schoolkamp, en bij de terugslag was mijn schouder bijna uit de kom geschoten.

'Misschien kun je maar beter naar binnen gaan,' zei hij tegen me. 'Het wordt geen prettig gezicht.'

'Neuh, ik kan er best tegen,' zei ik, in de hoop dat ik klonk als een boerderijkind dat alles al had gezien.

'Mij best, als je het zeker weet.'

Hij kneep zijn ogen toe en zwaaide het stompe, slangachtige uiteinde van het geweer om, tot het bijna het midden van het voorhoofd van de koe raakte.

De koe deed haar ogen dicht, alsof ze opgelucht was. Haar poten sidderden eenmaal; daarop ging het geweer af met een geluid dat eerder deed denken aan het terugslaan van een motor dan aan een geweerschot, en ze zeeg op de grond ineen.

Ik draaide me om, maar ik zag nog net hoe de eerste arbeider met een bhadza op het dier begon in te hakken. Hij tilde hem boven zijn hoofd op, en de plakkerige, rode rand van het bijlblad ving het licht. Ik voelde een rilling. Ik bracht mijn hand naar mijn voorhoofd om een haarlok weg te vegen, en toen ik mijn hand weghaalde, zat er een donkere vlek op.

'Wat is dat?' Meneer Cooper keek naar mijn hand. Hij zoog zijn adem fluitend naar binnen. 'Moet je nou zien. Dan is er toch wat bloed weggesproeid. En hoe groot is die kans helemaal, hè?'

Hij gaf me zijn grote witte zakdoek en ik haalde hem langs mijn voorhoofd.

Er zaten maar een paar rode vlekjes op het katoen.

'Nu hoor je er echt bij,' zei hij grijnzend. Hij had zelf ook een veeg bloed op zijn hand. Hij zag hem zitten en haalde er zijn duim overheen, die hij vervolgens tegen zijn voorhoofd drukte. Het zag er ongerijmd uit, als een vlek lippenstift, alsof iemand hem had gekust.

'Ontgroend,' zei hij. 'Dat doen ze bij de Engelse vossenjacht, wist je dat?'

Ik schudde mijn hoofd.

'Ze smeren wat bloed van de vos op het voorhoofd van nieuwe jagers. Bij wijze van inwijding. Stomme gewoonte.' Hij glimlachte.

'Ja,' zei ik. Ik stak hem zijn zakdoek toe.

'Nee, het is wel goed,' zei hij. 'Hou hem maar.'

Ik maakte een prop van de zakdoek om de rode vlekken te verbergen. Meneer Cooper stapte in zijn bakkie en startte.

'Tot ziens.' Het rode bloed op zijn voorhoofd glom als een glimlach met veel tandvlees. Ik voelde een koude rilling.

'Dag.'

De lucht rook naar vlees. Op de terugweg naar het kantoor ving ik een glimp op van de arbeiders die de koe in stukken aan het snijden waren om af te voeren, al deed ik nog zo mijn best om niet te kijken. Ze neurieden onder het werk. Een van hen grijnsde naar me en stak zijn vlakke hand omhoog om naar me te zwaaien.

Zodra ik binnen was, gooide ik de bebloede zakdoek in de prullenbak.

Die week verdwenen er drie struisvogels uit de omheinde weiden. Ik was bij mama toen ze het merkte en meneer Cooper belde om het te vertellen.

'Drie, ja,' zei ze. 'Nee, niemand weet iets. Ik heb het Jeans gevraagd. Ja, oké.'

Ze hing op.

'Hij gaat met de arbeiders praten.'

'Waarom?'

'Een van hen heeft het gedaan.'

'Hoe weet je dat?'

Mama zuchtte. 'Het is gewoon te goed georganiseerd. Het moet iemand van de boerderij zijn. Ze hebben ze waarschijnlijk meegenomen voor het vlees.'

Meneer Cooper liet alle arbeiders bij elkaar komen en vroeg naar de struisvogels. Hij sprak vloeiend spreektaal-Shona, en zijn toespraak maakte naast het verwachte beschaamde geschuifel ook een paar keer gelach los.

'Kom op, jongens,' zei hij aan het eind. 'Ik ben de hele ochtend op mijn kantoor. Kom nou maar over de brug en vertel me wie het heeft gedaan.'

Hij zat de hele dag in zijn kantoor, maar er kwam niemand met hem praten. Hele stromen arbeiders kwamen voorbij op weg naar of van ergens anders, maar die stromen splitsten zich op en kwamen weer samen rond het kantoor. Aan het eind van de dag, toen mama en ik de auto aan het inladen waren, zagen we meneer Cooper uit het kantoor komen en een sigaret opsteken.

'Goedenavond, Baas.'

'Manheru, Baas.'

De arbeiders groetten hem glimlachend onder het passeren. Er stond niets op hun gezicht te lezen behalve vriendelijkheid. Meneer Cooper stak zijn hand naar ons op toen mama en ik wegreden.

'Dat was dan dat, neem ik aan,' zei ik.

'Nee,' zei mama. 'Die heeft nog wel wat anders in petto, maak je daar maar geen zorgen over.'

Het klonk alsof hij een soort oorlog met de arbeiders voerde; een vreemde, vriendelijke oorlog vol glimlachjes en grappen, die allemaal niet het feit verhulden dat het altijd Zij tegen Wij was. Er was zeker sprake van wederzijds respect en affectie, maar ook van een gezonde dosis achterdocht en cynisme.

Ik vond dat mama gelijk had. Meneer Cooper kon het er niet bij laten zitten als hij het gerucht in stand wilde houden dat hij ogen in zijn achterhoofd had. Hij had vast en zeker een plan.

Hij riep de arbeiders opnieuw bij elkaar. Ze stonden tegenover hem alle kanten op te kijken behalve recht in zijn ogen.

Blanken dachten vaak dat Shona's onbetrouwbaar waren, omdat ze er zulke andere manieren van communiceren op na hielden. In de Shona-cultuur was het onbeleefd om iemand recht aan te kijken, omdat dat een uitdaging inhield. Als je oogcontact probeerde te maken met een Shona, wendde die zijn blik voortdurend af.

'Achterbaks,' zeiden mensen die dat niet begrepen, en 'onbetrouwbaar'.

De handdruk van een Shona werd ook verkeerd begrepen. Het soort mensen dat zegt: 'Iemands handdruk zegt heel veel over hem', is het soort mensen dat je hand stevig vastgrijpt en die woest heen en weer schudt, terwijl ze je strak in de ogen kijken.

Openhartig. Vastberaden. Dat soort mensen zal diep teleurgesteld zijn door een Shona-handdruk, want die is slapjes en glibbert uit je hand weg als een vis die popelt om terug te keren naar het water.

Meneer Cooper stond afwachtend naar de ogen van de arbeiders te kijken, die overal heen gingen behalve naar zijn gezicht. Hij zag de schaapachtige lachjes. Toen er niemand naar voren kwam, liet hij ze glimlachend en in volmaakt Shona weten dat ze allemaal een boete moesten betalen om de kosten voor de verdwenen struisvogels te dekken, tenzij ze de boosdoeners aangaven. Nog steeds geen reactie. 'Nou ja,' zei mama toen we terug waren in het kantoor. 'In elk geval krijg je je geld terug.'

'Ja,' zei meneer Cooper. Hij fronste zijn wenkbrauwen. 'Maar ik wil die kerels iets aan hun verstand peuteren.'

'Wat ga je dan doen?' vroeg mama.

Meneer Cooper nodigde de medicijnman uit. Hij maakte er een hele vertoning van om de man in zijn kantoor te verwelkomen, en hij zorgde ervoor dat alle arbeiders het konden zien. De medicijnman hield zelf ook wel van enig vertoon. Hij omhelsde meneer Cooper nadrukkelijk en schudde enthousiast met zijn rammelaar (een kalebas met zaden erin). De arbeiders lieten hun blik over hem heen glijden en keken daarna weer weg.

Een uur later kwam de medicijnman het kantoor weer uit. Nadat hij meneer Cooper nog een keer uitgebreid had omhelsd en ze elkaar een hoop klappen op de rug hadden gegeven, vertrok hij.

De volgende dag riep meneer Cooper de arbeiders weer bijeen. 'Ik heb met de n'anga gesproken,' zei hij. Onmiddellijk keek iedereen ongerust. De stemming zakte ineen zoals de rook van hout naar de grond zinkt. 'Als de kadavers van de struisvogels niet worden teruggebracht,' zei meneer Cooper, 'draag ik de zaak over aan de n'anga. Dan handelt die het verder af.'

De volgende ochtend lagen er drie dode struisvogels keurig op een rij voor het kantoor van meneer Cooper. Ze waren ongeschonden.

'Tovenarij,' zei meneer Cooper met een grijns. Fluitend vertrok hij weer.

Tussen de middag zat ik die dag buiten te lezen en een naartjie te eten. Het vel van de naartjie was dun en zat strak om het vruchtvlees, en het was een vies karweitje om het eraf te pulken. Ik was er zo ingespannen mee bezig dat ik de vrouw die voorbijliep niet opmerkte, tot ze vlak voor me was.

'Goedemiddag,' zei ik, geschrokken.

'*Masikati.*'

Ze had een zak maïsmeel op haar hoofd. Haar haar was heel kort geknipt en springerig, en haar huid glom als duur, donker meubilair, of als de parketvloeren wanneer Saru die in de boenwas had gezet. Haar voeten en enkels waren bestoven met rode aarde, en door het lange gele gras dat rond haar knieën wuifde leek het net of ze door vuur liep.

Ik volgde haar geboeid met mijn ogen. Haar losse borsten schommelden als rijpe papaja's aan een boom, en ze had dezelfde tred als de traag voortstappende struisvogels die haar van achter het hek bekeken. Ik keek omlaag naar mijn eigen benen en zag knieën die schilferig waren van de korstjes en de schaafwonden, en mollig wit vlees. Mijn huid had een ongezonde kleur in het middaglicht, dooraderd en blauw. Niets van die glans van in de boenwas gezet hout.

In werkelijkheid was niemand echt blank (zoals blanco papier wit is, of schoon linnengoed); mensen waren roze, zonverbrand rood, vaal of bruin. Blank was eerder een gemoedsgesteldheid. Blank was snel naar voren worden geschoven in een wachtende rij, onder het toeziend oog van honderd paar haatdragende ogen.

Blank was geld, zwembaden, twee auto's. Het was lichtgevend in het donker, waardoor je onmiddellijk opviel op een zwarte straat. Al die gedichten die we op school leerden over een huid zo blank als sneeuw, bloemblaadjes, melk of room, hielden geen rekening met de andere kant van de medaille: het gebrek aan pigment, de ziekelijke groenachtige zweem die een blanke huid kon hebben, waardoor we spoken werden in een land van levenden.

Sean kwam aanrazen op zijn motor. Mama keek op van haar werk en wierp me een veelbetekenende blik toe. Ik keek kwaad terug en stampte weg.

Ik ging buiten bij de kleine struisvogeltjes zitten, en keek toe terwijl een ervan door een muur probeerde te rennen. Ze waren nog stommer dan kippen, met hun lange, volwassen poten.

Sean wist me te vinden. 'Hoe gaat ie? Wat ben je aan het doen?'

'Ik zit naar de struisvogels te kijken.'

'Oké.' Hij aapte met zijn handen op zijn heupen onbewust (of bewust?) de houding van zijn vader na.

'Hé, kom eens even hier,' zei hij.

Ik stond op en veegde uitgebreid het zand van mijn knieën.

'Wat is er?'

'Kom mee, op de motor. Ik moet je iets laten zien.'

'Wat voor iets?'

'Kom nou gewoon mee, man.'

Ik liep met hem mee en voelde de nieuwe beha tegen mijn lichaam bewegen. Ik sloeg mijn armen voor mijn borst uit angst dat hij hem zou zien.

'Wat vind je van dat gedoe over die herverdeling van het land?' vroeg ik toen we bij de motor waren aangekomen. Ik wilde laten zien dat ik op de hoogte was van de politieke situatie, en dat ik hem niet meer beschouwde als een geweldige held, ook al was hij ouder dan ik en dacht hij erover van school te gaan.

'Gewoon stom, man. Dat doen ze nooit, *ek sei*?' De boerderijen zijn veel te belangrijk. Wij brengen al het geld in.'

Sean praatte de laatste tijd zo. '*I tuned him this.*' '*What's the gwan?*' Zo praatten de zwarte jongens bij mij in de klas. Ik kon hem niets kwalijk nemen; ik droeg een Oliver Mtukudzi-hemd en houten sieraden, en luisterde naar dezelfde muziek als Kurai.

'Dus jullie blijven hier?'

'Natuurlijk.' Sean grijnsde ineens. 'Ik moet de boerderij toch overnemen?'

'Nog niet.'

'Nee, maar ooit. Denk je dat ik een goede Grote Baas word?'

Ik keek naar hem. Ik kon me voorstellen dat hij net als zijn vader met de arbeiders zou dollen en van iedereen zou weten hoe hij heette.

'Misschien.'

'Ja, dat weet je heus wel.'

Hij grijnsde nog steeds. Mijn huid jeukte, en ik krabde zo hard over mijn arm dat er een roze striem opkwam.

'Nou ja, er komt meer kijken bij het runnen van een boerderij dan een beetje Shona praten.'

'Dat weet ik ook wel.'

Ik haalde mijn schouders op. 'Zo klinkt het anders niet.'

'Iesjjj,' klonk het toen hij door zijn tanden inademde. 'Wat ben jij vandaag stekelig. Wat is er aan de hand?'

'Niets.' Ik wist niet wat er aan de hand was, behalve dat het iets te maken had met beha's en ongesteldheid en de mooie Afrikaanse vrouw die ik had zien langslopen. 'Ik heb het druk. Ik help mama.'

'Aha. Nou, mij best.' Hij keek me kwaad aan. 'Je doet maar.'

Hij stapte weer op zijn motor, zwaaide even overdreven naar me, en trapte hem aan. Een paar minuten later kwam Shumba de hoek om rennen. Hij was waarschijnlijk vanaf het huis achter Sean aan gelopen en had hem nu pas ingehaald. Ik schonk water in een kom voor hem en keek toe hoe hij hem leeglebberde, terwijl hij ondertussen met zijn zwarte lippen en ogen naar me grijnsde.

'Stomme hond,' zei ik, en ik stak mijn hand uit om zijn oren te krabbelen. In de verte hoorde ik de motor, en ik voelde dat er iets naar me keek. Een aanraking in mijn nek. Ik ging rechtop staan en keek om me heen – alleen gombomen te zien. Ik dacht dat ik het me maar had ingebeeld, maar de vacht op Shumba's rug stond overeind en zijn lippen waren weggetrokken in een halve grauw.

Ik had het gevoel dat ik een waarschuwing had gekregen. Het geluid van Seans motor was inmiddels helemaal weggeëbd, maar ik kreeg de aanvechting om achter hem aan te rennen en hem terug te roepen.

Die nacht lag ik een hele tijd wakker. Ik had het gevoel dat het land had ingeademd, en dat we er allemaal op zaten te wachten tot het uitademde.

HOOFDSTUK 12

Blanken, blanken, blanken, dat hoorden we de hele tijd op het nieuws. We kregen overal de schuld van, vooral omdat we land hadden afgepakt van de zwarten, in de tijd dat we nog Britten waren in plaats van Zimbabwanen. Ik wist dat ik blank was, maar ik was ook een Zimbabwaan. Mama was hier geboren. Steve was hier geboren. Hoe lang moesten we hier zijn voordat we echte Zimbabwanen waren?

Door iemand te vermoorden raakte je volgens de Shona's verbonden aan de plek waar de moord was gepleegd. Het bloed dat op de aarde was vergoten, had het vermogen om je daarnaartoe te trekken, en de ngozi's – de wraakzuchtige zielen van de doden – zouden je volgen. Zoiets werkte bij geboren worden vast net als bij de dood, dacht ik. Er was vast een soort primitieve magie die je aan de plaats bond waar je was geboren, waar je bloederig en naar adem snakkend uit je moeder was gegleden, met je mond wijd open als een stervende die naar adem hapt.

Munyu was een glimlachende, blauwzwarte man met tanden die te groot waren voor zijn kaak. In het begin was hij een gewone arbeider, maar al snel werd hij gepromoveerd tot voorman, vanwege zijn glimlach en zijn vriendelijkheid; een vriendelijkheid waarmee hij nooit de grens overschreed van de juiste mate van respect, en waar iedereen zich prettig bij voelde.

'Hij kent zijn plaats,' zei iemand.

'Hij is duidelijk gek op zijn werk,' zei een ander.

'Het is gewoon een verdomd goeie kerel,' zei Steve toen hij thuiskwam.

Het viel me op dat blanken vaak over zwarten zeiden dat ze kennelijk plezier beleefden aan hun werk, omdat ze zo vaak lachten of neurieden als ze bezig waren.

Tatenda zong de hele dag in de tuin, tot mama er op het laatst toe overging de ramen dicht te doen aan de kant van het huis die het dichtst bij hem was. Wanneer hij aan een ander klusje begon in een ander deel van de tuin, stond ze op om het ene stel ramen te openen en andere dicht te doen.

'Waarom vraag je hem niet of hij ophoudt?'

'Het is fijn dat hij zingt,' zei mama. 'Ik wil er gewoon niet de hele dag naar luisteren.'

'Waarom is dat fijn?'

'Omdat daaruit blijkt dat hij gelukkig is.'

De Shona's zongen altijd. Ik had niet het idee dat dat betekende dat ze altijd gelukkig waren.

Mama stelde voor om Munyu en zijn vrouw bij ons op de thee te vragen.

'Ja, misschien is dat wel een goed idee,' zei Steve.

Tegen die tijd liepen we allemaal op eieren, en we probeerden aan te tonen dat we echte blanke Zimbabwanen waren en geen overgebleven Rhodies. Steve bracht de uitnodiging over en er werd een datum geprikt.

Het was een raar gezicht om Saru thee te zien serveren aan Munyu en zijn vrouw. Munyu nam het porseleinen kopje met een vriendelijk bedankje aan en hield het omzichtig vast. Saru was duidelijk ontstemd. Ze zuchtte luid en liet met opzet de spullen op het dienblad kletteren toen ze het op tafel neerzette.

'Dankjewel, Saru,' zei mama.

'Mazvita tatenda, amai,' zei Munyu. Saru wierp hem een halfgeloken, uitdrukkingloze blik toe en stapte met een stijve rug terug naar de keuken.

Mama voerde een opgewekt gesprekje met Munyu's vrouw Nyasha. En wat doe jij, Nyasha? Echt waar? Dat is interessant. En hoe lang zijn jullie al getrouwd? De mannen zaten op het puntje van hun stoel, met hun benen op een echte mannenmanier wijd uit elkaar, meer te knikken en te glimlachen dan werkelijk nodig was.

We moesten een heleboel onderwerpen vermijden. Wanneer we blanke gasten hadden, kon Steve ontspannen op zijn stoel hangen en een eind weg klagen over de bedienden en die verdomde munt die de leiding had, en roddelen over de boeren die we kenden. Dat waren allemaal dingen waar we het nu niet over konden hebben.

Het viel me op dat mama een rok aanhad met een kleurig patroon, die vaag iets Afrikaans had, en Steve droeg zijn Lake Kariba-overhemd. Zelfs ik had mijn houten ketting met giraffe om. Munyu en Nyasha waren in zorgvuldig gekozen westerse kleren — een poloshirt en een lange broek. Toen Tatenda langskwam om de bloembedden bij de veranda water te geven, zaten we met z'n allen naar hem te kijken. Hij floot. Gaf de planten veel te veel water. Normaal gesproken zou Steve hem op de vingers tikken, maar nu niet. We zaten naar Tatenda te kijken en hadden het gevoel dat de wereld verkeerd zat, dat de dingen vandaag niet waren zoals het hoorde. Uiteindelijk stuurde Steve hem naar de achterkant van het huis, waardoor het allemaal wat makkelijker had moeten worden, maar nu hadden we niets meer om naar te kijken, behalve elkaar.

Algauw kuchte Munyu even en hij stond op. Hij hield nog steeds zijn theekopje vast en moest naar voren stappen om het neer te zetten, waarbij hij bijna in botsing kwam met Steve, die was opgestaan om hem de hand te schudden. Het porselein zag er te breekbaar en te mooi uit in zijn grote zwarte hand, en hij zette het veel te voorzichtig neer. Nyasha en hij verontschuldigden zich. Bedankt, bedankt, het was heel leuk, moeten we vaker doen, kom eens bij ons. Nyasha klapte haar tot een kom gevormde handen tegen elkaar voordat ze mama de hand schudde.

Toen ze vertrokken waren, slaakte het hele huis een opgeluchte zucht. We gingen op de veranda zitten voor nog een kopje thee.

'Ze wilde zes klontjes suiker in haar thee,' zei mama, alsof ze in zichzelf praatte.

'Tja, nou ja…' zei Steve, zonder zijn zin af te maken. Iedereen wist dat zwarten veel suiker in hun thee dronken.

'Aardig stel,' zei mama.

'Heel aardig.' Steve kwam van zijn stoel overeind. 'Zag je hoe Tatenda die arme planten weer verzoop? Dat heb ik hem nou al honderd keer verteld.'

'Ik zal Saru maar een seintje geven voor het avondeten.'

Alles zat verkeerd. Ik voelde een pijnlijk soort tederheid tegenover Munyu en Nyasha. Ik wilde achter hen aan rennen en hun vertellen dat ze zich geen zorgen moesten maken, dat het ons probleem was. Wij waren degenen die blijkbaar niet van onze oude ideeën af konden komen.

Misschien had Mugabe in sommige opzichten wel gelijk.

'Wat denkt de Baas wel?' zei Saru in het Shona tegen mij terwijl ze stond af te wassen. Ze had al een glas gebroken, zoals ze wel vaker deed als ze in geëmotioneerde toestand afwaste.

Ik stond tegen het aanrecht geleund een cola te drinken. Als mama erbij was geweest, had ze gezegd dat ik moest afdrogen, maar als ik dat deed, waren Saru en ik de hele tijd bezig ons te verontschuldigen als we elkaar in het langslopen aanraakten, en het was een stuk minder gestrest als ik haar haar gang liet gaan.

'Wat bedoel je?' vroeg ik.

'Dat hij zulke gasten uitnodigt.' Saru wist inmiddels dat ik onze gesprekken nooit aan mama of Steve overbriefde. Daarom kreeg ik een hoop buurtroddels te horen, en soms een boeiend kijkje op mijn eigen familie.

'Geen idee.'

Saru klakte bij zichzelf met haar tong. Ik zag dat ze echt ontdaan was.

'Waarom…' Ik moest even denken hoe ik het onder woorden moest brengen. 'Waarom bevielen de gasten je niet?'

'Het hoort gewoon niet,' zei Saru. 'Ik hoor die mensen niet te bedienen.'

Saru en Tatenda hadden hun eigen wereldje binnen dat van ons – hun geheime grapjes, hun gesprekken in het Shona, het goedmoedige achteroverdrukken van kleine dingen – net leerlingen die achter de rug van de meester briefjes doorgeven. En blijkbaar hielden ze er ook hun eigen regels op na.

Misschien waren wij niet de enigen die aan oude ideeën vasthielden. Op het nieuws zagen we zwarten die zeiden: 'De blanken behandelen ons als honden. Wij hebben de Onafhankelijkheidsoorlog gewonnen, en zij hebben verloren. Ze mogen ons niet zo behandelen. Ze horen zich te gedragen als mensen die een oorlog hebben verloren, en niet als Britse imperialisten.'

We hoorden verhalen over de arbeiders op blanke boerderijen die zich tegen hun meesters keerden, maar net zo goed hoorden we verhalen over arbeiders die voor hun grote Bazen in de bres sprongen. Ik kon me niet voorstellen dat Tatenda en Saru er dezelfde gedachten over ons op na hielden. Saru glimlachte altijd – haar glimlach was het eerste wat ik 's ochtends zag, en als ze 's avonds terugging naar haar gezin waren haar tanden een witte flits in de duisternis. Tatenda zong, floot en neuriede de hele dag; hij maakte grapjes, flirtte en speelde met de kat. Zouden ze echt willen dat wij weggingen. Of nog erger?

Toen ik eenmaal op die gedachte was gekomen, begonnen me dingen op te vallen. Ik zag dat Saru soms met een kille, afwezige blik naar ons keek, alsof er heel even een masker van haar gezicht was gegleden. Ik zag dat ze zonder een zweem schuldbewustheid glimlachte als mama haar (onhandig en met tegenzin, omdat ze nu eenmaal nooit die aristocratische, blanke manier onder de knie had gekregen om met bedienden om te gaan) op de vingers had getikt voor een fout. Ik luisterde naar de liedjes die Tatenda neuriede en wist zeker dat ik daar iets van de pro-Mugabe-liederen in terughoorde. Maar dat kon verbeelding zijn.

Elke dag verschenen er blanken op het nieuws en in de kranten.

Mama vond dat het land herverdeeld moest worden. 'We hebben het tenslotte van hen afgepakt,' zei ze, 'en dat zullen we moeten teruggeven, willen we als een echte natie verder kunnen.'

'Dat is verdomme waanzin,' zei Steve. 'Op de helft van dat land kon je niet eens iets verbouwen voordat de blanken putten sloegen en de grond ontgonnen.'

'Daar gaat het niet om,' zei ik, mama's kant kiezend. 'Zij waren hier het eerst.'

Dat woord 'zij' voelde vreemd aan. Ik had liever 'wij' gezegd. Mijn blankheid zat om me heen als slecht passende kleren.

'Oké, de boeren van nu zijn verdomme ook niet de eerste kolonisten die het land hebben ingepikt. Ze hebben dat land geërfd of netjes gekocht, en ze horen dat niet te moeten opgeven.'

'Ik zeg ook niet dat ze er niet voor moeten worden gecompenseerd,' zei mama. 'En ze moeten ook niet al het land hoeven opgeven.'

'Ja, en dan moeten ze het zeker aan mensen geven die vijf stuks maïsstengels planten om hun gezin te voeden en helemaal niks exporteren? Dan stort de economie in, man.'

'Als mensen fatsoenlijk worden opgeleid, gebeurt dat heus niet,' zei mama. 'Ik denk dat dat heel goed zou zijn.'

'En ik weet zeker dat Mugabe het allemaal heel netjes en eerlijk zal regelen,' zei Steve zwaar sarcastisch.

'Ik zeg alleen maar dat het een goed idee is, als ze het op de juiste manier aanpakken.'

'Verdomde *kaffir-boetie* die je bent,' zei Steve. Hij zei het bij wijze van grapje, maar ik zag hoe hij zijn glas liet ronddraaien en naar het ijs keek dat in de gin wegsmolt, en ik vroeg me af of hij ooit zo'n verbitterde ouwe Rhodie zou worden als hij versleten was geraakt van de genadeloze Afrikaanse hitte, het stof en het voortdurende geploeter.

We gingen vrijwel nooit naar het centrum van de stad. Ons leven draaide om ons huis, de boerderij, het winkelcentrum en school.

De rest van het land had wat ons betreft voor hetzelfde geld net zo goed niet kunnen bestaan.

Toen ik op een dag met de fiets op weg was naar de boerderijwinkel, reed ik bijna een klein zwart meisje aan dat met haar vader op het voetpad liep. Het haar van het meisje was strak tegen haar hoofd gevlochten en met een roze strikje aan het eind van elke stijve richel vastgezet. Iemand moest er uren aan hebben besteed om haar haar te doen. Ze slaakte een kreet en ik zwenkte opzij.

'Neem me niet kwalijk,' zei ik, maar haar vader begon al met zijn vuist te zwaaien. 'Jullie verdomde blanke kinderen denken dat de boel hier van jullie is!' schreeuwde hij. 'Je had mijn dochter wel kunnen doodrijden.'

'Het spijt me.' Ik hield een paar passen achter hen halt.

'Jullie denken dat je maar je gang kunt gaan, maar dit is ons land! Ga terug naar Engeland.'

Ik had het gevoel dat ik daar moest blijven om het met hem uit te praten. Hem ervan moest overtuigen dat ik ondanks mijn huid een echte Zimbabwaan was, en dat ik niet naar een land ging vluchten dat niet echt van mij was. Maar ik sprong weer op de fiets en fietste zo snel mogelijk weg.

De keer daarop dat ik me weer realiseerde dat ik een Blanke was met een hoofdletter B, was toen ik met Kurai meeging naar het Bureau Rijbewijzen. Ze snakte naar de vrijheid die een auto haar zou opleveren. Strikt genomen kon je pas op je vijftiende een proefrijbewijs krijgen, maar iedereen wist dat je de ambtenaren kon omkopen om je er eerder een te geven.

'Sha, stel je nou eens voor dat je overal heen kunt waar je maar wilt en wanneer je maar wilt,' zei ze.

Onze wereld was zo erg gekrompen dat het niet meeviel om je voor te stellen dat je naar een plek zou gaan die je nog niet kende.

We gingen naar het bureau en sloten achter in de rij aan. Die slingerde zich uit het hoofdgebouw, door de ijzeren hekken naar buiten en de straat op. Er stonden zeker honderd mensen voor ons.

'En natuurlijk moet ik weer plassen,' zei Kurai. 'Het zal eens niet. Zie jij ergens een plee?'

'Nee.'

'Het zal eens niet.'

We stonden samen met de anderen in de rij. Het viel me op dat ik de enige blanke was. Een groepje mannen stond een paar meter verderop, buiten de rij. Ze wezen naar mij en begonnen dan razendsnel onder elkaar in het Shona te praten.

'Wat is er aan de hand?' vroeg ik aan Kurai.

Ze haalde haar schouders op. 'Geen idee.'

Een man maakte zich los uit de groep en kwam op ons af.

'Hallo,' zei hij met een vleierige glimlach. Zijn twee voortanden ontbraken.

'Hai,' zei ik. Kurai trok haar wenkbrauwen op.

'Wil je een rijbewijs?' vroeg hij aan mij.

'Mm-mm...'

'Regel ik voor je, heel goedkoop.'

'Nee, bedankt.'

'Vijfhonderd dollar,' zei hij. Zijn gezicht was heel dicht bij het mijne; ik kon het zweet op zijn bovenlip zien glanzen.

'We zijn niet geïnteresseerd,' zei Kurai.

De man haalde zijn schouders op en liep terug naar zijn groepje, met een wuivend gebaar naar ons waarvan ik maar hoopte dat het vriendelijk bedoeld was.

Een ambtenaar stak zijn hoofd om de hoek van de deur van zijn kantoor en zag ons staan. Een paar minuten later kwam er een man in uniform langs de rij aanlopen.

'Staan jullie in de rij voor een rijbewijs?' vroeg hij aan ons.

'Ja,' zei Kurai.

'Kom maar mee.'

Hij bracht ons naar het kantoor, langs een rij verwijtende gezichten.

'Is dat alleen maar omdat ik blank ben?' vroeg ik zacht aan Kurai.

'Ja.'

'Maar ze haten me.'

'Dat kan zijn, maar jij hebt geld. Of dat denken ze in elk geval.'

'Dat is niet eerlijk.'

'Nee, maar het is beter dan nog eens twee uur in de rij staan. En ik moet nog steeds plassen.'

Toen we binnenkwamen, waren de ambtenaren een en al glimlach. Kurai kreeg zonder problemen haar rijbewijs.

'Prettige dag nog,' zei een van de mannen toen we vertrokken. En opnieuw liepen we langs de verwijtende gezichten.

Mijn huid had veel macht, in goede en in kwade zin.

Een paar weken later informeerde ik naar Munyu en zijn vrouw.

'O,' zei Steve. 'Ik dacht dat ik je dat al had verteld. Munyu is vorige week plotseling overleden. Hij bleek aids te hebben.'

'En Nyasha?'

Steve haalde zijn schouders op. Maar we wisten het allebei.

HOOFDSTUK 13

De arbeiders op de boerderij begonnen te klagen over tokoloshes. De legende wilde dat ze zich onder bedden verstopten en dan 's nachts hun slachtoffers aanvielen. De arbeiders zetten hun bedden op bakstenen zodat ze een op de loer liggende tokoloshe met een zouden zien. Anderen beweerden dat ze luipaarden rechtop hadden zien lopen, net als mensen. Uit een kraal verdween een kind.

'Die is de bush in gelopen,' zei meneer Cooper. 'Een aftandse leeuw die te traag is om nog een antilope te vangen, heeft hem vast gegrepen. Niks geheimzinnigs aan.'

Daar dachten de arbeiders anders over. Sommigen verschenen niet meer op hun werk.

'Dat is verdomme belachelijk,' zei Steve.

De boerderij was op oud bloed en botten gebouwd, en iets had die dingen bevrijd. Ik moest denken aan wat de medicijnman in Chinhoyi had gezegd: 'Je wordt door tegenslagen achtervolgd.'

Ik werd midden in de nacht wakker, met een helder hoofd dat bruiste van de gedachten. Er stond iemand in mijn deuropening.

'Mam?'

Ik kon niet zien wie het was – daar was het te donker voor –, maar het leek een mannenfiguur.

'Steve?'

Degene die er stond, draaide zijn hoofd een stukje om naar me te kijken. Ik gaf geen kik. De wereld ging langzamer draaien en stolde, en ik moest mijn longen dwingen zich uit te zetten en samen te trekken en lucht in te ademen en uit te blazen. Mijn hart was futloos en verwrongen. Ik probeerde nog een keer om mama te roepen, maar het kostte al een bovenmenselijke inspanning om zelfs maar een klein beetje lucht door mijn keel te persen.

De gedaante verdween, en mijn stem kwam er veel harder uit gestoten dan mijn bedoeling was.

'Mam!'

Mama kwam door de gang aangelopen. Haar stem was nachtschor, met een zweem paniek.

'Wat is er?'

Ik vertelde haar over de man.

'Je hebt gedroomd. Ga nou maar weer slapen.'

'Ik was klaarwakker.'

Mama leunde tegen de deurpost. 'Jij weet ook wel dat je jezelf altijd aanpraat dat je dingen ziet. Kun je je nog die tokoloshe herinneren?'

'Die tokoloshe was er ook echt.'

'Daar gaan we het nu niet over hebben. Ga nou maar slapen.'

Later die nacht werd ik wakker van iemands stem. Het klonk net of de radio of de televisie was blijven aanstaan. Ik lag een poosje te proberen de stemmen uiteen te rafelen tot aparte woorden.

Mama verscheen met een zaklantaarn in mijn deuropening.

'De stroom is uitgevallen,' fluisterde ze. 'Hoor jij het ook?'

'Ja. Wat is dat?'

'Geen idee. Ik dacht dat het uit de zitkamer kwam.'

'Ik dacht dat het bij jou uit de kamer kwam.'

'Dan komt het zeker uit de khaya,' zei mama. 'Ik moet eens tegen Tatenda zeggen dat hij die radio van hem niet dag en nacht moet aan laten staan.'

'Hoe laat is het?'

'Na tweeën.'

Ik liep achter mama aan door de gang. De radiostemmen stierven weg. Toen we de zitkamer binnenkwamen, klikte ik zonder nadenken de lichtknopjes aan, waarna me te binnen schoot dat er geen stroom was.

'Heb jij het idee dat het van buiten komt?'

'Laten we maar niet naar buiten gaan.' Buiten betekende knappende twijgen, fluwelen duisternis, geesten die net als uilen kreten slaakten door de nacht.

'Ja, nee, hè, laten we binnenblijven.'

Het licht ging met oogverblindende kracht weer aan. Ergens sprong een gloeilamp kapot.

'Shit,' zei mama, en ze sloeg giechelend haar hand voor haar mond. 'Dat moet je me niet gaan nazeggen, oké?'

'Oké.'

Ik begon ook te giechelen. We staarden elkaar aan. Onze ogen waren naakt en hol, en groter dan anders, net de bleke ogen van een bushbaby.

'Wat is hier verdorie aan de hand?' zei Steve vanuit de slaapkamer.

'Niets.' Mama klikte haar zaklantaarn uit. 'Heb je zin in thee?'

'Ach ja, ik ben toch wakker.'

De geluiden kwamen de nacht erna weer, en de nacht daarna ook. Zelfs Steve hoorde ze. Archies staart was permanent half opgezet.

'Jeez, man,' zei Steve aan het ontbijt, 'dit begint belachelijk te worden.'

Hij nam Tatenda apart. Ik kon alleen flarden horen van hun gesprek, totdat Steve zijn stem verhief.

'Kan zijn, maar iemand hier heeft verdomme een radio aanstaan,' zei Steve. 'Dat moet jij ook hebben gehoord.'

Tatenda gaf antwoord, maar hij sprak zacht.

'Wie is het dan wel?'

Steve luisterde naar Tatenda's antwoord, stak daarop zijn handen in de lucht en stormde naar ons toe.

'Hij zegt dat hij het niet is.'

'Dat hebben we gehoord.'

Mama en Steve gingen uit eten. Ze betaalden Saru om langer te blijven en op mij te passen. Ik lag op hun bed naar de televisie te kijken en te luisteren naar het gekletter van vaatwerk in de keuken. Archie nestelde zich aan het voeteneind en begon zich te wassen. Ik hoorde het raspen van zijn tong. Plotseling stopte hij en bleef stokstijf zitten. De kamer voelde ineens kouder aan en er verschenen onregelmatige grijze strepen op het televisiescherm. Het bedlampje flikkerde even. Ik keek in de richting van de open deur naar de badkamer. Ik hoorde een kraan druppen. Archie zat rechtop, met zijn gele ogen wijd opengesperd. De haren op zijn ruggengraat kwamen overeind vanaf zijn kop tot helemaal over zijn staart. Hij legde zijn oren plat tegen zijn kop. Ik voelde dat er iets vanuit de deuropening naar me keek. Ik probeerde iets te zeggen, maar mijn tong leek wel tweemaal zo dik geworden.

Naarmate ik er langer naar staarde, werd de deuropening groter, donkerder en wijder. De haartjes op mijn armen kwamen knetterend overeind. Statische elektriciteit. Het televisiescherm werd mistig; er waren alleen nog vage menselijke gedaanten te zien, waarna ze in een grijze sneeuwbui verdwenen. Een arm. Een hand. Een gezicht. Een verzameling niet te ontcijferen letters. De lucht was dik en smaakte naar metaal.

Na een poosje begon Archie zich langzaam te ontspannen. Zodra ik dat zag, deed ik het ook. Het televisiebeeld werd weer scherp, en de kamer leek weer warm te worden.

Toch nam ik geen risico's meer. Met het dekbed achter me aan liep ik door de gang naar waar Saru in de woonkamer zat, en ik ging zonder een woord te zeggen naast haar op de bank zitten.

De vreemde voorvallen stapelden zich op. Voetstappen volgden ons van kamer naar kamer, en zelfs de tuin in. Schilderijen vielen van de muur, kleine voorwerpen verdwenen en doken op vreemde plekken weer op. Steve vond zijn autosleutels in de koelkast. Glazen vazen vielen van planken aan scherven. Er waren plekken in huis die zonder enige reden koud aanvoelden. De kat maakte soms ineens schrikachtige zijsprongen door de gang of zette plotseling zijn haren overeind.

Mama vroeg de andere bedrijfsleiders ernaar. 'Ja, bij ons gebeuren ook vreemde dingen,' zei een van hen. 'Ik dacht dat het de bedienden waren.'

Alle blanken op de boerderij waren gespannen. Niet een gaf toe dat hij in geesten geloofde, maar ze deden het allemaal. Je kreeg het gevoel dat de boerderij ons daar niet wilde hebben.

Dat weekend ging ik naar het huis van meneer Cooper om de honden uit te laten. Zodra ik zijn tuin binnenliep, struikelde ik zomaar, en ik viel.

Jonah stond met een lege blik naar mijn gestuntel te kijken. Ik had het gevoel dat hij meer wist van wat er gaande was dan hij wilde toegeven. Ik liep in de richting van de schutting langs de achtertuin om aan zijn blik te ontkomen.

'Voorzichtig maar,' riep hij. 'Er zijn daar slangen.'

Ik versnelde mijn pas.

De tuin was gifgroen en zoemde van de bijen. Ik riep de honden, maar die kwamen niet opdagen. Ik moest naar ze op zoek.

Vanuit mijn ooghoek zag ik een bruine gedaante. Een van de honden die een spelletje speelde? Toen ik omkeek, was de gedaante alweer net buiten zicht. Dit gebeurde zo vaak dat ik besloot erachteraan te gaan. Toen ik een flits van een beweging aan de rand van mijn gezichtsveld zag, liep ik er met afgewend hoofd op af. Op die manier kwam ik uiteindelijk aan de overkant van de tuin terecht, in de buurt van de composthoop. Er waren zoveel vliegen dat hun gezoem geen geluid meer was, maar eerder een gebons in de lucht.

Ik stapte voorzichtig over resten uit de keuken heen – bananenschillen, avocadopitten, aardappelschillen – en liep in de richting van de vreemde beweging. Het was het uur van de dag dat de hemel zijn kleur kwijtraakte en de eerste muggen begonnen te dreinen, vlak voordat de zon abrupt van de rand van de aarde viel.

Ik hoorde gekraak en keek omlaag. Ik had een chongololo verpletterd, en hij was nog niet helemaal dood. Zijn lijf lag op de grond te kronkelen en er spoot gele vloeistof uit, terwijl zijn blinde oogjes naar me omhoogstaarden. Hij had aan weerszijden een fijne vacht van kleine gele pootjes die zich van pijn tot gebalde klauwtjes oprolden. Overal uit de composthoop kwamen chongololo's tevoorschijn. Misschien dat het ging regenen – maar ik had er nog nooit zoveel tegelijk gezien. De vliegen hielden me hangend in de lucht in de gaten. Weer zag ik heel even de beweging, net aan de rand van mijn blikveld. Ik voelde iets kriebelen in mijn nek en bracht een hand omhoog om het vliegende wezen dat op me was neergestreken weg te vegen, tot ik me realiseerde dat het geen insect was. De lucht verdichtte zich door de statische elektriciteit, en mijn haar rees zachtjes omhoog van mijn schedel. Iets sloeg mijn voeten onder me vandaan. De grond raasde op mijn gezicht af en er spoot bloed uit mijn neus. Pas toen de pijn even later toesloeg, drong tot me door dat ik op de grond was gesmakt.

Daar lag ik naar het bloed te kijken dat rood op de grond druppelde, bruin werd en daarna in de dorstige aarde wegzonk. Die bloedende neus had op de een of andere manier de spanning die in de lucht hing verbroken, alsof datgene wat me tegen de grond had geslagen alleen tevreden te stellen was met een offer.

Ik keek op en zag een menigte mensen naar me staan staren. Ze waren niet doorzichtig of parelmoerwit, zoals de geesten die ik op de televisie had gezien; ze zaten onder de vlekken van aarde, zweet en bloed. Sommigen waren zwart, anderen blank, maar allemaal stonden ze zwijgend naar me te staren. Ze roken naar ontbinding en lichaamsgeur.

Ik krijste. Jonah kwam naar me toe, zonder te rennen.

'Medem?'

Ik keek naar hem, en daarna weer naar waar de menigte had gestaan. Ze waren verdwenen.

'Heb jij ze ook gezien?'

Jonah schudde zijn hoofd. 'Ik moet weer aan het werk,' zei hij.

Ik keek hem na. Ik wist dat hij hen ook had gezien.

Mama en Steve lieten een priester uit de kerk komen om een gebed te zeggen in ons huis. Hij kwam met zijn bijbel en in vol ornaat. Ik zat met mijn knieën opgetrokken tegen mijn borst toe te kijken. Hij had een flesje water bij zich waarmee hij het tapijt besprenkelde, en hij bad in het Engels en het Latijn.

'Dank u wel,' zei mama toen hij vertrok.

'Heel graag gedaan,' zei hij. 'Ik denk niet dat u verder problemen zult hebben.'

Die nacht was erger dan alle andere. Afgezien van de stemmen klonken er voetstappen op en neer door de gang, en er viel een schilderij van de muur in de zitkamer. Niemand van ons deed een oog dicht.

'Jezus christus,' zei Steve om vier uur 's nachts. Zijn huid zag er verfomfaaid uit, als beslapen lakens.

'Misschien kunnen we iets anders proberen,' zei ik.

'Wat bijvoorbeeld?'

Ik vroeg het de volgende dag aan Saru.

'Zwarte tovenarij werkt niet bij blanke geesten,' zei ze. Haar gezicht stond onvermurwbaar.

'Toe nou, Saru.' Ik had veel vertrouwen in de vermogens van de n'anga. 'Vraag het nou gewoon. Het zijn misschien niet eens blanke geesten. We weten niet wie ze zijn.'

'Ik zal het vragen,' zei ze. 'Maar ik denk niet dat hij komt.'

Hij kwam. Onze elektrische intercom bij het hek zoemde, en mama nam op.

'Wie zei u dat u was?' zei ze in de luidspreker. Van de andere kant hoorde ik gedempt Shona komen. Mama draaide zich om om me strak aan te kijken, en ik sprong op en drukte op het knopje om hem binnen te laten.

'Het is de medicijnman, mam,' zei ik.

'Welke medicijnman?'

'Ik heb Saru gevraagd of ze de medicijnman wilde vragen naar ons huis te komen. Om de geesten te verjagen.'

'Wát heb je gedaan?'

'Proberen kan toch geen kwaad?'

Mama keek naar me. Ze pakte een van de wandelstokken die we bij de deur hadden staan. 'Oké. Maar we houden hem wel in de gaten, hè? En als hij iets steelt, is het jouw schuld.'

De medicijnman was klein, en gekleed in een spijkerbroek en overhemd. Het enige waaraan ik kon zien dat hij een n'anga was, was de bos houten kettingen die hij om had, en het zakje met ratels, poeders, veren en steentjes dat hij bij zich had.

Zodra hij binnen was, bleef hij staan en snoof hij de lucht op. 'Aha,' zei hij, 'hier zijn beslist *vadzimu's.*'

Hij schudde met een ratel en zong iets in het Shona. Mama wierp me een veelbetekenende blik toe en vroeg Saru om voor ons allemaal thee te zetten. Ze keek omlaag naar de plekken waar de blote voeten van de medicijnman vettige afdrukken op de vloer achterlieten en sloot even haar ogen. Er hing een vage geur om hem heen: een lichaamsluchtje, dat zeker, en vers zweet, maar ook iets kruidigs en onbekends.

'Wat zijn vadzimu's?' vroeg ik.

'Dat zijn de voorouders.'

'Meestal is het toch juist goed om voorouders om je heen te hebben? Deze veroorzaken alleen maar ellende.'

'Ja, meestal is het goed om je voorouders om je heen te hebben, maar niet als die geen rust kennen. Als er iemand sterft, blijft zijn ziel ronddwalen totdat hem gevraagd wordt naar huis terug te keren en voor zijn familie te zorgen. Kom maar met me mee.'

We liepen van kamer naar kamer. In elke ruimte schudde de medicijnman met zijn ratel en zong hij iets. Mama liep met een ongeruste blik achter ons aan.

De medicijnman hield halt bij mijn kamerdeur. 'Hier is het heel sterk.'

Ik vertelde hem over de man die ik in de deuropening had zien staan. Hij knikte.

'Dat klinkt niet als de geest van een van je voorouders. Maar als een geest ongelukkig is, trekt hij andere geesten aan.'

Mama snoof. De medicijnman was een paar minuten bezig met het reinigen van de deuropening; daarna liep hij door de gang naar de ouderslaapkamer. Mama stelde zich met haar armen over elkaar voor de kast op waar haar sieraden in lagen. De medicijnman stond een tijdje mompelend over het bed gebogen.

'Het is klaar.' De medicijnman ging rechtop staan. 'Ik heb de geesten gevraagd naar huis te gaan. Ze zijn hier nog steeds, maar ze zwerven niet meer rond. Ze zijn blij omdat ze weten dat jullie hier zijn en dat ze over jullie kunnen waken.'

'De priester heeft geprobeerd ze te verjagen,' zei ik.

'Ah.' Hij schudde met zijn vinger. 'Dat was een vergissing. Daar worden ze alleen maar kwaad van. Je moet juist niet willen dat vadzimu's weggaan. Je wilt dat ze blijven en je familie sterk maken. Geen wonder dat ze jullie sjoeperden.'

Uiteindelijk bood mama hem toch geen thee aan. Maar wel geld, dat hij niet aannam.

'Nee, nee. Vertel uw vrienden maar over me, ja?'

Blijkbaar stelde hij zich voor dat er in de blanke gemeenschap een run op duivelsuitdrijvingen zou komen. We zagen kans hem als dank wat avocado's en groenten uit de tuin mee te geven en begeleidden hem het erf af. Het liep tegen de tijd dat Steve van zijn werk thuiskwam, en als die de n'anga zag, zou het huis te klein zijn.

Ik kreeg de taak opgedragen om de poort achter de medicijnman dicht te doen en af te sluiten. Voordat hij naar buiten stapte, keerde hij zich naar me om en glimlachte.

'Ze willen alleen maar niet vergeten worden. Dat is het enige wat vadzimu's willen. Als je niet aan hen denkt, zijn ze veroordeeld om rond te dwalen.' Hij tikte tegen zijn neus alsof hij me een geweldig geheim vertelde, en stapte daarna de weg op.

HOOFDSTUK 14

De arbeiders begonnen T-shirts te dragen waarmee ze lieten zien dat ze achter Mugabe stonden, of achter de MDC. Voor het eerst viel de oppositieleider me op. Steve had me al verteld over de Beweging voor Democratische Verandering, maar ik had er nooit veel aandacht aan besteed; nu zag ik foto's van Morgan Tsvangirai in de krant. Hij had een groot, breed gezicht, dat aan de kop van een kikker deed denken, en hij hief zijn geopende hand op als symbool voor zijn partij. Het symbool van Mugabe was een samengebalde vuist.

'Je moet nooit naar iemand zwaaien tenzij je het echt meent,' waarschuwde Steve. 'Het kan tegenwoordig gevaarlijk zijn om een geopende hand te laten zien.'

Dus de 'Zoet en Zuur'-spelletjes waren voorbij. Die had ik toch al jaren niet meer gespeeld.

Ik ging nog steeds elke week naar de Coopers om de honden uit te laten. Elke keer dat ik Jonah zag, stond zijn gezicht nog duisterder. Hij zei me niet meer gedag en gromde in plaats daarvan alleen maar even. Na verloop van een paar weken gromde hij niet eens meer, toen hield hij zijn hoofd gebogen en negeerde hij me.

'Wat is er met hem aan de hand?' vroeg Steve aan meneer Cooper. 'Hij trekt een gezicht als het achterste van een baviaan.'

'Ik heb hem geen vrij gegeven voor de verkiezingsbijeenkomst van de ZANU-PF in de stad,' zei meneer Cooper.

'En terecht, verdomme,' zei Steve.

Op een ochtend dat ik bij het huis aankwam om de honden op

te halen, was meneer Cooper er. De honden waren dolblij dat hij thuis was en liepen vol aanbidding achter hem aan. Ik bleef op een afstand staan omdat ik het gevoel had dat ik stoorde, maar hij zag me.

'Hoe gaat ie, Elise?' zei hij.

'Goed. Bedankt, meneer Cooper.'

'Ik verken mijn koninkrijk,' zei hij met een zwaai van zijn hand om zijn tuin aan te duiden – half bij wijze van grapje en half serieus. 'Gaat het goed met je ouders?'

Het zat me nog steeds niet lekker als ik iemand Steve een van mijn ouders hoorde noemen. 'Ja, het gaat goed met ze, dank u.'

Meneer Cooper ademde in alsof hij nog iets ging zeggen, maar hield toen op, alsof zijn oog op iets viel. Ik volgde zijn blik. Het was een monsterlijk grote bougainvillea, die, zuchtend onder het gewicht van duizend felgekleurde bloesems, over de schutting gedrapeerd hing.

'Ik dacht dat ik gevraagd had of je die bougainvillea wilde terugsnoeien?' zei hij tegen Jonah, die de dode knoppen uit een rozenstruik stond te knippen.

'Ja, Baas.'

'En je hebt het niet gedaan.'

'Nee, Baas.'

'Waarom niet?'

'Weet ik niet, Baas.'

'Was je het vergeten?'

'Nee, Baas.'

'Oké. Dan wil ik graag dat je hem vandaag terugsnoeit.'

'Ja, Baas.'

'Dank je.' Meneer Cooper keek naar mij, zei: 'De groeten, Elise', en ging weer naar binnen.

Ik ontliep Jonah zoveel ik kon. Als ik in de tuin van de Coopers was, voelde ik zijn ogen als een koude vinger langs mijn ruggengraat omlaaggaan. Wanneer meneer Cooper en hij stonden te praten, leek meneer Cooper ineens kleiner en jonger, en Jonahs gezicht leek op een uit donker zeepsteen gehouwen beeld: duidelijk omlijnd en met bittere trekken uitgesneden.

Ik hield de bougainvillea in de gaten. Hij was zwaar en welig, net als alles in de tuin, en hing over de muur op de bloembedden neer. De week daarop was hij nog steeds niets teruggesnoeid. Ik zag dat meneer Cooper hem ook in de gaten hield.

Jonah snoeide hem de week erna niet terug, en ook niet de week daarna. De struik werd nog groter en nog weliger.

'Wat een stom gedoe,' zei mama toen ik het haar vertelde.

De bougainvillea groeide door, nam de hele schutting in beslag en de andere planten verdronken in zijn schaduw. De bloemen werden steeds donkerder, van felroze naar giftig rood. Er vielen bloesems op de grond, die ik vertrapte als ik de honden kwam ophalen. Algauw ontstond er een tot pulp getrapt, bloederig tapijt, dat zich vermengde met de modder en het gras.

Meneer Coopers omgang met Jonah veranderde. Hij begon bevelen te blaffen en hem als een bediende te behandelen. Toen ik zag dat meneer Cooper met zijn vinger voor Jonahs gezicht heen en weer zwaaide, besefte ik dat hun verhouding niet zo hartelijk was als ik altijd had gedacht.

Op een keer zat ik gebukt om de honden aan te lijnen, toen ik geschreeuw hoorde. Jonah en meneer Cooper. Ik wist dat ik overeind had moeten komen, maar ik bleef waar ik was en luisterde.

'Sla niet zo'n toon tegen me aan!' Jonah. De eerbiedige stem van de bediende was verdwenen.

'Je bent verdomme wel een werknemer in mijn huis en je woont op mijn land!' schreeuwde meneer Cooper terug.

'Ik woonde hier al voordat u werd geboren!'

'Ja, en je mag verdomme van geluk spreken dat je nog steeds je baan hebt.'

'Uw vader zou nooit zo tegen me hebben gesproken! Ik ken u al sinds u een kleine jongen was. Hoe durft u…'

'Mond dicht!'

'*Machende arimuhapwa!*'

'Kijk jij maar uit dat ik je niet ontsla, jongen!' hoorde ik meneer Cooper tegen iemand zeggen die twintig jaar ouder was dan hij.

Ik wist wat Jonah had gezegd. Ik kon het me herinneren uit Chinhoyi. Het betekende 'je testikels zitten onder je oksels', wat in het Engels nogal vreemd klonk, maar het was wel een van de vreselijkste beledigingen die er in het Shona bestaan.

In het weekend daarop zag ik meneer Cooper weer met Jonah staan praten in de tuin. Ze waren ditmaal een stuk rustiger, maar stonden met hun armen over elkaar en een eind verder bij elkaar vandaan dan je normaal staat als je een gesprek voert.

'Die struik is toch al praktisch dood,' zei meneer Cooper.

De bougainvilleastruik was niet groen meer. Hij hing verlept en bruin over de muur, alsof hij doodmoe was. De bloesems onderaan waren in roze prut veranderd.

'Hij is er al zolang ik hier ben.'

Meneer Cooper wuifde naar de treurige, verwilderde struik.

'Moet je nou zien.'

'Ik kan hem wel opknappen, Baas.'

'Ik wil niet dat je hem opknapt. Ik wil dat je hem eruit haalt. Ik heb een palmvaren die ik daar wil neerzetten.'

'De oude Baas heeft die struik geplant.'

'Ja, dat weet ik. Hij heeft verdomme alles in deze tuin geplant.'

'De Baas heeft die geplant voordat u werd geboren.'

'Dat weet ik. Maar ik wil dat hij eruit wordt gehaald.'

'De oude Baas zou het nooit zo hebben gedaan.'

'De oude Baas is dood!' Het woord plofte tussen hen neer als een vogel die uit de lucht is geschoten. 'En nou ga je die struik er snel-snel uit halen,' zei meneer Cooper. Opzettelijk of niet was hij op keukenkaffers overgeschakeld.

Jonah zei niets. Hij hees zijn bhadza op zijn schouder en liep naar de struik. Hij gaf de stronk een, twee, drie keer een houw. De struik kwam los van de schutting en begon om te vallen. Jonah stapte naar achteren en onwillekeurig maakte meneer Cooper een beweging alsof hij hem wilde opvangen. De blaadjes ruisten sidderend toen hij de grond raakte.

'Zo. Mooi,' zei meneer Cooper.

De goudsbloemen die langs de rand van het bloembed stonden, waren door de vallende struik tot een sappige oranje pulp verpletterd.

Ze begonnen het huis en de tuin van meneer Cooper stilletjes te saboteren. Gereedschap verdween uit de schuur. Dat was niet ongewoon – er bestond een ingewikkeld uitwisselingssysteem tussen de tuinlieden van alle boerderijbedrijfsleiders, die gereedschap als gemeenschappelijk bezit beschouwden. Van de maaimachine tot de heggenscharen verdween bij tijd en wijle alles uit onze schuur, om vervolgens vervangen te worden door dingen die beslist niet van ons waren. Als wij iets nodig hadden dat uit de schuur ontbrak, belde Steve een van de buren, en dan sloegen ze aan de telefoon gezamenlijk meesmuilend de ogen ten hemel en grinnikten ze om dat Afrikaanse gedoe.

Iedereen had het verhaal gehoord over de tuinman die van zijn Baas twee blikken benzine moest begraven. We hamsterden in die tijd allemaal benzine, voor het geval dat (voor het geval dat wat? Dat we naar de grens moesten vluchten?), en dus konden we allemaal meeleven.

'Dus die oek geeft de twee blikken aan zijn tuinman en zegt dat hij ze in de tuin moet begraven. De tuinman zegt "ja Baas" en vertrekt. Een paar weken later heeft de Baas die benzine nodig, dus hij vraagt zijn tuinman om hem de plek te wijzen waar hij die onder de grond heeft gestopt en hem op te graven. De tuinman begint te graven, maar er is niets te vinden.

"Weet je zeker dat je hem hier hebt begraven?" vraagt de Baas.

"Ja, Baas, ik heb hem begraven, precies zoals u had gezegd."

De man krabt zich op zijn hoofd. Hij snapt er niets van. Vervolgens vraagt hij: "Als je zegt dat je hem hebt begraven, wat bedoel je dan precies?"

"Ik heb een gat gegraven, de blikken opengemaakt en de benzine erin gegoten, Baas."'

Daverend gelach.

Maar nu verdween het gereedschap van meneer Cooper en werd het niet vervangen. De heggenscharen, de grote schoppen, zelfs de zaag. Jonah kwam elke dag met uitgestrekte handen, met de handpalmen omhoog, naar meneer Cooper.

'Ik kan de heg niet knippen, Baas, want de snoeischaar is weg.'

'Gebruik dan maar de tuinschaar.'

'Die is ook weg, sah.'

Jonahs ogen glommen als hij dat zei. Meneer Cooper wist dat het gereedschap een handje was geholpen bij zijn verdwijning, maar hij speelde het spel mee. Hij kocht een nieuwe snoeischaar. De nieuwe snoeischaar verdween.

De kippen van meneer Cooper legden geen eieren meer – of in elk geval waren er geen eieren als ik ze kwam rapen. Er dreef een dode rat in het zwembad. De rotstuin was vergeven van de slakken. De dakgoten raakten verstopt door stortregens en er bleef water tussen de plafonds staan.

'Jonah heeft geen invloed op het weer,' zei mama, toen meneer Cooper de problemen opsomde.

Dat wist ik zo net nog niet.

Onze goten waren ook verstopt geraakt en Tatenda was op bezoek bij zijn familie in de gwash.

'Kan ik Jonah even lenen?' vroeg Steve aan meneer Cooper.

'Je mag hem verdomme hebben,' zei meneer Cooper. 'Ik ben hem liever kwijt dan rijk.'

En dus kwam Jonah die week voor ons werken. Ik ontliep hem zo veel mogelijk. Hij stond hoog op de ladder over de goten gebogen. Als ik buiten kwam, zag ik zijn donkere gedaante op het dak en voelde ik zijn ogen op mij gericht.

Ik vond overal dode dingen. Een pasgeboren vogeltje dat uit een boom was gevallen. Een plakkerige bal die bedoeld was om vliegen mee te vangen, overdekt met kruipende beestjes, en ogenschijnlijk per ongeluk vlak voor mijn raam terechtgekomen.

'Die is vast door de wind daarheen geblazen,' zei mama.

Een keurig rijtje spitsmuizen op de drempel van de achterdeur, met hun kleine driehoekige bekjes vertrokken in een grijnslach.

'Archie is zeker op jacht geweest,' zei mama.

Archie had even minachtend aan de spitsmuizen gesnuffeld en had ze daarna geen blik meer waardig gekeurd.

'Maar ze zijn helemaal gaaf,' zei ik.

'Katten kunnen heel wreed zijn,' zei mama, wat niet echt een antwoord was op mijn vraag. 'Maak je geen zorgen, het zit gewoon even tegen.'

Een paar avonden later kwam Archie door mijn slaapkamerraam binnengestrompeld met een bek vol groen schuim. Zijn ogen stonden wijd open en verwilderd.

'Hij heeft zeker een kikker proberen op te eten,' zei Steve. Hij wrong Archies kaken van elkaar. 'Laten we hem maar naar de dierenarts brengen.'

'Gelukkig is hij teruggekomen,' zei mama, om me te troosten. 'Als katten ziek zijn, verdwijnen ze soms gewoon.'

Ik wist dat Archie dat niet zou doen. Toen ik hem in een handdoek wikkelde om hem mee te nemen naar de dierenarts, staarde hij me met melkachtige, paniekerige ogen aan. Zijn pootjes waren stijf en zijn lijfje trilde.

We maakten de dierenarts wakker door bij hem op de deur te bonzen.

'Wat moet dat verdorie voorstellen?' zei hij uit het raam. Hij was de harigste man die ik ooit had gezien, en die avond had hij alleen een boxershort aan. Zijn borsthaar was fascinerend, maar mama siste naar me dat ik niet zo moest staren.

De dierenarts wurmde iets bij Archie naar binnen om hem te laten overgeven. Terwijl hij zijn maag omkeerde, waren zijn kleine kaken druk aan het werk, en zijn oren lagen plat tegen zijn kop.

'Waar komt het door, denkt u?' vroeg mama.

'Gif,' zei de dierenarts. 'Misschien heeft hij rattengif opgelikt dat een van jullie buren heeft gestrooid. Of misschien een insecticide.'

De dierenarts en mama mopperden over onverantwoordelijke types die dat soort gif zomaar lieten slingeren op plekken waar iemands huisdier het kon oplikken. Ik aaide Archie en zag de vertrouwde blauwe vonken van de statische elektriciteit.

De volgende ochtend waren we bleek, met donkere kringen rond onze ogen. Saru maakte een grote pan pap voor ons, zoals altijd, en we goten er melassestroop en melk bij. Die ochtend leek de melassestroop nog trager te stromen dan anders en de pap leek nog stijver en moeilijker weg te krijgen.

'Morgen, Medem,' zei Jonah toen hij naar de achterdeur kwam om zijn kop thee in ontvangst te nemen. Zijn ogen schoten even naar mij, en daarna omlaag naar Archie op mijn schoot.

'Archie was gisteravond ziek,' zei mama. 'Hij had gif of insecticide gegeten.'

'Wat naar,' zei Jonah.

'Heb jij ergens gif neergelegd, Jonah?'

'Ja, Medem, voor de ratten.'

'Ik heb toch liever dat je dat niet doet. Ga het maar weghalen, alsjeblieft.'

'Ja, Medem.' Hij verdween.

'Zo, dat mysterie is opgelost,' zei mama, en ze ging verder met haar ontbijt.

Die hele dag bleef ik me slecht op mijn gemak voelen. Ik keek naar Jonah, die in de tuin bezig was. Hij liep in zichzelf te fluiten. Ik zag hem een kruiwagenlading compost naar de berg achter in de tuin brengen, en daarna terugkomen met de lege kruiwagen, die een piepend wiel had dat het bij elke omwenteling uitkrijste.

Toen het Jonahs middagpauze was, verdween hij een poosje. Nu ik hem niet kon zien, voelde ik me nog ongemakkelijker. 's Ochtends had Archie languit op een in een handdoek gewikkelde warme kruik van zijn vergiftiging liggen herstellen. 's Middags was hij verdwenen.

'Archie is weg, mam.'

'Die is vast een eindje gaan wandelen. Dat doen katten wel vaker.'

'Hij komt altijd als ik hem roep.'

'Maak je maar geen zorgen. Wil je even naar binnen gaan en Saru vragen of ze thee voor ons zet?'

Ik ging binnen net zitten doen alsof ik las, maar intussen luisterde ik of ik Archie door het open raam binnen hoorde komen. Met het vallen van de avond verkleurde het licht naar purper en de koude sterren doorboorden de hemel.

'Hij is er nog steeds niet, mam.'

'Hij komt heus wel thuis als hij honger krijgt.'

Ik kon niet slapen. Ik luisterde naar het geluid van pootjes op de vensterbank, wachtte op het gewicht op mijn voeten. Ze kwamen niet. De volgende ochtend liep ik al voordat er iemand anders wakker was buiten op het bedauwde gras te roepen.

Hij kwam die dag niet thuis, en de dag erna evenmin. Inmiddels maakten mama en Steve zich ook ongerust, en we breidden ons zoekterrein uit. Steve zette Jonah ook aan het zoeken, en zachtjes fluitend zwiepte hij met een stok door de bosjes.

We vonden hem. De tuinman van onze buren kwam aanrennen. Hij had in een struik langs de weg een kat gevonden. Eentje die wel leek op onze kleine *katsi*.

Archie was helemaal slap, en zijn zwarte vacht zat onder de plakkaten modder. Zijn staart was nog wel wollig en sloeg heen en weer bij wijze van begroeting.

'Weet je wat er is gebeurd?' vroeg mama aan de tuinier die hem had gevonden.

'Ik denk dat het de jongens zijn geweest, Medem,' zei hij. Over het algemeen dachten de zwarten dat blanken getikt waren omdat ze hun huisdieren als mensen behandelden, maar er klonk echt bedroefdheid door in de stem van deze man.

We hadden allemaal weleens de bende plaatselijke jongens van tussen de acht en de twaalf gezien die af en toe in onze buurt rondzwierf, belletje trok, muren en hekken vernielde en honden pestte.

Het leek een voor de hand liggende conclusie. Maar toch. Archies rug was duidelijk gebroken. Iemand had hem opgetild en hem geknakt zoals je een baobabpeul openbreekt om bij het vruchtvlees te komen.

Ik wist niet of ik hem nu moest oppakken of moest laten liggen. Zijn neus was droog en zat onder de modderkorsten – als hij in orde was, zou hij er niet over piekeren om er zo onverzorgd uit te zien. Zijn roze tongetje kwam zwakjes naar buiten – *zwiep zwiep* – om te proberen zichzelf te wassen, maar zakte dan weer terug in zijn bek.

'Ga jij Steve maar halen,' zei mama. Ze boog voorover en tilde Archie op. Zijn kattenbekje opende zich in een driehoekje van pijn, maar hij maakte geen geluid. 'Ik breng hem naar de dierenarts.'

Thuis zat ik te wachten tot mama terugkwam van de dierenarts. Ik zag Jonah bezig in de rotstuin. Hij glimlachte en neuriede. Het leek wel of alle duisternis en angst van deze dag zich rond hem samenbalden.

Hij keek op. Ik boog snel mijn hoofd om net te doen of ik las. Toen ik mijn ogen weer opsloeg, keek hij nog steeds naar me. Hij glimlachte traag en stak een hand op om me te groeten.

Toen ze terugkwam, had mama een kartonnen doos bij zich. Toen ik erin keek, zag ik een slappe vacht en roze, droge pootjes. We namen de doos mee naar buiten en mama vroeg Jonah een gat te graven in een van de bloembedden. Al gravend neuriede hij nog steeds zachtjes.

Ik sloeg hem gade toen hij op de schop leunde. Mama liet de doos in de grond zakken, stapte naar voren en gooide een schep aarde in het graf. Die kwam met een zacht gekletter als van regen op Archies vacht neer. Een korreltje aarde rolde over zijn bekje en kwam in een roze neusgat terecht. Ik verwachtte dat hij met zijn neusje zou gaan trekken, tot het me weer te binnen schoot.

Mama sloeg een arm om mijn schouders en ik schudde die niet af.

Jonah gooide glimlachend het gat vol.

Dat weekend schilderde Jonah de buitenkant van het huis – nog zo'n klus die Steve veel te lang had uitgesteld.

'Hou jij hem in de gaten?' vroeg mama. Het was zaterdag, en Steve en zij gingen boodschappen doen. Alles werd voortdurend duurder, waardoor de wekelijkse boodschappen een tijdrovende klus werden. Mama was de meeste tijd kwijt met achter op de planken te zoeken, in de hoop dat ze daar nog iets zou aantreffen met het oude prijsje erop.

'Wat moet ik dan doen?'

'Gewoon een oogje in het zeil houden,' zei mama.

'Wat denk je dan dat hij gaat uitspoken?'

'Geen idee.' Haar stem klonk scherp. 'Blijf nou maar gewoon thuis zolang hij er is, goed? Voor het geval dat.'

Diefstal door bedienden was iets waar blanken heel vaak over klaagden, en mensen gingen er bijna van uit dat het wel zou gebeuren.

Ineens kroop er een ideetje onder mijn huid, als een kronkelende *tumbu*-vlieg.

Mama en Steve gingen die avond naar een feest. Mama had haar gouden ketting nodig.

'Steve.' Mama's stem uit de slaapkamer klonk alsof hij van heel ver kwam.

'Ja?'

Mama kwam tevoorschijn met een opbergzak voor sieraden. Ze rolde hem uit en we stonden met z'n drieën te staren naar de sieraden die er niet waren.

'Ik heb Jonah in de slaapkamer zien staan,' zei ik.

'Wanneer?'

'Vanmiddag.'

'Ik had toch gezegd dat je hem niet in huis moest laten?'

'Ja, maar ik moest naar de wc en toen ik terugkwam, stond hij in de slaapkamer.'

'Zei hij nog waarom hij daar was?'

Ik schudde mijn hoofd. Mama en Steve wisselden een blik.

'Dat is dan dat,' zei Steve. Hij keek opgelucht.

We gingen naar het huis van meneer Cooper om het te vertellen, en hij ontsloeg Jonah op staande voet. Ik omhelsde Mercy bij het afscheid. Ze was in tranen, maar haar echtgenoot stond kaarsrecht en onheilspellend naast haar.

'Het ga je goed, Jonah,' zei meneer Cooper. Hij sloeg een toon aan als van goede vrienden, en stak zijn hand uit. Jonah stond net zo lang naar hem te staren tot hij zijn hand liet zakken.

'Ik heb niet van u gestolen,' zei Jonah tegen Steve toen hij vertrok. Hij hield zijn arm rond Mercy's middel, en toen ze samen het ijzeren hek door liepen, zagen ze er klein en armoedig uit. Al hun bezittingen pasten in één koffer. Op de zijkant stond de naam van meneer Cooper.

Steve snoof. 'Dat is nou weer typerend. Gewoon glashard blijven ontkennen.'

Terwijl Jonah het hek dichttrok, keek hij achterom, en hij staarde mij aan. Daarna sloot hij het met een klik, en hij was verdwenen.

'Die zijn we mooi kwijt,' zei meneer Cooper.

Toen ze weg waren, ging ik de khaya in. Het rook er naar schoonmaakmiddel met dennengeur en boenwas. Mercy had de rode vloeren zo glimmend geboend dat ik mijn spiegelbeeld vanonder mijn voeten naar me omhoog zag staren.

De laatste keer dat ik dit had gezien was meer dan een jaar geleden, toen ik met de meisjes was komen spelen. Het huis leek nog kleiner nu het leeg was. Midden op de keukenvloer stond een emaillen pan. Ik vroeg me af of ze die vergeten waren of gewoon hadden achtergelaten. Het leek net een offergeschenk.

Voor de khaya lag naast de goot iets bleeks op de aarde. Ik bukte om het op te rapen. Het was de afgebroken arm van een barbiepop, met in zijn buitenproportioneel kleine hand een beetje aarde, aan het eind van een glanzend buisje van roze plastic. De meisjes zaten inmiddels op de middelbare school en hadden dat armpje vast niet nodig.

Voorzichtig schepte ik een handjevol aarde, ik liet het armpje in het gat vallen en dekte het af.

We vierden Nieuwjaar 2000 in onze achtertuin, met vuurwerk. Steve zette de staven vuurwerk rechtop op het grasveld, stak de lont aan en rende dan 'Shit, shit!' roepend naar achteren, als ze eerder dan verwacht begonnen te sissen en te spetteren. Mama was binnen. Die had haar handen van de hele onderneming af getrokken.

'Als je de heg in brand steekt, hoef je niet bij mij aan te komen,' zei ze.

De volwassenen zaten te drinken op de veranda.

'Dat het maar een beter jaar mag worden,' zei Steve.

'Proost.'

Ik hoorde de glazen klinken. Er vloog een uil over, wit en stoffig als een mot, en hij streek met veel gekletter van klauwen neer op het dak van ons huis. Uilen waren een slecht voorteken. 'Gelukkig Nieuwjaar!' zei iemand, en een stel dronken stemmen begon te zingen wat ze zich nog van *Auld Lang Syne* konden herinneren.

HOOFDSTUK 15

We kregen een telefoontje van oom Pieter en tante Mary, uit hun boerderij.

'Ja, hai,' zei tante Mary opgewekt toen ik de telefoon aannam.

'Kan ik je moeder even spreken?'

Ik gaf de telefoon door. Ik hoorde nog steeds de stem van tante Mary, die hoger klonk dan anders. Mama zei heel vaak 'ja' en 'nee' en knikte terwijl tante Mary aan het woord was.

'Maak je nou maar geen zorgen, Mary,' zei ze. 'Ik weet zeker dat het met een sisser afloopt.'

Toen ze ophing, vroeg ik wat er aan de hand was.

'Niets,' zei ze. 'Tante Mary heeft bezoek gehad van een stel mensen die zeiden dat ze de boerderij gingen overnemen.'

'Dat is niet bepaald niets.'

'Nou ja, het zal vast zo'n vaart niet lopen. Maak je maar geen zorgen.' Mama raakte even mijn haar aan.

De boerderijinvasies waren begonnen. Onofficieel. Dat wil zeggen: officieel onofficieel. Iedereen wist dat Mugabe erachter stond, maar hij bleef volhouden dat de Veteranen uit zichzelf handelden. De politie reageerde traag op telefoontjes om hulp van blanke boeren, en de krakers gedroegen zich brutaal en onbevreesd.

Tante Mary hield contact via de vreselijk slechte telefoonlijnen uit Chinhoyi. Ze klonk alsof ze vanaf de bodem van een put omhoogschreeuwde.

'Ja, alles is in orde,' zei ze elke dag.

Van vijf uur 's ochtends tot elf uur 's avonds stond voor het hek van de boerderij een troep Veteranen op hun trommels te slaan en revolutionaire liederen te zingen terwijl ze met knuppels en bhadza's zwaaiden.

'Ze zijn alleen verdomde vervelend,' zei tante Mary.

'Bent u niet bang?' vroeg ik.

'Nee, dat niet.' En ik wist dat dat waar was. 'Ik heb al eens zo'n verdomde bushoorlog doorgemaakt, dus ik weet dat ik deze ook wel overleef. Maar ik maak me zorgen om Hennie en die arme drommels van arbeiders.'

Ik gaf de telefoon aan mama door. Ik hoorde de stem van tante Mary nog steeds door de hoorn.

'Wat doen de arbeiders?' vroeg mama.

'Die doen gewoon hun werk,' zei tante Mary. 'We willen niet dat die erbij betrokken raken. Pieter heeft nog even overwogen om er een stel bij elkaar te halen om die krakers te verjagen, maar ik denk dat we dan de problemen alleen maar vergroten. En hij wil niet dat zij in elkaar worden geslagen vanwege ons.'

'Staan ze achter de Veteranen?'

'Welke Veteranen? Het enige wat ik zie, is een stelletje jongeren van de ZANU-PF.'

Daar moesten ze hartelijk om lachen, waarna tante Mary zei: 'Welnee, man. Die weten aan welke kant hun boterham is gesmeerd. Geen boerderij betekent geen inkomsten. En het zijn sukkels als ze denken dat Bob dat land aan de krakers gaat geven. Dat geeft hij gewoon aan zijn maatjes.'

'Heb je er behoefte aan dat wij die kant op komen?' vroeg mama.

'Welnee, niets aan de hand, zeg. Ik bel jullie wel als er iets verandert. Laten we hopen dat ze snel ophouden met dat stomme getrommel.'

'Laten we dat hopen, ja.' Mama hing op. 'Zie je nou? Ze maakt het goed. We hebben dit allemaal al eens eerder meegemaakt, maar toen was het erger. Dus maak je nou maar geen zorgen.'

In het weekend hoorden we dat de boerderij van oom Pieter nu echt was bezet. Toen tante Mary en hij in de stad boodschappen aan het doen waren, hadden de Veteranen zich toegang verschaft tot de boerderij en zich daar geïnstalleerd.

'Chinhoyi is de graanschuur van Zimbabwe,' zei mama. 'Mugabe is een idioot.'

Oom Pieter en zijn arbeiders gooiden de Veteranen eruit, maar ze kwamen terug. Hun gezang en getrommel werden dubbel zo luid.

'We doen geen oog dicht,' zei tante Mary. 'Ze kwamen vandaag naar het huis en eisten dat we een mombe zouden slachten. Eerst zeiden we "nee", maar toen zei Pieter dat hij liever zelf een van de koeien doodt dan te moeten toekijken terwijl zij het met een bhadza probeerden, dus doodde hij er een en stuurde die naar hen toe. Die zijn ze nu aan het klaarmaken. In elk geval zijn ze opgehouden met zingen.'

'Hebben ze iets uit het huis meegenomen?' vroeg mama.

'Ja, een paar dingen. Ze hebben Phineas ook een aframmeling gegeven, de arme drommel.'

De Trinepon-man. 'Gaat het wel met hem?'

'Ja, het komt wel goed.'

Als ik Mugabe op het nieuws zag, had ik de neiging om mijn hand door het scherm te steken en hem bij zijn nek door elkaar te schudden, alsof hij de schriele haan was die op het gebouw van de ZANU-PF stond geschilderd. Door de manier waarop hij praatte en stiltes liet vallen, klonk elk woord als een profetie.

'Er is in maar heel weinig gevallen geweld gebruikt,' zei hij over de boerderijinvasies, 'maar als de boeren kwaad worden en geweld gaan gebruiken, kunnen ze een koekje van eigen deeg verwachten. En dat kan heel, heel, heel hard aankomen, maar we willen niet dat het zover komt.'

Elk 'heel' sprak hij langzaam en met veel nadruk uit. We hadden een waarschuwing gekregen: je gedraagt je, en anders zijn de gevolgen voor jouw rekening.

En intussen hadden we ook nog eens de droogte. De grond barstte open als de droge huid op onze hielen, en onze droge huid barstte open als de korst van de grond. Het gras was geel, als er al gras was. Mama legde een baksteen in het waterreservoir van de wc, zodat die minder water verbruikte. We maakten er weer een gewoonte van onze plas in de wc te laten staan en spoelden alleen door bij iets groters, of wanneer de urine in de pot begon te bederven en naar oude groenten ging ruiken. We mochten onze tuin geen water meer geven en de auto niet meer wassen. We baadden in een klein laagje water en gebruikten allemaal hetzelfde water, de een na de ander. Ik had meestal het warmste en meest verse water, omdat ik vroeger naar bed moest. Mama ging meestal daarna, en Steve mocht als laatste in het afkoelende, grauwe restje zitten.

's Avonds gebruikte ik wat er nog over was in onze regenton om de groenten water te geven. Tatenda groef de treurige, slappe wortels uit.

'Dat komt doordat het land wordt afgepakt,' zei hij. 'Door de dingen waarmee Mugabe bezig is.'

Als ik binnen was geweest, had ik hem misschien niet geloofd. Maar we waren buiten, en keken naar een bleke maansikkel, en het klonk eigenlijk volkomen redelijk.

Mama en Steve zaten op de veranda gin-tonic te drinken.

'Tatenda zegt dat er geen regen komt door de dingen waarmee Mugabe bezig is,' zei ik.

Mama trok haar wenkbrauwen op en Steve sputterde in zijn drankje. 'Nou ja, dat is één theorie, kun je zeggen,' zei hij.

Mama trok een stoel voor mij bij, en ik ging bij de volwassenen zitten.

'Mag ik een slokje?'

Mama zuchtte en gaf me haar glas aan. 'Ja, maar niet meer dan één, hè?'

Ik nam een slok. Het smaakte naar medicijn. Tegen de tijd dat het mijn keel had bereikt, was alle vloeistof verdwenen en waren er alleen nog dampen over.

'Medicinaal,' zei Steve. 'Wordt al generaties gebruikt door de kolonialen. De tonic beschermt tegen malaria.'

'En waar is de gin goed voor?'

'Die helpt tegen pijn.' Ze lachten.

'Ik heb mijn buik vol van die stomme droogte,' zei mama. Ze zat met haar ogen dicht en haar hoofd achterovergebogen. De hemel verkleurde tot lavendelblauw. Ik hoorde het eerste gedrein van de muggen en zag de stoffige gedaanten van motten in de richting van het huis vliegen.

'Misschien kun jij een regendans uitvoeren,' zei Steve grinnikend.

'Hou jij je mond en doe eens iets nuttigs,' zei mama.

Steve zuchtte en kwam moeizaam overeind uit zijn stoel. Hij trok de deur naar het huis dicht en stak een muskietenlamp aan.

Ik liet mijn benen van de stoel op de koele tegels glijden.

'Waar ga je heen?'

'Naar buiten.'

'Wel een jasje meenemen,' zei mama.

De avondlucht voelde als een lichte deken die tegen de haartjes van mijn armen en benen kleefde.

'Goed, mam.'

Ik nam geen jasje mee, maar ik liet mijn voeten wel in slippers glijden. In het donker kon je moeilijk de gevallen acaciadoornen zien die in het gras op de loer lagen.

Ik liep naar achter in de tuin, naar de avocadoboom. Ik voelde hoe rijpe vruchten onder mijn slippers tot moes werden geplet.

Elke dag probeerde ik het op een akkoordje te gooien met de goden. Als ik tot de hoogste tak van de avocado kon klimmen, zou de boerderij niet worden ingenomen. Als ik telkens als ik naar buiten ging een steen oppakte en die op een klein bergje stenen naast de deur legde, zou mijn familie niets overkomen. Ik vertrouwde die oude goden. Niet dat ze meelevend en genadig waren, maar ze begrepen dingen als offers en geschenken.

Misschien had een regendans wel enig effect, zelfs als die gedanst werd door een blank meisje uit Harare. Ik legde een paar stokjes in een kring. Niet dat ik precies wist waarom, maar kringen leken nu eenmaal belangrijk bij magie. Een vuur had de hele zaak een stuk effectiever gemaakt, maar als ik terugging om lucifers te halen, werden mama en Steve vast achterdochtig.

De enige regendansen die ik ooit had gezien, waren van het indiaanse soort, uit films. Ik begon op één been om de kring heen te hinkelen, terwijl ik vage zangerige geluiden maakte, maar toen voelde ik me belachelijk en ik hield ermee op. In plaats daarvan bleef ik staan luisteren. Ik hoorde de krekels, maar eerder als een siddering in de lucht dan als een geluid, en het geritsel van levende wezens in de heg en de bomen.

Ik ging in het midden van de kring zitten en liet mijn ademhaling vertragen tot ik hem niet meer kon horen. Ik wist dat n'anga's in trance gingen en een geest van hen bezit lieten nemen als ze regen wilden krijgen. Ik vroeg me af of ik dat zou kunnen. In het hete, schelle zonlicht had het idee volslagen belachelijk geleken, maar in de ritselende nacht leek het wel degelijk hout te snijden.

Ik deed mijn ogen dicht. Ik zag mezelf van bovenaf, op de grond zittend met gekruiste benen. Eerst dacht ik nog dat het maar verbeelding was, maar ik voelde mezelf steeds verder wegdrijven van mijn lichaam. Ik raakte in paniek en deed mijn ogen open. Mijn lichaam was weer klaarwakker, met een bonzend hart en benen die jeukten van het ruwe gras.

Ik besloot het nog eens te proberen. Ik deed mijn ogen dicht en voelde me wegzweven. Ik vroeg me af of ik echt uit mijn lichaam was getreden, en als dat zo was, wat er dan over was binnen die huid, die spieren en dat bloed. Ik vroeg me af hoe n'anga's geesten toelieten. Een heet, rood licht hing voor mijn ogen, alsof ik mijn gesloten oogleden omhooghield naar de zon, en ik zakte weg in een warme slaap.

Toen ik wakker werd, lag ik op de grond te woelen met een mond vol speeksel. Ik spuugde het uit als een grote witte klodder op het gras. Tatenda zat een paar stappen van me vandaan gehurkt met opengesperde witte ogen naar me te kijken.

'Is alles in orde, Medem?' vroeg hij.

'Ja.' Ik haalde diep adem. Het leek wel of ik de lucht in een netje probeerde te vangen. Ik kon bij lange na niet genoeg in mijn longen krijgen. 'Wat is er gebeurd?'

'Ik hoorde u schreeuwen,' zei Tatenda. Er stond zweet op zijn voorhoofd, en het drong tot me door dat hij bang was.

'Wat heb ik gezegd?'

Hij schudde zijn hoofd.

'Zei ik iets?'

Hij stond op. 'U moet naar binnen gaan,' zei hij. 'U bent niet in orde.'

Toen ik binnenkwam, zaten mama en Steve thee te drinken in de woonkamer.

Steve keek naar de opgezette kop van de blauwe duiker. 'Hé, wanneer heeft Saru voor het laatst gestoft?'

'Gisteren.'

'Blauwtje zit verdomme wel onder het stof.'

Mama volgde zijn blik. 'Ik zal zeggen dat ze hem moet schoonmaken.'

Ik schonk mezelf een kop thee in en zei niets. Ik bracht mijn hand naar mijn hoofd.

'Gaat het wel?' vroeg mama.

'Hoofdpijn.' Ik had nooit hoofdpijn. Mama had soms migraine, en als ze die voelde opkomen, trok ze de gordijnen dicht en ging ze op bed liggen met een zandzakje op haar ogen om het daglicht buiten te sluiten. Ze wist dat ze migraine kreeg omdat ze dan kikkervisjes voor haar ogen zag zwemmen, zei ze. Ik zag nu zwarte stipjes voor mijn ogen en vroeg me af of ze dat bedoelde. Ik zei het tegen haar.

'Migraine,' was haar reactie. 'Er komt zeker onweer aan.'

Ze stopte me in bed, en ik lag in de duisternis te voelen hoe mijn hoofd opzwol en zich met bloed vulde tot er geen ruimte meer was voor gedachten. Ik voelde de zware wolken buiten op me drukken.

Tot welke geest ik ook mocht hebben gesproken, hij had in elk geval geluisterd. De regen kwam en voelde als een bevrijding, alsof je vreselijk moet plassen en het urenlang ophoudt tot je eindelijk een wc vindt. Het zware, bonzende bloed leek uit mijn hoofd weg te stromen, waardoor dat schoon en helder werd. Ik luisterde naar de vingers van regen die op het dak trommelden, en het drong tot me door dat er na het losbarsten van de stortbui toch nog spanning was achtergebleven. De wereld was niet zo schoongespoeld als anders. We zaten niet gewoon op de regen te wachten, maar op een ander soort bevrijding.

HOOFDSTUK 16

De eerste keer dat ik 's nachts iemand buiten hoorde, was het niet meer dan een zacht geknerp op het grind. Eerst dacht ik dat het een dier was, tot ik weer geknerp hoorde: beheerst, weloverwogen, alsof iemand zijn voeten heel behoedzaam neerzette en na elke pas luisterde of er een reactie kwam.

Er zat een menselijke geest achter die voeten.

De stilte keerde weer. Ik besloot naar het gordijn te lopen, tot drie te tellen en het ineens weg te trekken. Als ik dan niets zag, kon ik me ontspannen en weer gaan slapen. Ik kon het maar beter snel doen, net als bij het afrukken van een pleister.

Ik deed het licht niet aan, omdat anders alles achter het raam in een ondoordringbare zwarte muur zou veranderen. Ik liet mijn voeten uit bed op de vloer zakken en stond rillend van de kilte die van het glas af sloeg met een hand aan de gordijnen. Ik telde zachtjes en rukte het gordijn met een hoop gekletter van de gordijnringen opzij.

In een flits kwam er een gezicht in beeld, dat zo dichtbij was dat ik het had kunnen aanraken als er geen glas was geweest. Ik voelde de lucht uit mijn longen omhoogstuwen en gedempt door het bonzen van het bloed in mijn oren hoorde ik mijn eigen stem schreeuwen.

Het gezicht was net zo snel verdwenen als het was opgedoemd. Mama en Steve kwamen binnenrennen. 'Wat is er, verdorie?'

Steve had zijn oude cricketbat van school bij zich. Mama had een kussen meegenomen. Ik vertelde over het gezicht achter het raam.

'Weet je het zeker?'

'Ja.' Het was een mens van vlees en bloed, en geen tokoloshe of een spook.

'Nou ja,' zei Steve. 'Het heeft geen zin om nu nog de politie te bellen. Die is allang verdwenen voordat zij hier zijn.'

De nacht daarop hoorde ik weer voetstappen. Ik rende in mijn pyjama naar de kamer van mama en Steve. Ditmaal ging Steve gewapend met een geweer en een zaklantaarn de tuin in. Hij vond niets.

Zo ging het een week lang elke nacht.

'Vast die verdomde Jonah,' zei Steve, 'op zoek naar andere dingen om te stelen.'

Toen hij dat eenmaal had gezegd, lag ik voortaan verstijfd in bed in afwachting van de voetstappen. Natuurlijk, dacht ik. Het moet Jonah wel zijn. Die weet vast wat ik heb gedaan. Hij komt terug om mij te zoeken. Ik deed geen oog meer dicht en was 's ochtends grauw en slap.

'Wat is er toch met je aan de hand?' zei mama, en ze legde een koele hand op mijn voorhoofd.

'Niets.'

'Zitten die insluipers je dwars?'

'Een beetje wel, ja.'

'Maak je maar geen zorgen,' zei mama, en ze woelde door mijn haar.

Ik probeerde me te herinneren of het Jonahs gezicht was geweest dat ik aan de andere kant van het glas had gezien. Ik stelde me voor dat hij mijn kamer binnenkwam met dat hoekige gezicht van hem en die kwaaie blik. De keer daarop dat we de voetstappen hoorden, maakte ik mama wakker met mijn geschreeuw.

'Godallemachtig,' zei ze. 'Dit begint verdomme belachelijk te worden.'

'Wat verwacht je van me?' vroeg Steve. 'Dat ik de politie bel? Daar schiet je helemaal niets mee op. Ik kan ze zelf wel aan.'

Mama en ik hadden minder vertrouwen in de cricketbat en het oeroude geweer dan hijzelf.

De nacht daarop werd ik wakker van geschreeuw, gebons en gebonk vanuit de studeerkamer. Ik stak mijn hoofd om de deur en zag Steve in alleen zijn onderbroek door de gang draven. Mama zat hem achterna met zijn haveloze ochtendjas.

Ik liep achter hen aan. Bij de studeerkamer aangekomen zagen we een tamelijk meelijwekkende plaats delict. Het raam stond open, de computer was verdwenen, en er stond één volmaakte schoenafdruk van rood stof op de vensterbank. Er hing een lichaamsgeur in de lucht die deed denken aan rauwe uien.

'Gotver,' zei Steve. Hij rende de tuin in, maar kwam na een paar minuten terug. 'Ik heb niemand kunnen vinden. Die is ervandoor, denk ik.'

Mama zette de ketel op het vuur en maakte een pot thee. Wij zaten in de keuken te wachten tot Steve de politie had gebeld.

Steve kwam rammelend met zijn autosleutels binnen.

'Wat doe jij nou, verdorie?' vroeg mama.

'Ze hebben bij de politie geen auto beschikbaar,' zei Steve. 'Ik ga ze ophalen.'

'Je gaat ze ophalen?' zei mama hem na. Ze lachte even snuivend.

'Zo terug,' zei Steve.

Mama en ik dronken onze thee. Toen we die ophadden, schonk mama ons nog eens in. Het was het laatste restje en het smaakte naar teer. Toen we dat kopje ophadden en naar het grondsop zaten te staren, hoorden we Steves auto op de oprit.

'Dat werd verdomme tijd,' zei mama.

Steve kwam binnen, met twee politiemannen in zijn kielzog. Een van hen was duidelijk degene die het meest in te brengen had; hij glimlachte overgedienstig. Zijn blik gleed over onze gezichten, maar hij keek geen moment echt naar onze ogen.

Steve nam ze mee naar de studeerkamer. Ze staarden naar de voetafdruk en maakten bezorgde geluiden.

'Eh-eh.'

'O-o.'

De een maakte in het wilde weg een paar aantekeningen. Steve stond er rood aangelopen en wanhopig bij.

'Zinloos,' zei mama zachtjes. 'De politie is erger dan de misdadigers.'

Ik weet niet of ik het me verbeeldde, maar ik had de indruk dat een van de politieagenten onze televisie op een verdachte manier opnam.

Ze wilden wel een kop thee. Mama haalde zelfs de beste koekjes tevoorschijn. Glimlachend naar ons zaten de politiemensen hun thee op te drinken, en daarna vertrokken ze. Blijkbaar kon een van hun collega's hen nu ophalen.

'Welterusten, Baas, welterusten, Medem.'

'Nutteloos,' zei mama toen ze waren vertrokken. 'Maar goed.'

'Nou ja, hopelijk is de inbreker er flink van geschrokken, als die nog ergens in de buurt is,' zei Steve.

Mama haalde haar schouders op. 'Waarom duurde het nou zo lang voor je terug was?'

'Er was niemand op het politiebureau.'

'Het politiebureau dat je had gebeld?'

'Ja. Alle lichten waren uit.'

'Waar heb je dan verdomme...'

'Nou ja, ik dacht dat ze naar huis waren gegaan of zo, dus toen ben ik naar een ander politiebureau gereden, maar daar kon ik ook niemand vinden. Maar op de terugweg zag ik een paar agenten buiten het winkelcentrum een Scud zitten drinken.'

'Heb je ze bij het winkelcentrum opgepikt?' zei mama.

'Ja. Niet dat ze iets aan het doen waren,' zei Steve. 'Je kunt het die arme drommels toch ook vaak helemaal niet kwalijk nemen?'

De volgende ochtend onderzochten we de plek nog eens goed.

'Moeten we dat niet aan de politie overlaten?' vroeg ik.

Mama snoof. 'Nee.'

'Maar misschien zijn er wel vingerafdrukken.'

'Daar houden ze zich niet mee bezig. Kom op.' Mama bestudeerde het raam. 'Het zou best weleens Jonah hebben kunnen zijn,' zei ze.

'Die verdomme kaffir!' riep Steve uit.

'Steve!' zei mama vermanend.

'Hoe weet je dat?' vroeg ik.

Mama wriemelde wat met de uitzethaak. 'Hier was overheen geschilderd en we hebben het raam daarna nooit meer opengezet. Maar iemand heeft de verf weggesneden en losgepeuterd. Dat kan alleen van binnenuit zijn gedaan.'

'Shit!' Steve trapte tegen de deurpost.

'Ik ga naar hem op zoek,' zei hij. 'Ik moet en zal die etterbuil vinden.'

'Ja, ga jij maar lekker met je meute honden achter hem aan in de bush,' zei mama. 'We zitten hier verdorie niet in Rhodesië, weet je.'

'Ik heb mijn geweer.'

'Ja, en de bajonetten van je vader. En wat dan nog?'

Steve bedaarde. 'Het zou de moeite ook niet waard zijn, verdomme,' zei hij.

De politie nam geen contact meer met ons op. Dat verwachtten we ook niet. Bijgelovig weigerde mama de voetafdruk weg te vegen, voor het geval we Jonah ooit terugvonden. Na een paar weken viel hij me niet eens meer op.

Steve nam weliswaar contact op met de plaatselijke tamtam, maar Jonah kon hij niet vinden. Niemand wist blijkbaar waar hij heen was gegaan.

'Dat schorem kun je beter kwijt dan rijk zijn,' zei Steve.

We kregen een grote, rode paniekknop. Steve legde mama en mij uit hoe je die moest gebruiken.

'Wat valt daar nou aan uit te leggen?' zei mama. 'Je drukt er gewoon op.'

'Ja,' zei Steve, 'maar je kunt een code intikken om de zaak af te blazen.' Hij liet het ons zien. Als we het paniekalarm inschakelden, zou de mobiele eenheid ons bellen. Als we de telefoon opnamen en dan die code van vijf cijfers opgaven, zouden ze niet komen opdraven. Als we de verkeerde code gaven of de telefoon niet opnamen, stuurden ze een team naar het huis.

'Dat is beter dan die stomme politie,' zei Steve tevreden.

We lieten ook een zogenoemde *rape gate* installeren. Dat was een afsluitbaar hek tussen de slaapkamervleugel en de rest van het huis.

De keer daarop dat we iemand dachten te horen rondsluipen, drukte mama op de paniekknop en het alarm ging af. Steve rende met een van de oude geweren en een zaklantaarn naar buiten om de tuin te controleren.

'Niemand te zien. Of hij is ervandoor,' zei hij.

We zaten een poosje naar de telefoon te kijken, in afwachting van zijn gerinkel.

'Zal ik ze maar bellen?' zei mama bezorgd.

'Neuh, zij bellen wel,' zei Steve.

We wachtten nog wat langer.

'Er is zeker iets mis met de transmissie,' zei Steve. 'Ik bel morgenochtend wel iemand om de zaak te laten repareren.'

We gingen naar bed.

Niet lang nadat ik in slaap was gevallen, werd ik gewekt door geschreeuw en blaffende honden. Een fel licht scheen door mijn raam, en ik hoorde Steve 'Shit, shit, shit!' zeggen.

Voor het huis stond een tiental zwarte mannen in uniform met reusachtige zaklantaarns naar het huis te schijnen. Een van hen had een megafoon bij zich. Een ander hield een grommende Duitse herder aan de lijn. Achter hen hing onze poort uit zijn voegen.

Steve verscheen in ochtendjas en op sloffen. Hij zwaaide druk gebarend en verklarend naar de mannen. Die zagen er grimmig uit.

Mama stond achter me voor het raam.

'Ze zien er kwaad uit,' zei ik.

'Ja.' Ze hield Steve in de gaten. 'Het schijnt dat ze ons kunnen beboeten voor een valse melding.'

'Mogen ze dat doen?'

'Het doet er niet zoveel toe of ze dat mogen. Ze kunnen het in elk geval.' Mama boog zich langs me heen, stak haar hand tussen de spijlen voor het raam door en deed het open.

'Hallo, jongens!' riep ze om Steve het zwijgen op te leggen. 'Het spijt ons vreselijk dat jullie voor niets zijn uitgerukt. Kan ik jullie een plezier doen met een biertje?'

Er verschenen een paar grijnzen.

'Kom maar achterom,' zei mama. Ze deed het raam dicht en trok haar ochtendjas strakker om zich heen.

'Het is twee uur 's nachts,' zei ik.

'Nou ja, alles beter dan dat we een boete van duizend dollar moeten betalen,' zei mama. 'Kom mee. Wil je ook een biertje?'

Ik zat op de stoep aan de achterkant van het huis een Castle-biertje te drinken, terwijl de mannen op het bedauwde gras lagen te lachen en te kletsen. Mama en Steve stonden in de deuropening van de keuken. Er hing een feestelijk sfeertje.

'Nogmaals sorry dat we jullie voor niets hebben laten komen,' zei mama.

'Maak u geen zorgen,' zei een van de mannen met een wuivende beweging van zijn hand. 'Het was een vergissing.'

De volgende avond kwam meneer Cooper bij ons eten. Steve vertelde hem het verhaal over de inbraak en het valse alarm.

'Het kan best Jonah zijn geweest, neem ik aan,' zei meneer Cooper. 'Maar het zou me verbazen.'

'Hoe dan ook.' Steve spieste een stuk gehaktbrood aan zijn vork. 'Die verdomde kaffirs. Ze komen me allemaal de strot uit.'

'Zo erg zijn ze heus niet, Steve,' zei meneer Cooper. 'Ze worstelen net als wij om de eindjes aan elkaar te knopen.'

'Als je nagaat wat wij allemaal voor ze doen,' zei Steve. 'Maar een beetje dankbaarheid, ho maar. Ze zitten alleen maar te wachten op een kans om ons een mes tussen onze ribben te steken. Ik had moeten weggaan toen Mugabe aan de macht kwam.'

'Toen dacht je dat het beter zou worden,' zei mama. 'Dat dachten we allemaal.'

'Het is ons niet gelukt,' zei meneer Cooper.

We hielden allemaal op met eten.

'We hebben ons best gedaan,' zei meneer Cooper. 'We hebben geprobeerd rechtvaardig te zijn. Ik weet in elk geval dat ik dat heb geprobeerd. We wilden het beste voor iedereen. Maar het is niet gelukt.'

'Zeg dat nou toch niet,' zei mama. Haar ogen schoten naar mij, en daarna naar Steve. Zeg nou toch wat.

'Gaten in de weg, de politie die zich laat omkopen, die schurken van Mugabe die doen en laten waar ze zin in hebben,' zei meneer Cooper. 'De hele boel gaat naar de haaien. En weet je wat nog het ergst is? Dat wij de geschiedenis in zullen gaan als een stelletje kolonialisten die er alleen maar op uit waren om aan de macht te blijven. Mensen zullen zich niets herinneren van de goede dingen. Die zijn ze nu al vergeten.'

Ik had een halfgekauwde hap in mijn mond, maar ik durfde mijn kaken niet te bewegen.

'En jonge *skellems* als Sean staan te trappelen om weer te gaan vechten. Of ze denken dat al die problemen onze schuld zijn, dat de blanken het allemaal op hun geweten hebben. Hoe kunnen we ook gedacht hebben dat het goed zou gaan,' zei meneer Cooper. Hij schudde zijn hoofd, en hij zat nog steeds zijn hoofd te schudden toen mama opstond om een glas water voor hem in te schenken.

Toen meneer Cooper vertrok, liep ik met hem mee naar zijn bakkie. Naast ons ritselde er iets in de struiken. De maan was een schijf sinaasappelschil tegen de hemel, en de lucht rook naar de nacht.

Hij bleef even staan voordat hij instapte, en kuchte. Ik wachtte af.

'Maak je nou maar geen zorgen over wat ik net heb gezegd, goed?' zei hij. 'Ik meende het niet. Niet echt.'

Hij wachtte op een antwoord. 'Dat weet ik, meneer Cooper.'

'Mooi. Mooi.' Hij deed het portier open. 'Ik zou niets anders willen, weet je.'

Daar stonden we in het donker. De sterren waren witte speldenprikken; de lucht zoemde van de nachtelijke geluiden.

'Voor geen goud.' Hij lachte naar me en stapte in. 'Tot ziens.'

'Vooruit,' zei mama vanaf de keukendeur. 'Kom binnen.'

Voor ik naar binnen ging, snoof ik de nacht op. Nergens op aarde was zo'n plek als deze, en ik wilde ook niets anders.

HOOFDSTUK 17

Steve vertelde een verhaal over hoe je een kikker moet koken in een pan water.

'De truc is om het water heel geleidelijk te verhitten, want dan springt hij er niet uit. Als het water op het kookpunt komt, springt de kikker er nog steeds niet uit omdat de verandering zo langzaam is gegaan dat hij het niet in de gaten heeft.'

'Wat een onzin,' zei mama. 'Natuurlijk merkt hij dat wel.'

'Dat heb je toch nooit echt gedaan, hè?' vroeg ik, vol medelijden met de kikker.

'Nee, man, natuurlijk niet. Maar het is wel waar. Je kunt een kikker stukje bij beetje doden zonder dat hij het beseft.'

Dit was altijd het land geweest van de plannenmakerij. Daar waren mensen trots op.

'Zimbabwanen zijn vindingrijk,' zeiden ze. 'We zijn overal tegen opgewassen.'

Geen stroom? Niks aan de hand. Zet gewoon de generator aan. Geen brood in de supermarkt? Geen probleem. Dan koop je brood op de zwarte markt. Je kon altijd een plan smeden, iets bedenken. En we waren solidair; we belden vrienden als we een benzinepomp vonden waar nog benzine was, deelden wat we hadden.

Naar school gaan werd een kwestie van keuze. Ik bleef bijna de hele week thuis, of dat nu lag aan het gebrek aan benzine of aan de rellen in de stad, en als ik wel ging, was de school halfleeg. In het begin was het leuk om te spijbelen, maar na een paar weken wilde ik graag weer terug. Mijn initialen in mijn tafeltje krassen. Doodsaaie bijeenkomsten uitzitten. Voor proefwerken studeren.

Op de boerderij van oom Pieter leken de Veteranen en de gezinnen van de boeren een soort ongemakkelijke wapenstilstand te hebben bereikt. De Veteranen trokken niet verder het terrein op, maar bleven buiten het hek kamperen. Er werden niet langer onafgebroken revolutionaire liederen gezongen en het getrommel werd minder. Af en toe stuurde oom Pieter hun een koe om op te eten en af en toe namen ze er eentje zonder het te vragen. Ze hakten ook bomen om op de boerderij om vuurtjes te stoken en als het even kon pikten ze groenten en maïskolven, maar niemand leek zich erg druk te maken.

'Het kon erger,' zei oom Pieter aan de telefoon. 'En als ze ons weer beginnen te sjoeperen, trappen we ze van ons land.'

Dit rare, ingeperkte leven was in de loop van twee jaar normaal geworden. Heel soms had ik het gevoel dat we belegerd waren achter onze hoge muren met glasscherven erop. Op de dagen dat ik niet naar school kon, hing ik uren met Kurai aan de telefoon.

'Ik verveel me dood,' zei Kurai elke avond. 'Ik vind het niet te harden.'

'Ik ook niet,' zei ik. Maar dat was gelogen.

Verveling was een luxe. Gewoon was niet te vertrouwen. Gewoon was niet veilig.

Je kon wakker worden op een gewone dag, een kop thee drinken, een geroosterde boterham eten, en op je stoep vermoord worden door een stelletje herrieschoppers. Je kon op een gewone dag naar je werk rijden en in een oproer terechtkomen.

De keren dat ik me zat te vervelen hield ik als een stel geliefde foto's vooraan in mijn gedachten. Al die uren die ik in de wachtkamers van artsen en tandartsen had doorgebracht. Of in de hete zon bij prijsuitreikingen op school. Ik keek terug naar mezelf zoals ik daar tegen stoelpoten zat te schoppen of plukjes gras zat uit te trekken, en ik probeerde me te herinneren hoe dat voelde. Niets te vrezen, niets om over na te denken.

De rijen bij de benzinepompen werden steeds erger. Op een

dag kwam ik de poort van de school uit en zag ik naar beide kanten rijen auto's bumper aan bumper in de verte verdwijnen. Files voor benzine. Het was een record. Het Shell-station was een aardig aantal kilometers verderop.

'Allejezus,' zei Steve toen hij me kwam ophalen. Hij moest een paar straten van de school vandaan parkeren en het was een heel eind lopen naar de auto.

In de benzinefile heerste een feestelijke stemming. Iemand had een braai georganiseerd en mensen stapten uit om *boerewors* en hamburgers te halen. Diverse mensen hadden koeltassen bij zich met Castle-bier. Er stonden een heleboel lege auto's waarvan de eigenaars ergens anders zaten te eten en te drinken of de lange tocht naar de dichtstbijzijnde wc hadden aanvaard.

'En als de file nu in beweging komt?' vroeg ik. 'Wat gebeurt er dan?'

'Dat gebeurt niet,' zei Steve. 'Ze hebben nog geen benzine bij de pomp. Die mensen staan hier vast al de hele nacht te wachten tot er geleverd wordt.'

Een man in pak stapte uit zijn auto en gaf de sleuteltjes aan een vrouw – waarschijnlijk zijn echtgenote.

'Haar dienst gaat in,' zei Steve.

Er was een mop over benzinefiles die we op school vertelden. Een man die uren had zitten wachten in een benzinefile, werd steeds kwader. Toen hij het niet langer uithield, sprong hij uit de auto en zei tegen zijn vriend: 'Hou de auto even voor me in de gaten. Ik ga die rotzak van een Mugabe vermoorden.'

De vriend van de man ging in de auto zitten wachten tot hij terugkwam. Na een paar uur kwam de moordenaar in spe terneergeslagen terug.

'Wat is er gebeurd?' vroeg zijn vriend.

'Daar was de file nog langer,' zei de man.

We lagen onder tafel van die mop.

'Vroeger kon ik hem in zijn kantoor zien zitten als ik klarinetles had,' zei Kurai op een dag.

'Wie?'

'Mugabe.'

'Echt waar?'

'Ja. Je kon uit de muziekschool zo over de muur zijn kantoor in kijken.'

'Kon je hem echt zien?'

'Ja.'

'Wat deed hij zoal?'

'Niets. Stomvervelend. Gewoon wat zitten schrijven of kranten lezen. Maar ik heb wel een kans laten lopen.' Kurai legde een onzichtbaar geweer op haar schouder. 'Fantastische plek voor een sluipschutter. Beng! Probleem opgelost.'

Was het maar waar. Ik bad om een moordaanslag.

Het nieuws was een angstig, verafschuwd ritueel geworden. Wanneer we het vertrouwde tromgeroffel hoorden, lieten we alles uit onze handen vallen en liepen naar de zitkamer. We gingen niet zitten om naar het nieuws te kijken, maar bleven staan met onze armen over elkaar geslagen en onze voeten stevig op de grond om het te incasseren. Wat had hij vandaag nu weer over ons gezegd? Wat had dit te betekenen? Soms werd het niet in het Engels vertaald en pikte ik alleen hier en daar een woord op.

Ik zag hoe hij naar de camera schreeuwde. Het geluid van de televisie was gedempt, maar ik voelde nog steeds elk woord op me neerkomen alsof ik fysiek klappen kreeg. Op zijn bovenlip parelde zweet. Er liep een duidelijk te onderscheiden streep door het midden naar beneden die was opgevuld met een snorretje. Ik voelde aan mijn eigen bovenlip. Ik had net zo'n streep.

Mugabe had heel mooie ogen. Mensen zeiden altijd dat je iemands karakter uit zijn ogen kon aflezen – als ze een onoprechte blik hadden, te dicht bij elkaar stonden of als er iets waanzinnigs uit straalde. Dat gold niet voor Mugabe, die langs zijn bovenste en onderste oogleden een keurige franje van bijna vrouwelijke wimpers had, en bruine ogen die vol gevoel leken te glinsteren.

Soms probeerde ik hem echt te begrijpen. Dan keek ik strak

naar het scherm en probeerde ik zijn gezicht te doorgronden, te zien wat er in zijn hoofd omging.

Mensen zeiden dat Mugabe gek was geworden toen zijn vrouw Sally was overleden.

Ik keek van zo dichtbij naar Mugabes gezicht dat het televisiebeeld uiteenviel in kleurige stippen licht, en ik vroeg me af waarom we allemaal in de ban waren van dat kleine, oude mannetje met zijn lange wimpers.

Mama kwam erachter dat er een plek was waar ze goederen voor geld ruilden zonder dat er vragen werden gesteld. Het was buiten de stad in een nieuwe wijk die onafgebouwd was gebleven toen de inflatie steeg en het geld op was. We propten meubels en elektronica in de auto en reden erheen. Toen we het geld eenmaal in handen hadden, gingen we rechtstreeks naar de winkels om het lichtzinnig en giechelend over de balk te gooien.

'Hé, chocola!' zei mama, toen ze op een plank wat van het importspul zag liggen. 'Neem maar zes repen mee.'

We kochten per keer twaalf tubes tandpasta tegelijk, kilometers wc-papier en genoeg blikken om een complete piramide te bouwen. De prijzen waren hele reeksen nullen aan lange kettingen, en ze gingen alleen nog maar verder omhoog.

Het was die zomer warmer dan gewoonlijk. Ik wilde dat ik in mijn ondergoed kon rondrennen, zoals ik deed toen ik vijf was, maar er zat weinig anders op dan glazen ijswater te drinken.

Op een dag kwam mama met spannend nieuws thuis van het boerderijkantoor.

'Meneer Cooper heeft aangeboden om een zwembad voor ons aan te leggen,' zei ze.

Steve bleef uitdrukkingloos kijken. 'Een zwembad aanleggen?'

'Ja. Hij betaalt ervoor.'

'Waarom?'

'Nou ja, omdat hij ons aardig vindt. Het is een cadeau.'

'Een cadeau.'

'Ja. Hij stuurt vanmiddag een paar arbeiders hierheen om de maat te nemen.'

Ik voelde het water al tegen mijn huid.

'We hebben geen zwembad nodig,' zei Steve. Hij vouwde zijn krant open om hem recht te trekken.

Mama bleef stilstaan. 'Toe nou, Steve.' Ze glimlachte, maar alleen met haar mond. 'Het kost niets.'

'Dat hebben we niet nodig. Zeg maar tegen hem dat we ervoor bedanken.'

'Hè, toe nou, Steve.'

'Toe nou!' zei ik, helemaal op het randje van mijn stoel gezeten. Het zou geweldig zijn om een duik te kunnen nemen in ons eigen zwembad.

'Ik heb nee gezegd.' Steve stond op. 'Ik moet Tatenda spreken over die bloembedden in de rotstuin.'

'Oké.'

We keken hem na.

'Mam!' begon ik, bereid om in een driftbui los te barsten die haar zou overhalen om Steve over te halen.

'Sst.' Mama was bleek. Ze wierp me een snelle glimlach toe en ging achter Steve aan. Ik zag haar naar hem toe lopen en een arm om zijn rug slaan.

Ik zeurde niet over het zwembad. Ik deed wat ik in Chinhoyi deed: ik zette de sproeier aan op het grasveld en rende net zo lang in badpak door het water tot ik het bijna te koud had en op het gras kon gaan liggen om me te laten stoven door de zon.

In de krant stond een brief waarin werd gezegd: *Als die blanke boeren denken dat ze zo goed zijn in het boerenbedrijf, waarom gaan ze dan niet terug naar Engeland om daar het land te bewerken?*

'Omdat ze verdomme net zo goed Zimbabwanen zijn als de zwarten,' zei Steve. 'Kun je je voorstellen dat meneer Cooper een boerderij in Engeland heeft?'

Ik kon me meneer Cooper nergens anders voorstellen dan hier

op de boerderij. Net als Steve hoorde hij bij het landschap.

Mugabe kondigde aan dat hij een referendum zou uitschrijven om hem vrijwel onbeperkte macht te geven. Bij wijze van terzijde zou de regering er ook het recht mee verwerven om zonder compensatie blanke boerderijen te confisqueren.

'Wat een achterlijke verrassing,' zei Steve.

Mensen konden ja of nee zeggen op de verandering. Mama en Steve gingen stemmen en gingen vervolgens giebelig van pessimisme zitten afwachten. Ze zeiden dat het waarschijnlijk toch doorgestoken kaart was en dat het allemaal geen zin had.

Ik begon mensen te zien die rondliepen in een STEM TEGEN-T-shirt – onder wie zelfs sommige arbeiders van de boerderij. En in de krant stonden ook grote advertenties met 'Stem tegen'.

Mama en Steve gaven een feestje ter gelegenheid van de uitslag van het referendum. Alle bedrijfsleiders van de boerderij kwamen naar ons huis voor een braai, om warm en dronken te worden in de februarizon. Ik had het gevoel dat het het einde van de wereld was. De laatste tijd gaf iedereen dat soort feestjes, waar alle gasten zo dronken werden dat ze zich niet meer konden verroeren, stemmen breekbaar klonken en gelach een hysterisch kantje had. We hadden hier een volmaakt leventje, in volmaakt weer, met onze bedienden, zonneschijn en zilveren theepotten, en we waren vastbesloten om er alles uit te halen zolang dat nog kon. Als wij ten onder gingen, deden we dat met een gin-tonic in de ene en een sigaret in de andere hand.

Het moment was aangebroken. De uitslag zou op de radio bekend worden gemaakt. De feestgangers troepten in de woonkamer bijeen en gingen rond de transistor op dat ene woord zitten wachten.

Het kwam. 'Vijfenvijftig procent van de Zimbabwanen heeft nee gestemd op de voorgestelde grondwetswijziging.'

Even heerste er stilte. 'Allejezus,' zei Steve toen.

Iedereen barstte los in opgewonden gepraat. Bob had toch zeker wel met de uitslag gesjoemeld? Dat deed hij altijd. Was hij dan zo zeker van zijn zaak? Had hij echt gedacht dat hij genoeg mensen kon intimideren om zeker te zijn van een ja? Mensen sprongen overeind en begonnen te klappen. Ze waren door het dolle heen. Ze konden eenvoudig niet geloven dat het verschil had gemaakt wat zij hadden gedaan. Ze begonnen te denken dat ze misschien toch dingen konden veranderen.

Op het nieuws zag je die avond mensen huilen en lachen.

'We hebben dat ouwe haantje in de hoek gedreven,' zei een Shona-vrouw. 'Die houdt het niet lang meer vol.'

Iedereen dacht dat het een kwestie van tijd was, dat het het einde betekende van Mugabes bewind. De mensen hadden zich tegen hem uitgesproken.

Ik probeerde dit in mijn geheugen te griffen als een foto. Die keer dat we ondanks alles wel degelijk een verschil hadden gemaakt. Toen we iets op een papiertje schreven dat vervolgens de geschiedenis veranderde.

De Shona's waren een fatalistisch volk. Als je werd overreden door een bus, dan was je tijd eenvoudig gekomen. Ze kwamen niet in opstand tegen God of het lot; daarom waren ze misschien ook wel zo goed in godsdienst – welke godsdienst dan ook, of het nu het christendom was of een ouder, minder vergevingsgezind geloof. Als je in Zimbabwe woonde, was het heel makkelijk om die houding over te nemen, te denken dat we onafwendbaar ten onder zouden gaan, en dat niemand iets kon doen om daar verandering in te brengen. Die avond was ik hoopvol gestemd. Ik herinnerde me dat meneer Cooper me had verteld dat het onze plicht was om de wereld een klein beetje beter achter te laten dan we hem hadden aangetroffen. Het idee dat we veranderingen konden bewerkstelligen, het lot konden ombuigen, zorgde ervoor dat de kolonisten wegen aanlegden en scholen en ziekenhuizen bouwden. Wij waren de baas over onze eigen lotsbestemming; dat was de filosofie van het Westen. We konden dingen beter maken. Het lukte me bijna om het echt te geloven.

Toen de uitslagen waren vrijgegeven, hield Mugabe een toespraak. Heel kalm staarde hij over de hoofden van de mensen heen en hij zei dat het volk had gesproken.

'Shit, man,' zei mama met haar blik op zijn gezicht gericht. Ik wist wat ze zag. Ik zag het zelf ook. Uit Mugabes gezicht sprak een machtige woede die rechtstreeks uit de televisie leek te komen en me in mijn borst prikte. Jij daar, zei die woede. Hier zul je voor boeten. Jij bent de volgende die aan de beurt is.

Mugabe was zijn oude legerplunje weer gaan dragen. De broek was te kort voor zijn oudemannenspillebenen, waardoor er een paar centimeter blauwe sok zichtbaar was. Zijn knokige, magere enkels piepten eruit. Heel even voelde ik medelijden met hem, met die oude man die mokte omdat hij zijn zin niet had gekregen.

In de staatskrant verschenen artikelen waarin de blanken de schuld kregen voor de uitslag van het referendum. De boeren hadden hun arbeiders gedwongen nee te stemmen, beweerde de krant.

'Hoe kan dit in godsnaam nou onze schuld zijn?' zei Steve. 'We zijn verdomme maar met een handjevol.'

We gingen naar het huis van een andere bedrijfsleider voor alweer een feestje om de uitslag te vieren. Toen we die avond thuiskwamen, stond er een laag water in het huis tot aan onze enkels. De parketvloeren waren doordrenkt en vlekkerig, en de verf op de muren begon al te bladderen.

'Wat krijgen we verdomme nou…' zei Steve, terwijl we de keuken in plonsden. Hij drukte op de lichtschakelaar, maar er gebeurde niets. De elektriciteit was uitgevallen. We namen inmiddels al niet meer de moeite om de kaarsen en de zaklantaarns op te bergen, want het gebeurde elke avond wel een keer. Het kampeerfornuis had een vaste plek in de hoek van de keuken.

Steve knipte de zaklantaarn aan en we liepen achter het opgewekte licht aan door de gang. Alle vloeren stonden onder water.

'Wat is er gebeurd?' vroeg mama.

'De watertank.' Steve maakte een gebaar met de zaklantaarn, waardoor het licht flikkerend over de muren danste. 'Die is kennelijk gaan lekken. Dan is ie zeker in het plafond leeggelopen en is het water daardoorheen gezakt en langs de muren omlaaggestroomd.'

Mama plonsde terug door de gang om de ketel op het kampeerfornuis te zetten.

We hadden thee nodig voor we het water konden aanpakken. 'Ik snap er niets van,' zei Steve met een blik op het plafond. 'Er is hier nog nooit iets verkeerd gegaan. Er zit hier nog geen termiet.'

We keken naar het water dat langs de muur omlaagkronkelde en kolkend en sissend plassen vormde als het de vloer had bereikt.

'Helemaal niks, verdomme,' zei Steve.

HOOFDSTUK 18

Op een ochtend werden we bij het wakker worden begroet door de geur van sigaretten. De tabaksvelden stonden in brand. Steve sprong in het bakkie en reed er al schreeuwend in zijn radio heen. Ik pakte mijn fiets en reed achter hem aan.

Arbeiders scharrelden als zwarte mieren heen en weer om de vlammen nat te spuiten en planten om te hakken, zodat er gaten ontstonden in het pad van het vuur. Witte tanden blikkerden in hun gezicht. Dit was een geweldig drama, en daar genoten ze van.

Sean was er ook. Hij stond tegen zijn motor geleund naar de vuurzee te kijken.

'Wat is er gebeurd?'

'Wat denk je?'

'Doe niet zo bijdehand.'

'Dat zootje van Mugabe,' zei hij. 'Tenminste, dat denkt pa.'

'Geen toeval.'

'Neuh.' Hij tikte wat as van zijn sigaret, die meteen werd meegezogen door de wolk as die op onze schouders en in ons haar neerdaalde.

'Steve zegt dat het net een nieuwe bushoorlog is.'

'Tja, misschien.'

'Ik hoop het niet.' Ik zag hoe de vlammen doofden onder het gewicht van het water.

'Ik zou het niet erg vinden,' zei hij.

'Hoe bedoel je, dat je het niet erg zou vinden?'

'Het zou toch niet zo vreselijk zijn?'

'Natuurlijk wel, dan is er oorlog.'

'Tja, nou ja.' Hij sloeg zijn armen over elkaar. 'Dan kunnen we die achterlijke schurken van Mugabe eens een lesje leren, wat jij?'
'Doe niet zo stom. We hoeven helemaal niet meer te vechten. Dat hele gedoe over land kan best vreedzaam worden opgelost, we zitten niet meer in Rhodesië.'
'Jij misschien niet,' zei hij. 'De steden zijn misschien Zimbabwe, maar hier is er niets veranderd.'
Ik gaf hem een stomp tegen zijn arm. 'Praat nou niet zo.'
'Hoezo? Ben je bang dat iemand anders het hoort?'
'Hou nou maar gewoon je mond, oké?'
We stonden te kijken naar de arbeiders die tussen de verbrande en kletsnatte tabaksbladeren rondstapten.

Harare stond bekend als Sunshine City.
'Sunshine City, m'n reet,' zei Steve. 'De hele tent gaat naar de filistijnen.'
De stad begon rafelranden te vertonen, en iedereen staakte. Neem de vuilnisophalers. Een week lang stonk de stad naar rottende groenten. En de geruchten over land dat in beslag was genomen, waren niet verdwenen, zoals Steve al had voorspeld – ze waren eerder toegenomen.
Elke avond zagen we de zogenaamde 'Veteranen' op het nieuws. Ze moesten oud-strijders voorstellen uit de Onafhankelijkheidsoorlog, maar de meesten waren veel te jong. Niemand had het ooit over die oorlog. We kregen er op school ook niets over.
'Steve?' vroeg ik op een dag. 'Heb jij in de Bushoorlog gevochten?'
Tot mijn verrassing klapte hij zijn oude leren portefeuille open. Er zat een foto in van mama, een foto van Steves ouders in zwarte en witte trouwkleding, en eentje van Steve met een paar andere jongens.
Hij was jong op de foto, met een bos krullerig haar en knokige knieën, die hij had opgetrokken tot onder zijn kin. Zijn hand lag op de loop van een lang geweer, en hij was in uniform. Dat uni-

form zag er niet heel anders uit dan wat hij normaal aanhad: een kaki overhemd met boord, een short en lange sokken.

'Hoe oud ben je daar?'

'Zeventien.'

'Wat was je aan het doen?'

Steve wierp me een blik toe.

'Was dat in de oorlog?' Ik vond het heel dapper van mezelf. Ik wist niet veel van de oorlog, afgezien van een vaag idee dat zwarten en blanken met elkaar vochten om de macht in het land. Ik wist dat vlak voordat ik werd geboren Zimbabwe Rhodesië heette, naar Cecil John Rhodes, en dat Harare Salisbury heette. Ik wist dat de oorlog de Tweede Chimurenga werd genoemd, of de Bushoorlog, dat hing ervan af aan wie je het vroeg. Die oorlog was net zoiets als iemand in de familie die was overleden: iemand wiens naam niet werd genoemd en die van foto's af was geknipt.

'Ik zat op een legerbasis in de bush,' zei Steve.

'Bewaakte je die?'

'Ja.' Steve keek nog eens naar de foto. 'Ik was die dag jarig.'

'O.'

'De jongens zongen *Happy Birthday* voor me,' zei Steve, 'en ik kreeg een biertje en zo'n Rubiks kubus.'

'Heb je die kubus nog?' vroeg ik.

'Neuh, een andere gozer heeft hem ingepikt. Het kon me niet schelen, ik kreeg het toch niet voor elkaar.' Steve kraste een merk-tekentje op de foto. 'Zo moesten we de bush in zitten kijken. Die stomme terroristen schoven als slangen op hun buik voort, en je zag ze pas als ze vlakbij waren. Je wist nooit of er helemaal niemand was of dat ze verdomme overal om je heen waren. Het waren guerrilla's, weet je.'

'Gorilla's?'

'Ja.'

'Dus apen?'

'Nee, man, terroristen, bushstrijders. Wij noemden ze smakkers,' zei hij.

'Wie?'

'De terroristen.'

'Waarom?'

'Omdat ze omversmakten als je op ze schoot.' Hij lachte even.

'Shit, man. Ik zou weleens willen weten hoe zij ons noemden. Eigenlijk smakt iedereen omver als hij wordt neergeschoten, hè?'

'O.'

'Ze beslopen je. Mijn sergeant zei dat je moest uitkijken naar het wit van hun ogen en hun tanden en dan daarop moest schieten.'

Ik was ademloos. 'Heb jij weleens op iemand geschoten?'

Steves ogen schoten op en neer. 'Wat is dat nou voor een vraag?'

'Ik dacht gewoon...' Ik wist niet wat ik moest zeggen.

Iets wat lange tijd had geslapen, was wakker geworden. Steve zou zeggen dat het sinds de vorige oorlog had liggen slapen. Maar wat het ook was, ik hoorde het 's avonds om het huis sluipen en in mijn oor fluisteren als ik lag te slapen.

Er werden kinderen van school gehaald die gingen emigreren. Meestal vertrokken ze onaangekondigd. Wij achterblijvers probeerden voor ons examen te studeren, maar het was moeilijk om je te concentreren. Ik merkte dat mijn gedachten rondfladderden als een vliegende mier, heel even op iets landden, om vervolgens naar iets anders over te springen, bijna zonder een voetafdruk achter te laten. Ik moest de eerste zin van een boek een paar keer lezen voordat de betekenis tot me doordrong. Iedereen leek met hetzelfde probleem te zitten, zelfs de docenten, en de lessen waren onsamenhangend en vreemd. Als ze al plaatsvonden.

Kurai en ik lagen op een deken in de tuin te praten. Er kwam noodweer opzetten in de richting van de stad en het verslond de blauwe lucht. In het oosten waren wolken opgestapeld als een stel kussens, en de lucht rook naar koper.

'Ik probeer me verdomme te concentreren op mijn examen,' zei Kurai. 'Maar soms komen de docenten niet eens opdagen.' Al pratend trok ze hele, groene plukken gras uit de grond. 'Al dat politieke gedoe is strontvervelend. Ik wil gewoon naar een goede universiteit.'

'Zodat je directeur kunt worden,' vulde ik aan.

'Ja. Met een kantoor op de hoek, met uitzicht.

'En een secretaresse die een secretaresse heeft.'

'Precies, sha.'

'Ja, Mugabe is vreselijk,' zei ik tegen Kurai. Ik wachtte tot ze ging meedoen. Het was een vertrouwd spelletje waar we gek op waren.

Ze hield even haar mond en maakte vervolgens een neutraal geluidje.

'Vind je ook niet?' vroeg ik.

'Tja, nou ja.' Kurai keek me niet aan. 'In het begin was hij echt niet zo erg, weet je.'

'Hij is altijd erg geweest,' zei ik. Mijn stem klonk harder dan ik bedoelde.

'Nou en?' zei Kurai. 'Vind je dan dat jullie de boel nog zouden moeten runnen?'

'Wat bedoel je met "jullie"?' vroeg ik. Het duurde even voordat tot me doordrong wat ze bedoelde. 'Bedoel je blanken?'

'Die klootzak Smith,' zei ze. 'Mugabe is misschien een idioot, maar hij is tenminste wel ónze idioot.'

Ik lachte, maar het klonk helemaal niet als een lach. 'Je vindt toch niet dat hij goed bezig is?'

'Nee, maar ik heb liever dat hij slecht bezig is dan dat een of andere blanke wat dan ook doet.'

'Een of andere Blanke?' Het woord had plotseling een hoofdletter gekregen. Ik was me ineens erg bewust van Kuria's anderszijn; de manier waarop haar huid anders gekleurd was dan de mijne, en met een ander soort huidsmeer, de manier waarop haar haren uit haar schedel groeiden, de vormen en rondingen van haar gezicht. Haar ogen zagen er exotisch en heel donker uit. Toen ik erin keek, zag ik mezelf er niet in weerspiegeld.

We keken elkaar een ogenblik strak aan, en ik krabbelde terug. 'Tuurlijk,' zei ik, en: 'Oké.'

We praatten weer verder over school en examens en vrienden, maar er was iets veranderd. De lucht tussen ons was van kleur veranderd.

Meneer Cooper stuurde een bewaker naar ons toe. Ik zag een paar landarbeiders naast onze poort een wachthuisje bouwen.

'Wat gebeurt daar?' vroeg ik aan mama.

'Dat is voor de bewaker,' zei ze.

'Welke bewaker?'

'Onze bewaker.'

'Sinds wanneer hebben wij een bewaker?'

'Meneer Cooper heeft ons er een gegeven.'

Ik voelde iets drukken achter mijn ogen, net het begin van hoofdpijn vlak voordat het gaat onweren. Meneer Cooper hoorde dingen die wij niet hoorden. Hij praatte met de arbeiders op de boerderij. Hij was van dingen op de hoogte voordat ze gebeurden.

'Waarom?'

'Hij wil gewoon dat we veilig zijn.' Mama glimlachte naar me, maar alleen met haar mond, niet met haar ogen.

De volgende dag verscheen onze bewaker.

'Cephas!' Ik had hem heel lang niet gezien. Ik schudde hem de hand en voelde het vertrouwde stompje van zijn halve vinger. 'Hoe gaat het?'

'Goed, goed, Medem,' zei hij grijnzend.

'Herinner je je Cephas nog, mam? Hij bewaakte vroeger de toegang tot het terrein.'

'Ach ja, natuurlijk,' zei mama, die geen flauw idee had. Ze wees Cephas waar het wachthuisje stond.

'Heb je nog nieuwe boeken?' vroeg ik toen hij zich had geïnstalleerd.

'O nee,' zei hij. 'Ik heb het veel te druk om te lezen.'

Die nacht lag ik te luisteren hoe hij rondliep over ons terrein: het geknerp van het grind, het knappen van takjes in het gras, een kuch. En dan opnieuw: *knerp, knap, kuch*, rond en rond. Telkens als ik in slaap viel, hoorde ik een geluid en schoot ik met bonzend hart weer wakker, tot me te binnen schoot dat we een bewaker hadden en dat het geen dief of insluiper was. Wanneer ik voor dag en dauw wakker werd, keek ik uit het raam en zag ik uit het wachthuisje het snelle oranje opgloeien van een sigaret. Ik vond het vlammetje iets bemoedigends hebben.

Na een week verdween Cephas spoorloos. Hij verscheen 's ochtends niet op zijn werk. Mama belde meneer Cooper om vervanging te regelen.

'Wat een stom moment om een kater te krijgen,' zei ze. 'Terwijl we nu verdomme juist zitten te springen om een bewaker.'

Algauw verscheen er een arbeider aan de poort die Cephas' post betrok. Het was een dikke man met het gezicht van een pad, maar wel met een vriendelijke grijns.

'Ken je Cephas?' vroeg ik.

'Hongu.' Ja.

'Weet je waar hij is?'

De man haalde zijn schouders op. 'Hij zit elke avond in de shebeen. Hij is vast ziek.'

Het zag ernaar uit dat mama gelijk had. Tot hij de volgende dag ook niet kwam opdagen, en de dag erna evenmin.

'Hij is 'm gesmeerd,' zei Steve.

'Hij zou nooit weggaan zonder afscheid te nemen,' hield ik vol.

'Jezus, Elise.' Steve was geïrriteerd.

In het weekend ging ik op zoek naar Cephas. Ik fietste langs de rand van de ongeplaveide weg naar de dorpen van de landarbeiders, en zwenkte de bosjes in als er een vrachtwagen of een tractor passeerde. Het zachte, witte stof op de weg deed qua substantie aan talkpoeder denken, maar het bleef hardnekkig overal aan kleven. Dingen als de onderkant van je auto, je haar, je handen of je ogen. Als ik niet uit de weg ging, zou ik onder dat spul komen te zitten en nog witter worden dan een Blanke.

Toen ik bij het arbeidersdorp aankwam, was daar de gebruikelijke menigte piccanins een balletje aan het trappen en aan het keten met een oude, achtergelaten auto langs de kant van de weg. Zodra ze me zagen, kwamen ze aanrennen. 'Centen voor snoep!' 'Heb je snoep?'

Hun ogen glommen van de simpele hebzucht, maar ook van een wat ingewikkelder inhaligheid.

Blanken hadden geld, dat wist iedereen, en het was je goed recht om ze aan hun kop te zeuren tot ze dat geld gaven. Waar haalden ze het recht vandaan om dat zelf te houden?

Ik deelde de paar munten uit die ik in mijn zak had. De kleintjes waren vooral gek op de munten van twee dollar, omdat daar een plaatje op stond van een schubdier, maar in die tijd had je er vrijwel niets aan.

'Weten jullie waar Cephas is?' vroeg ik.

'Cephas de kok?'

'Cephas de bewaker.'

Als je iets wilde weten, waren de piccanins de aangewezen personen om het aan te vragen. Maar het had wel zijn prijs. Ik vond een van de stofvlokken pluizig geworden pepermuntje in mijn zak. Het verdween in de zak van iemand anders.

'Die is weg.'

'Weet je waarheen?'

Ze overlegden. 'Hij is de bush in gegaan.'

'De bush?'

'Ja!' Giechelend renden ze weg voordat ik nog iets kon vragen.

Ik fietste de kraal in. De meeste mannen en vrouwen waren aan het werk, maar ik vond een bejaarde vrouw die in een zinken tobbe kleren waste, en vroeg haar waar Cephas heen was gegaan. Ze perste haar lippen op elkaar en schudde nadrukkelijk haar hoofd. Ik wist dat dit betekende dat ze het wist en het afkeurde.

'Waar is hij?'

Ze sprak Shona, met een zwaar accent. Ik begreep maar hier en daar een woord. Ik verstond 'jongemannen', 'kwaad' en 'kamp', en ik hoorde 'de bush'.

'Weet u waar?'

Ze tekende een kaart voor me in het stof. Even buiten de grenzen van de boerderij, op het terrein waar de struiken stonden en geen voedsel groeide, zelfs geen maïs. En maïs groeide overal, van de troep die zich in een gat in de weg verzameld had tot een berg zand in de laadbak van een bakkie.

Ik bedankte de oude vrouw. Het begon een lange expeditie te worden, maar ik was inmiddels te nieuwsgierig om het erbij te laten zitten.

Voordat ik uit de kraal wegreed, pakte een van de piccanins mijn arm en trok eraan.

'Ze hebben ze meegenomen,' fluisterde hij.

'Wie?'

'De ZANU. Ze kwamen met vrachtwagens en namen ze mee uit de kraal. Voor correctie, zei de man. Hij zei dat de jongens moesten worden heropgevoed.'

'Wie is die hij?'

De jongen schudde zijn hoofd.

'Alle jongens?'

'Sommigen van ons zijn weggerend en hebben zich verstopt, maar de rest hebben ze meegenomen. Mijn vader is ook mee.'

'Wat gaan ze met hen doen?'

'Ze gaan hun een lesje leren,' zei de jongen. Ineens perste hij zijn lippen op elkaar en hij draaide zich om.

'Wacht even. Waar zijn ze heen?'

Hij kwam niet terug.

Ik sprong weer op mijn fiets en peddelde over de zandweg richting bush. Toen er gaten in de weg verschenen en de afrasteringen loshingen en ombogen, besefte ik dat ik buiten de grenzen van de boerderij was terechtgekomen. Ik sloeg een smal zandpaadje in en joeg een geit die op de berm stond te grazen de stuipen op het lijf.

Algauw passeerde ik meer geiten, in geïmproviseerde hokken. Ik wist dat er mensen in de buurt moesten zijn, maar ik zag niemand. Toen ik een hoek omsloeg, stootte ik tot mijn verrassing op een geïmproviseerd kamp tussen het hoge gras. Tegen elkaar leunende huizen van planken, en een opmerkelijk groot aantal mensen. Een ruw, onregelmatig hek met bovenop scheermesjesprikkeldraad. Een man met een geweer die de ingang bewaakte. Binnen waren tientallen mensen: mannen, vrouwen en zelfs een paar kinderen. De kinderen waren allemaal jongens, voor zover ik kon zien. Ik reed mijn fiets de bosjes in en bleef met één voet op de trapper staan kijken.

Rond een kookvuur vlak buiten de poort zat een stel mannen te roken. Ze zagen er bekend uit, vond ik. Aan vleeshaken hing een koe – een van de koeien van meneer Cooper, ik herkende het brandmerk op zijn flank – en boven het vuur een stuk vlees. Het rook lekker, vet en heet.

Uit een van de hutten kwam Cephas tevoorschijn, met een Chibuku Scud in zijn hand. Hij liep naar de rand van het hek, vlak bij het groepje struiken waar ik me verborgen hield. Ik stond met één voet op een trapper, om zo te kunnen vertrekken. Zijn ogen waren rood dooraderd en verzonken in hun eigen wereld. Wat hij zag, was niet de bush en het kamp, maar iets anders.

'Cephas,' fluisterde ik. 'Ik ben het.'

Ik stapte een klein stukje uit de bosjes, met mijn handen nog steeds aan het stuur. Hij draaide zijn hoofd om en staarde me aan, en ik had geen idee of hij me nu wel of niet herkende. Zijn mond ging open, en zijn kaak bewoog langzaam.

'Verdomde kleine bleekscheet,' zei hij.

Ik had het gevoel of iemand met ijskoude handen mijn hoofd vastpakte. 'Hè?'

'Die verdomde bleekschetenkinderen denken maar dat ze alles kunnen doen waar ze zin in hebben,' zei hij. Hij sprak heel langzaam en zijn ogen waren niet gefocust.

'Cephas! Wat doe jij hier? Wie heeft jou hierheen gebracht?'

Hij bracht zijn gezicht tot vlak bij de afrastering. Ik dacht dat hij iets ging fluisteren, dus ik kwam ook naar voren. Hij tuitte zijn lippen en spuugde een gele klodder uit die vlak voor mijn voeten neerkwam. Zijn lege ogen keken woest.

'Flikker op!'

En dat deed ik. Mijn knieën knikten en mijn fiets zwenkte naar links en naar rechts voordat ik hem onder controle had. Stom. En zelfingenomen. Hoe kon ik nou denken dat ik op iemand indruk zou maken met eigenwijze opmerkingen in het Shona en mijn zogenaamde boerenmeidenflinkheid? Waarom was ik hierheen gekomen? Het kostte me een hele tijd om terug te fietsen naar de boerderij en ik keek voortdurend over mijn schouder.

De voetstappen van de nieuwe bewaker klonken 's nachts heel anders. Het was een goede kerel, die het leuk vond om in zijn pauze wat te kletsen, maar het was niet hetzelfde.

HOOFDSTUK 19

We waren Blanken en daar hield het dan mee op. Buiten dat blank-zijn hadden we geen bestaan. Als bleke maden in een stoffig lijk zaten we bijeengekropen met de rest van de gemeenschap. Er zat niets anders op dan maar naar het nieuws te kijken en af te wachten.

Mijn grootouders stuurden ons wekelijks hulppakketten, zoals zij dat noemden. Ze deden er nooit iets van waarde in, omdat de pakketten altijd werden opengemaakt bij de douane. Als wij ze kregen, waren ze zwaar toegetakeld en lukraak dichtgeplakt. Ze stuurden ons videobanden met opnamen van de BBC. Ze stuurden mij tienertijdschriften met plaatjes van lachende blanke meisjes op de cover en artikelen over vriendjes en kleren en popsterren. Ik was veertien, bijna vijftien, maar ik had niets met die meisjes gemeen. En toch las ik de tijdschriften.

We gingen allemaal elke week naar de kerk, zelfs Steve. We kwamen samen, zongen liederen en beurden elkaar op.

GOD DOET ZIJN WERK IN ZIMBABWE, stond er op een van de spandoeken boven het altaar.

We baden om een vreedzame verandering. Onze priester deed openlijk politieke uitspraken en had het in zijn preken over Mugabe en zijn plannen om de boerderijen van blanken over te nemen.

'Daar krijgt hij nog problemen mee,' zei Steve.

'Het is zijn plicht om zich uit te spreken,' zei mama.

'Tja, nou ja, soms is het beter om buiten beeld te blijven en te zorgen dat je niet wordt gearresteerd,' zei Steve. 'Als hij in de Chikurubi-gevangenis wordt gegooid, heeft niemand wat aan hem, waar of niet?'

Toen we *Jabulani Africa* zongen, stonden mensen met hun handen in de lucht gestoken en rolden de tranen over hun wangen. Het was bijna alsof we tegen God spraken.

Er stond een vredesmars op het programma voor de eerste dag van april. 1 april dus, een zaterdag. Dat hoorden we in de kerk. Heel veel mensen waren van plan erheen te gaan, zelfs kinderen en hoogbejaarden. Ze zouden spandoeken dragen. NEE TEGEN GEWELD. NEE TEGEN INTIMIDATIE. NEE TEGEN EEN MILITAIR BEWIND. We hielpen allemaal ze te maken.

'Gaan we mee naar de mars, mam?' vroeg ik.

'Doe niet zo stom,' zei ze.

'Kurai gaat wel.'

'Kurai is getikt, dat weet je best.'

'Waarom gaan wij dan niet? We moeten iets doen.'

'Helemaal niet.'

'Het is een vreedzaam protest.'

Mama draaide zich naar me om. 'Denk je nu nog steeds dat er zoiets bestaat als een vreedzaam protest? Wees toch niet zo verdomde stom.'

Ik sloot me op in mijn kamer en ging zitten mokken, maar mama besteedde er geen aandacht aan. En Steve ook niet, terwijl ik van hem had verwacht dat hij meer begrip zou hebben.

'Er komt gedonder,' zei hij. 'Let maar op.'

We moesten een zorgvuldig plan bedenken. Kurais ouders vonden het ook niet zo geweldig dat ze erheen ging, maar haar oudere broer ging zogenaamd de stad in om een onderdeel voor zijn auto te halen. Kurai had hem overgehaald haar mee te laten rijden, en ik ging ook mee.

'Is het goed dat ik zaterdag naar Kurai ga?'

'Ik dacht dat zij naar die stomme mars ging.'

'Nee, ze mag niet van haar ouders.'

'Goed dan.'

'Tafadzwa komt me ophalen.'

Mama vertrouwde Tafadzwa niet helemaal. Hij zat achter het stuur met de raampjes omlaag en rapmuziek op zijn autoradio en hij droeg een zonnebril met dikke glazen die zijn ogen verborgen.

'Hij rijdt goed,' zei ik.

'Ik zou niet weten hoe dat kan met dat getetter in zijn oren.'

'Mag ik erheen?'

'Ja.'

Ik overwoog nog even Sean mee te vragen, maar ik had het vervelende gevoel dat hij tegen me zou zeggen dat ik stom bezig was, net als mama.

Op de dag van de mars was het heel rustig in huis. Steve zat in de eetkamer krantenknipsels in een plakboek te plakken. Mama was in de tuin bezig. Tatenda en Saru deden hun werk.

De intercom van de poort rinkelde. 'Ik ga,' riep ik en ik rende de oprit af.

'Voorzichtig zijn!' riep mama me na.

In Harare rook het fris op zo'n vroegeochtendmanier die de stank van benzinedampen en afval verjaagt. Honderden mensen hingen wat rond, met hun bord langs hun zij. Zwart en blank. Waarschijnlijk meer zwart dan blank. Ik bleef bij Kurai en Tafadzwa in de buurt.

'Welkom, welkom,' zeiden mensen tegen ons. Volslagen onbekenden grepen mijn hand. Glimlachjes, schaterlachen. De omlaagdwarrelende jacarandabloesem leek zelfs op confetti. Kurai en ik hadden geen spandoek, maar we stelden ons op achter iemand die er wel een had. Even verderop was een blank gezin dat samen thee dronk uit een thermosfles – ouders en twee kleine kinderen. Ik zag zeker twee mensen in een rolstoel.

'Wat veel mensen,' zei Kurai. Ze smeerde lipbalsem op haar lippen. 'Hé, ze beginnen.'

De mensenmassa kwam schuifelend in beweging en begon vol verwachting te mompelen.

'Is dat de politie?' vroeg iemand. Ik zag een bruin uniform dat zich een paar meter van de menigte zo onopvallend mogelijk ophield, om me vervolgens te realiseren dat het er meer dan een was. 'Kurai.' Ik stootte haar aan en wees.

'Huh?' Ze volgde mijn blik. 'Die laten ons wel met rust.'

'Laat ons bidden,' zei iemand door een megafoon. Allemaal bogen we ons hoofd. Ik hield mijn ogen open, zodat ik kon zien wie zijn ogen dichtkneep, wie de woorden van de aanvoerder mee mompelde en wie alleen maar naar zijn voeten stond te staren. De agenten kwamen niet dichterbij. Ik dacht dat ze geschrokken waren van de gebeden.

'Ze hebben blokkades opgezet rond de stad,' hoorde ik iemand zeggen. Ik draaide me om.

'Wat zei u?'

Degene die het had gezegd, was een bejaarde blanke man. 'Blokkades rond de stad,' zei hij.

'Waarom?'

'Om te voorkomen dat mensen zich bij de mars aansluiten.'

'Maar het is een vredesmars.'

Hij keerde zich van me af. Ik trok aan Kurais arm.

'Niets aan de hand,' zei ze. 'Dat is weer typisch Mugabe; hij wil gewoon niet dat de media ons zien. Maak je maar geen zorgen.'

'Is iedereen zover?' zei de stem door de megafoon, en we begonnen over de hoofdstraat te lopen. Het asfalt was aangenaam hard onder onze voeten. De spandoeken flapten en klapperden in de wind. Het was prachtig weer. De paarse ballonnetjes van de jacarandabloesems barstten open onder mijn voeten. Zelfs de Zimbabwaanse vlaggen die aan de straatlantaarns hingen, leken met ons samen te zweren; ze kregen iets vrolijks, net of het slingers waren.

Passanten zwaaiden lachend, en sommigen voegden zich bij ons. Toeristen op de terrassen stonden op om foto's te maken. Zelfs mensen in auto's, die vanwege ons niet konden doorrijden, toeterden om steun te betuigen. Het was net één groot feest, maar tegelijkertijd had ik het gevoel dat we iets belangrijks deden. Mijn hart zwol in mijn borst, en ik liep met opgeheven hoofd.

'Het gaat goed,' zei Kurai.

Iemand begon een hymne te zingen, en anderen deden mee. Ik kende het lied niet, maar ik zong toch, zo hard ik maar kon. We sloegen een hoek om en zagen een stel jonge zwarte mannen van bakkies springen. Er ging een golf van angst door de menigte, en mensen vertraagden hun pas. 'Doorlopen!' riep iemand. We liepen door, maar de jongemannen kwamen ook naar voren. Ze hielden geïmproviseerde wapens vast: knuppels, sjamboks. Ze zagen er vastberaden en goed georganiseerd uit. Dit was niet zomaar een stel jongens dat op rotzooi uit was. Dit was iets wat was uitgedacht. De menigte schuifelde onzeker heen en weer. Een van de zwarte vrouwen uit de kerk begon weer te zingen, en anderen sloten zich bij haar aan. Dat gaf ons moed en we stapten door.

Ik zag niet wie er het eerst werd geslagen.

Mensen begonnen te schreeuwen en zetten het op een lopen. De Veteranen – ik wist bijna zeker dat het Veteranen waren – maakten geen onderscheid. De nette rijen deelnemers aan de protestmars vielen uiteen en verspreidden zich. Ik zag een bejaard echtpaar voorbijstrompelen waarvan de man een geblutst hoofd had als de bovenkant van een gekookt ei.

'Waar is Tafadzwa?' vroeg Kurai.

'Geen idee.' We waren hem kwijtgeraakt. 'Waar zullen we heen gaan?'

Kurai greep me bij mijn arm en trok me mee naar de zijkant van de weg, waar de winkels waren. We zagen een stel toeristen op een terras zitten, hun koppen koffie onaangeroerd voor zich. De mond van de vrouw hing open van de schrik, maar de man was foto's aan het maken.

'Doe niet zo stom!' gilde Kurai naar hen, maar het was al te laat. Met een klap knalde er een sjambok op de schedel van de man, en hij zakte voorover op de tafel. Zijn vrouw gilde niet, maar slaakte een vreemd, damesachtig kreetje voordat ze over de tafel heen boog om het hoofd van haar man vast te pakken. Zijn camera was uit zijn handen gevallen. Terwijl wij toekeken, griste een jonge zwarte man hem weg en hij ging ervandoor.

Ik verloor Kurai uit het oog. Het ene moment was ze naast me, en toen ineens niet. Ik zag niet welke kant ik op ging, of ik in de richting van het centrum van de confrontatie ging of juist ervandaan. Ik werd meegevoerd door de druk van andere lijven.

'Traangas!' schreeuwde iemand. Ik kon de politie niet zien, maar toen ik omhoogkeek, zag ik het roerloze blauw van de hemel en de lila jacaranda's, en toen daalde er een mist van druppeltjes op ons neer. Het voelde aan als een heel dun gordijn van regen, het soort regen dat wij *guti* noemden. Een seconde lang was het bijna aangenaam, en daarna begon het te branden. Ik had het gevoel dat mijn binnenste vloeibaar was geworden en waar het maar mogelijk was naar buiten lekte – mijn ogen, neus, mond. Het was moeilijk adem te halen.

Wat ik aan lucht naar binnen wist te zuigen, leek wel meteen weer naar buiten te gaan zonder wat zuurstof op te leveren.

Door het traangas had ik me opgesloten in mijn eigen lichaam, dubbelgeklapt, samengebald. Ik besefte dat het met de anderen precies zo ging. Alles op de wereld smolt en dreef rond. Kreten. Duwende lichamen. Een elleboog in mijn zij. Ik zag heel veel gezichten, die zo duidelijk en levendig waren dat het bijna hallucinaties leken. Ik kon zo naar binnen kijken in de poriën van hun huid en de gelige aderen in hun oogwit. Ik was Tafadzwa kwijt, ik was Kurai kwijt. Ik was iedereen kwijt en ik had naar mama moeten luisteren toen ze tegen me zei dat er in Zimbabwe niet zoiets als vreedzaam protest bestond.

Een blanke jongen botste tegen me aan; ik struikelde en viel met mijn handen en knieën plat op het asfalt. Mijn hand zat onder de kleine scherfjes glas. Het drong tot me door dat de straat was verdwenen onder puin. Er lag iets kleins en kouds onder mijn hand: een tand.

Ik stond vlak voor warenhuis Edgars, waar wij ons ondergoed kochten. Een zwarte man die ik niet kende, duwde me de portiek in. Ik verzette me.

'Ga naar binnen!' schreeuwde hij. Zijn rooddoorlopen ogen traanden.

'Mijn vriendin...'

'Ga naar binnen! Ze hebben het op jullie blanken gemunt.' Hij was verdwenen, teruggezogen in de menigte. Maar ik gehoorzaamde hem en rende de koele, met tapijt beklede schaduw in. Ik zette het op een rennen, maar intussen vond ik het wel verschrikkelijk dat ik op één hoop werd gegooid met 'jullie blanken'.

Het was een grote chaos bij Edgars. Iemand had een geïmproviseerde eerstehulppost opgezet, en mensen waren bezig hun snijwonden met stukken kleding te verbinden. Een bejaarde blanke vrouw hield haar vest tegen haar hoofd en er kwam bloed door de beige wol sijpelen.

'Elise!' Kurai was er ook. Heel even herkende ik haar niet; alles was zo vreemd dat haar vertrouwde gezicht ineens onbekend leek.

'Kurai! Waar is Tafadzwa?'

'Geen idee!' Ze maakte zich kennelijk niet ongerust. 'Die zorgt wel voor zichzelf. Is alles in orde?'

'Ja. Met jou?'

'Ja. Je hebt een grote snee in je hoofd.'

Ik bracht mijn hand naar mijn haar. Het voelde plakkerig aan en was in kleine, vochtige stekels gaan zitten. 'Hoe groot?'

'Het ziet er niet al te erg uit.'

We keken door de ramen naar buiten, precies op het moment dat een Veteraan een sjambok op het hoofd van een zwarte jongen liet neerkomen.

'Sjie-it.'

Ik kon onmogelijk mijn aanwezigheid bij de mars voor mama en Steve verborgen houden.

Mama kwam me uren later ophalen, toen de mensenmassa uiteen was gegaan en er alleen nog rommel, bloed en braaksel van over was. Op weg naar huis in de auto praatte ze niet met me. Haar sproeten staken scherp af tegen het wit van haar gezicht. Toen we thuis waren, knipte mama mijn kleren van me af en gooide ze weg. Ze waren nog steeds doortrokken van traangas, en als je ze aanraakte, brandde je huid. Daarna waste ze me alsof ik weer een baby was. Ik stond overeind in het bad en zij sponsde me af met zeep en water. Ze hield haar lippen stijf op elkaar en haar gezicht onbewogen, tot ze bij de bovenkant van mijn hoofd kwam, waar het bloed een vogelnestje had gevormd van haren en viezigheid. Toen ging ze op de rand van het bad zitten huilen.

Ik stond in het roze water toe te kijken.

Niemand ging tegen me tekeer. Ik wist niet of mama erover had gepraat met Steve, maar hij gaf geen reactie toen ik aan de eettafel verscheen met een verband om mijn hoofd. We aten in stilte. Tot we het geluid hoorden van een helikopter.

'Een verkeershelikopter?' zei mama.

'Te vroeg,' zei Steve. 'De politie.'

We zaten te kauwen en luisterden naar het *wap-wap-wap* van de rotors die de lucht doorsneden. Heel in de verte hoorden we een sirene.

'Dat kan geen kwaad,' zei Steve.

Toen de ondergaande zon als een eidooier over de horizon openbarstte, schonk mama een kop thee voor ons in. De stoom rook naar brandend hout.

We zaten daar met de koppen afkoelende thee in onze hand en dronken niet.

Toen we de volgende dag de stad in gingen, lag de straat nog bezaaid met kapotte aanplakborden, bloed en stukjes baksteen. Het rook er naar traangas, een geur waar mijn keel van dichtkneep en waarbij mijn maag naar mijn borst omhoogkwam.

Op alle nieuwszenders zagen we beelden.

'Waarom, waarom? We waren daar met vreedzame bedoelingen,' zei een zwarte vrouw voor de camera.

Ik zag hoe de vrouw met het spandoek waarop GEEN GEWELD stond door een politieagent werd geslagen. Haar gezicht stond verbaasd toen haar benen onder haar wegzakten en ze op haar knieën viel. Een blanke man van middelbare leeftijd had een bebloede snee in zijn hoofd. We zagen hoe de deelnemers aan de mars hem op de schouders namen. De blanke man keek gegeneerd.

'Een gerechtelijk bevel dat de mars onbelemmerd doorgang moest vinden werd aan een hogere politieambtenaar overhandigd,' zei de keurige stem van de nieuwslezer, 'die het aannam en vervolgens op het plaveisel gooide.'

De gitaar van de blinde zanger die altijd optrad op de hoek van First Street en George Silundika Avenue was in de schermutselingen vernield en zijn geld en cd's waren gestolen.

'Ik vraag u om hulp om het geld bijeen te krijgen voor een nieuwe gitaar,' zei hij voor de camera met moedeloze, toegeknepen ogen, die nog leger stonden dan anders. Onder aan het scherm stond een adres voor wie hem wilde helpen het geld bijeen te krijgen. Ik giechelde, sloeg een hand voor mijn mond en hield toen op. Het was helemaal niet grappig.

We leidden een vreemd bestaan. We stonden op, gingen naar school en werk, en leidden overdag ons leven, en dan kwamen we thuis en keken naar het nieuws om te zien wat er in het land gebeurde. Als bezetenen zapten we langs alle zenders die we maar konden vinden. ZBC. CNN. De BBC. Sky News. Alsof we twee levens leidden. Alsof er niet echt iets was gebeurd tot we het 's avonds op de televisie zagen. Ons eigen leven was vrijwel verdwenen, opgeslorpt door het drama dat zich in de grote wereld afspeelde.

Die avond was de hemel roze gestreept, net als mijn bloed in het badwater.

'Avondrood, mooi weer in de boot,' zei mama.

We zaten te kijken hoe de hemel van kleur veranderde. Saru's dagtaak zat erop en ze ging naar huis, met haar sleutels rinkelend in haar zak. Terwijl ze knerpend over het grind liep, riep ze: 'Goedenavond Baas, goedenavond Medem.' Met een tikje tegen een denkbeeldige pet liet Tatenda haar de poort uit, waarna hij fluitend terugrende naar de khaya, waar hij zich waarschijnlijk ging voorbereiden op een avond in de shebeen. Mama serveerde geroosterde kip, sadza en groenten. Steve schonk biertjes in met een crèmige laag erop. Het zwart kwam de hemel binnengesijpeld met achter zich aan een spoor van sterren.

De maan was die avond heel groot, en oranje, als een naartjie aan een hemelse boom. Ik zag de littekens van de pokken op zijn huid.

'Het is gezichtsbedrog,' zei Steve. 'Kijk maar.' Hij strekte zijn hand uit en mat de maan met zijn vingers.

Ik probeerde het ook. De maan was gezwollen en sappig, maar toen ik hem tussen mijn duim en wijsvinger nam, verschrompelde hij tot zijn normale afmeting.

'Het is niet echt,' zei Steve. 'Het lijkt maar zo. Hij is altijd even groot.'

Ik zag hem uitrijzen boven het gebroken glas op onze muur.

Kurai belde me die avond. 'Hoe gaat ie?'

'Goed.'

Het was stil aan de andere kant. Dat was ongebruikelijk voor Kurai.

'Moet je horen,' zei ze even later. 'Kan ik morgen langskomen?'

'Natuurlijk.'

'Ik verhuis naar de Verenigde Staten, vandaar.'

'Wat zeg je nou?'

'Ik vertel het morgen wel.'

Kurai en ik zaten op een plaid in de achtertuin. Voor ons stonden cola en een schaal chips, maar we hadden ze niet aangeraakt.

'We zullen elkaar heus nog weleens tegenkomen,' zei Kurai. 'Ik loop je vast nog eens tegen het lijf bij een chique party in New York.'

Ze ging in Amerika bij haar oudere zus wonen.

'Wat ga je daar doen?'

'Ik word ergens directeur van. Met een kantoor op de hoek. En een secretaresse die zelf ook een secretaresse heeft.'

'En wat ga ik dan doen?'

'Hoe moet ik dat nou weten?'

'Oké.'

'Blijven je ouders hier?'

Kurai haalde haar schouders op. 'Ja, nou ja, voor hen is het niet zo erg.'

'Omdat ze...'

'Nee, omdat ze rijk zijn.'

'Aha.'

'Ik kom vast in de vakanties thuis.'

'Kom je hier weer wonen? Na de universiteit, bedoel ik?'

'Wie zal het zeggen?' Ze nam haar eerste slok cola.

'Dat is heel verdrietig voor het land,' zei Steve toen ik het hem vertelde.

'Wat?'

'Nou ja, dat mensen als Kurai vertrekken.'

'Hoezo, "mensen als Kurai"?' Ik was in een strijdlustige stemming.

'Mensen als wij zijn niet degenen die dit land gaan veranderen,' zei Steve. 'Dat weet je zelf ook wel. Kurai is de toekomst.'

Hij had gelijk. Kurai was de toekomst. Niet ik.

Onze dominee stak die zondag een speciale preek af in de kerk. 'We geven het niet op,' zei hij, en: 'God waakt over ons.'

HET GOEDE ZAL ZEGEVIEREN, stond er op een van de spandoeken tegen de muur. We bogen ons hoofd en baden met een speciale, robotachtige stem tot God om ons vrede, gerechtigheid en democratie te brengen.

Wanneer ik in de kerk zat, vergat ik soms de gruwelijkheden en de hopeloosheid. Ik keek om me heen wanneer we aan het zingen waren en zag al die gezichten die omhoog waren gericht, naar een

God van wie ik bijna kon geloven dat Hij daar ergens was. Heel even geloofde ik dat het allemaal op zijn pootjes terecht zou komen. Dat onze gebeden zouden worden verhoord. Maar als we baden, werden die woorden een vacuüm in gezogen. Er was daar buiten alleen duisternis. Duisternis en de oude, wraakzuchtige goden van Zimbabwe, de goden die bloedoffers en andere geschenken wilden hebben. Op een stralende dag met een strakblauwe lucht kon ik me geen God voorstellen die daar boven ergens was. In plaats daarvan had ik het gevoel dat er een schel, genadeloos oog was dat ons op de wereld vastpinde als een stel kevers en met een blik zonder mededogen toekeek hoe wij kronkelden. Er waren hier dingen die ouder waren dan het christendom. Zij waren hier het eerst. Zij waren sterker.

HOOFDSTUK 20

Ik was weer eens thuis van school. Op kantoor bij mama zat ik enveloppen te adresseren voor de maandelijkse facturen. Mama zette de radio harder voor het nieuws. Het was slecht, zoals altijd. Het enige waar we op hoopten was dat het nieuws minder slecht was dan de dag ervoor.

De avond tevoren hadden mama's ouders uit Engeland gebeld. Ze klonken breekbaar en oud aan de telefoon. Ik weet dat ze ons vroegen te vertrekken, want mama schonk zichzelf een forse gintonic in voordat ze met hen praatte, en ze zei een hele tijd: 'Ja. Nee. Ja, mam. Dat weet ik, mam.'

Toen ik met hen praatte, zetten zij een levendige, opgewekte stem op.

'Hoe gaat het op school?'

'Valt best mee. Het is wat rustiger geworden in de stad, dus ik heb niet al te veel dagen gemist.'

'Mooi zo.'

Met mij hadden ze het niet over hun ongerustheid.

'Morgen,' zei Sean, en hij stak zijn hand in de lucht toen hij langs het kantoor liep. Hij moest ook thuisblijven van school, omdat de Veteranen dreigden de internaten voor de rijken aan te vallen. Nu deed hij werk voor zijn vader op de boerderij. De arbeiders noemden hem nog steeds Mini Cooper. Hij lachte even makkelijk als zijn vader en was net zo goed thuis in Shona-jargon. En in vloeken. Ik volgde hem met mijn blik als hij tussen de tabakssilo's en de struisvogelhokken door liep, met zijn haar dat oplichtte als het stoffige geel van de grassen.

Ik hoorde iets op de radio.

'Zet hem eens harder, mam.'

Mama draaide aan de knop. 'Luchtvaartmaatschappijen hebben hun vluchten vanuit Harare International Airport gestaakt.'

'Mam?'

Mama perste haar lippen op elkaar. 'Het stelt niets voor,' zei ze. 'Het is maar tijdelijk.'

Ik kreeg een beklemd gevoel in mijn borst. We zaten in de val.

'Kijk nou niet zo,' zei mama. 'Het stelt niets voor.'

'Maar we kunnen niet weg met het vliegtuig,' zei ik.

'Dat waren we ook niet van plan,' zei mama.

Daar ging het niet om.

'Ik ga even naar buiten,' zei ik. De hemel was gloeiend blauw en de boerderijgebouwen waren zo wit dat ze op mijn oogleden stonden afgedrukt als ik met mijn ogen knipperde. Ik liep bij het kantoor vandaan naar de ongeplaveide weg.

Elk gezicht op de boerderij was een bedreiging. Elke lach een gevaar, een grap zonder pointe. Ik liep voort en probeerde het gevoel van me af te zetten, maar iedereen die ik zag, had iets van een potentiële moordenaar. Ik wist niet of het wel echt was als ze me toelachten en begroetten, en of ze me diep in hun hart niet als een Blanke beschouwden, een Blanke die uit de weg moest worden geruimd.

Ik ging in de schaduw zitten en probeerde mijn ademhaling onder controle te krijgen. We zaten in de val. Er kon niets meer wegvliegen.

Ik had niet beseft hoezeer ik me had verlaten op ons vermogen te ontsnappen. Ik had dan wel zo hard als ik kon tegen iedereen beweerd dat we nooit zouden vertrekken, maar ergens vertrouwde ik heimelijk op mijn Britse paspoort en het feit dat we genoeg geld hadden om op het vliegtuig te stappen als het allemaal te erg werd.

Ik boog mijn hoofd voorover tot tussen mijn knieën. Ik hoorde hoe mijn hart trager begon te kloppen, en weer versnelde toen ik inademde.

'Gaat het wel?'

Ik kon niet opkijken.

'Medem?'

De stem was jong. Ik keek op. Het was Lettuce, een van de arbeiders.

'Niets aan de hand, dank je wel,' zei ik.

'Oké.' Zijn tanden blikkerden wit op in een glimlach toen hij wegliep. Ik keek hem na.

Ik dacht dat ik bijna een van hen was. Ik was geen Blanke. Niet echt. Waar of niet? Ik dacht aan Beauty, al die jaren geleden. Hoe kon ik met twee moeders, een zwarte en een blanke, opgroeien, en toch nog steeds alleen een Blanke zijn?

Mijn hersens werkten niet goed. Misschien lag het aan de hitte. Ik begon terug te lopen in de richting van de kantoren, waar alles vast een stuk normaler was. Ondanks de landbezettingen concentreerde iedereen zich op de facturen aan het eind van de maand.

Meneer Cooper kwam aanrijden op zijn motor.

'Hoe gaat ie?'

'Goed.' Ik trok mijn lippen weg over mijn tanden, in iets wat volgens mij op een glimlach leek.

'Hoe is het op school?'

'Goed.'

'Gaat het wel met je?' Hij haalde zijn hand door zijn haar, dat rechtop stond. Hij had zelden een motorhelm op. Volgens hem was dat omdat hij wilde horen wat de arbeiders naar hem riepen als hij voorbijkwam, voor het geval ze brutaal waren.

'Ja hoor.'

'Je maakt je toch geen zorgen over al die regeringsonzin, hè?' vroeg hij glimlachend. 'Ach joh, ze zetten wel een keel op, maar wij zijn hier al jaren, en we blijven hier ook nog jaren. Die stomme munts kunnen ons echt niet van ons land verdrijven.'

Ik knikte.

Meneer Cooper stond op het punt nog iets te zeggen, maar hij hield zich in om in het Shona iets tegen een arbeider te roepen die net voorbijkwam. Iets over zijn vriendin. Zijn Shona was erg spreektalig, en ik begreep het niet allemaal. De arbeider riep iets terug en lachte.

'De jongens zouden het nooit pikken,' zei hij, met zijn aandacht weer bij mij. 'Dacht je nou heus dat die een stelletje schorriemorrie zouden binnenlaten om ons te sjoeperen?'

'Nee.'

'Nee, natuurlijk doen ze dat niet. Goed, is je moeder binnen?'

'Ja.'

'Mooi zo.' Hij startte zijn motor en moest een stukje met zijn voeten op de grond meelopen voordat die aansloeg. 'Tot ziens!'

Ik zag hem halt houden voor de kantoren en naar binnen lopen. Toen hij vertrok, ging ik weer naar binnen.

'Gaat het weer?' vroeg mama.

'Ja,' zei ik, en ik ging aan de slag met de enveloppen.

Toen ik die avond een e-mail aan mijn grootouders had geschreven, kwam Steve naast me zitten om hem samen met me door te nemen. Hij controleerde elke avond mijn e-mails of er geen belastende dingen in stonden die konden worden opgepikt door de overheidsfilter, zodat ze er dan achter zouden komen dat zo'n bericht bij ons vandaan kwam. Ik vergat soms hoe voorzichtig we moesten zijn. Je mocht niets slechts zeggen over de president, voor het geval iemand het hoorde en je aangaf. We wisten dat de overheid alle brieven openmaakte die we naar Engeland stuurden en dat onze e-mails op trefwoorden werden nagetrokken. Alle blanken hadden een geheimtaal ontwikkeld. In onze e-mails en gesprekken noemden we Mugabe Tim. Ik vroeg Steve wat dat betekende.

'*That Ignorant Munt*,' zei hij. Die onwetende nikker. Ik keek ervan op dat hij zo snel antwoord gaf. Ik had gedacht dat het onder het kopje 'dingen die hij me nog weleens zou vertellen als ik ouder was' zou vallen.

Ik bedacht dat ik misschien inmiddels 'ouder' was geworden, dat ik die magische leeftijd had bereikt waarop alles zou worden onthuld. Ik voelde me ook ouder, nu ik de huid van mijn moeder steeds losser over haar botten zag liggen en de eerste grijze haren op haar slapen zag verschijnen. Wanneer ik haar haar aanraakte, voelde dat bros aan en niet meer glanzend en olieachtig. Er waren nieuwe rimpels verschenen: een scherpe, diepe snee tussen haar wenkbrauwen, en twee aan weerszijden van haar mondhoeken. Die nacht in bed vroeg ik me af hoe het zou zijn om in Engeland te wonen. Ik had het zo warm dat er zweet aan de achterkant van mijn knieën omlaagsijpelde en het in de kromming van mijn ellebogen poeltjes vormde, alsof mijn hele lichaam huilde. Ik stelde me voor dat ik in bed lag in een koel land, waar je geen muskietennet nodig had en geen geheimzinnige geluiden waren van buitenaf. Ik vroeg me af of ik me op zoiets kon voorbereiden door me voor te stellen dat ik daar al was. Of dat het makkelijker zou maken.

Mugabe liet ons weten dat we onze buitenlandse paspoorten moesten inleveren of dat we anders ons Zimbabwaanse paspoort kwijtraakten en als buitenlanders werden beschouwd. Als we onze Britse nationaliteit niet afzworen, konden we niet stemmen.

'We moeten kunnen stemmen, mam,' zei ik.

'Doe niet zo dom,' zei mama. 'Dacht je nou echt dat onze stem enig verschil zou maken? Het is allemaal doorgestoken kaart.'

'We moeten een vuist maken!' zei ik.

'Helemaal niet. We geven ons Zimbabwaanse paspoort op, punt uit,' zei mama.

'Verdomde stom,' zei Steve.

Het was niet eens echt een beslissing. Natuurlijk hielden we ons Britse paspoort. We zouden wel gek zijn als we dat niet deden. Maar het was heel moeilijk om ons Zimbabwaanse paspoort uit handen te geven. Steve wachtte ermee tot het allerlaatste moment.

'Ik hou mijn Zimbabwaanse paspoort,' zei hij op de ochtend van de laatste dag.

Mama en ik staarden hem aan. 'Ben je gek geworden?' zei mama.

'Ik ben een Zimbabwaan,' zei Steve. 'En geen verdomde Brit.'

'Je kunt je Britse paspoort niet opgeven.' Mama zette knarsend haar tanden in haar geroosterde boterham, alsof het pleit daarmee was beslecht.

'Ik geef liever mijn Britse paspoort op dan mijn Zimbabwaanse.' Ik voelde me hol vanbinnen. Onze Britse paspoorten waren ons belangrijkste bezit. Mama bewaarde de drie bruine boekjes in een afgesloten kast, en ze had altijd tegen me gezegd dat dat de eerste dingen waren die we moesten pakken als we overhaast moesten vertrekken. Die paspoorten stonden voor de beschaving, voor vrijheid en de mogelijkheid van een toekomst ergens anders. Ik was bijgelovig verknocht aan mijn paspoort, alsof het een van Beauty's totems was. Ik werd beroerd bij de gedachte dat Steve dat van hem zomaar uit handen gaf.

'Dat is stom,' zei mama. 'Toe nou, Steve. Dat betekent toch niet dat je geen Zimbabwaan meer bent? Het is gewoon een stukje papier. Mugabe wil dat je je Britse paspoort opgeeft, zodat je hier komt vast te zitten.'

Steve schudde zijn hoofd en keek strak naar zijn thee. Mama stak haar hand uit en raakte de zijne aan. Ik zag het glanzende plekje op zijn knokkel waar een stukje huidkanker was weggesneden.

'Het betekent niets,' zei mama.

Maar we wisten dat dat wel zo was.

Steve gaf zijn Zimbabwaanse paspoort op. De mensen op het kantoor mopperden omdat hij er zo lang mee had gewacht, en ze lieten hem een uur wachten tot ze hem de formulieren gaven.

De rest van de dag was hij zwijgzaam en somber.

'Het wordt te erg,' zei Tatenda later hoofdschuddend. Ik zat bij Saru en hem terwijl zij hun thee zaten te drinken. 'Mugabe moet weg.'

Saru en ik wisselden een blik. Zulke dingen kon je beter niet zeggen.

'Ik maak me zorgen over hem,' zei Saru achteraf. Ze was het

avondeten aan het klaarmaken en ik zat op de stoep bij de achterdeur. 'Mijn man heeft hem in de shebeens tekeer horen gaan. Hij loopt altijd te tieren over Mugabe en de MDC.'

Ik hield mijn mond. Ik wilde geen opvattingen ventileren, zelfs niet tegenover Saru. Meneer Cooper was de enige die we kenden die zijn Britse paspoort inleverde. Zijn Zuid-Afrikaanse paspoort leverde hij ook in, en daarna gaf hij een feest.

'Om het verbranden van de bruggen te vieren,' zei hij, 'en het begin van het einde.'

Het huis hing vol Zimbabwaanse vlaggen, en iedereen werd ladderzat.

'Je bent gek,' kreeg meneer Cooper elke tien minuten te horen.

'Weet ik,' zei hij.

We waren *illegal aliens* geworden. Ik moest lachen om die benaming. Het klonk net of we twee hoofden hadden, in plaats van dat we gewoon blanke Zimbabwanen waren met een Brits paspoort.

Mama begon in haar kantoor fluisterend gesprekken te voeren met meneer Cooper, die ik van achter de deur probeerde op te vangen. Op de een of andere manier wist ik dat Steve niet van deze gesprekken op de hoogte was, en ik vertelde het ook niet aan hem. Hier en daar pikte ik een woord op: paspoorten, vliegveld, geld. Ik wist dat mama een bankrekening had waar Steve niet van op de hoogte was. Die rekening gebruikte ze voor noodgevallen, maar ze had me gevraagd er niets over te zeggen.

'Het is ons geheim,' zei ze.

Mama's salaris ging op de gezinsbankrekening, net als dat van Steve. Dit geld kwam ergens anders vandaan. Maar ik vroeg er niet naar. We hadden alles nodig wat we maar konden krijgen.

Mama en ik waren op de terugweg van de boerderijwinkel, met vlees voor het avondeten. Ze ging Steves lievelingsmaal klaarmaken, om hem op te vrolijken. Sinds hij zijn paspoort had ingeleverd, was hij in een pesthumeur.

'Wat gaan we nu doen?' vroeg ik.

'We gaan naar huis.'

'Nee, ik bedoel, nu we geen staatsburger meer zijn.'

Mama hield haar ogen op de weg gericht. 'Meneer Cooper vindt dat we weg moeten,' zei ze uiteindelijk.

Mijn maag voelde hol aan. Vertrekken was iets wat we in de toekomst zouden doen. Het was iets wat altijd vlak om de hoek lag, als een voorval dat me maar vaag voor ogen stond het noodzakelijk zou maken, maar ver genoeg weg om te kunnen denken dat het er misschien nooit van kwam.

'O.'

'En Steve niet.'

Steve was opgetrokken uit biltong, houtrook, kaki en koeienhuid. Die kon nergens anders overleven.

'Maar we gaan nu nog niet,' zei ik.

'Ik weet niet,' zei mama. 'Als we genoeg buitenlandse valuta hebben, is er geen reden om hier te blijven.'

'Maar we kunnen niet weg. Alleen als het echt moet.'

'Het zal er niet beter op worden,' zei mama. 'Het is geen kwestie van "als", maar van "wanneer".'

Toen we thuis waren, ging ik in de zon zitten op de stoep bij de achterdeur. Ik rook schone was en de donkere, bittere geur van verse thee. Ik zag Saru en Tatenda op het gras uit emaillen mokken thee zitten drinken en dikke hompen brood met pindakaas eten. Ik kon me niet voorstellen dat ik ooit ergens anders zou wonen.

Mama sneed het onderwerp weggaan onder het eten aan, waar ik bij was. Ik wist dat ze dat deed om te voorkomen dat ze erge ruzie zouden krijgen. Steve hield er niet van om ruzie met mama te maken waar ik of het personeel bij was.

'We hebben altijd gezegd dat we zouden vertrekken als ze hier inbraken, Steve,' zei ze.

'Ze hebben verdomme alleen de laptop meegenomen.'

'Weet ik. Maar het wordt misschien tijd om er serieus over na te denken. We kunnen zolang bij mijn ouders intrekken...'

'Ik heb een bloedhekel aan Engeland.'

'Ik weet dat je een bloedhekel aan Engeland hebt.'

'Veel te koud, verdomme. Veel te veel mensen.'

'Weet ik, Steve, maar zo kunnen we niet doorgaan. Je kunt erop wachten dat de zaak in het honderd loopt.'

'Het kan beter worden. De verkiezingen komen eraan…'

'Ja, alsof dat enig verschil zal maken. Je weet toch hoe het gaat? Mugabe is de grote baas, die geeft echt de macht niet uit handen.'

'Ik wil het er nu niet over hebben.'

Met een strakke blik op mijn bord zat ik met mijn vork een stukje wortel heen en weer te schuiven.

'Ik had het er met meneer Cooper over en hij vindt…'

Steve verstrakte.

'Dus je hebt het besproken met Mark Cooper?'

'Niet besproken, Steve. Hij is gewoon bezorgd.'

'Bezorgd om jou.'

'Om ons allemaal. Verdomme, Steve, hij wil ons gewoon helpen. Je zou verdorie weleens dankbaar mogen zijn.'

'Ja, net zo dankbaar als voor dat stomme zwembad dat hij wil aanleggen, en die bewaker.'

'Je bent gewoon kwaad omdat je niet weg wilt.'

'Nee, ik ben kwaad omdat mijn vrouw onze privézaken bespreekt met een andere man.'

'Hij is niet zomaar een andere man, hij is mijn baas. En de jouwe. Jezus christus, Steve.'

'Nou, zeg maar tegen hem dat we zijn geld niet nodig hebben.'

'Doe toch niet zo stom! We hebben al het geld nodig dat we maar kunnen krijgen. Hoe komen we anders een ander land in? Ik ben niet afgestudeerd. Ik heb vrijwel geen studiepunten. We hebben geld nodig om binnen te komen, dat weet jij ook wel. Blaas toch niet zo hoog van de toren.'

'Hoog van de toren blazen? Terwijl mijn vrouw…' Het drong tot Steve door dat ik nog steeds aan tafel zat. 'Naar je kamer, jij.'

Ik ging niet naar mijn kamer. Ik rende naar de avocadoboom aan het eind van de tuin. Ik hoorde Tatenda ergens in de tuin fluiten.

In Zimbabwe wonen was net zoiets als een lastige jongere broer of zus hebben. Het land was luidruchtig, storend en onbeschoft. Het eiste al je aandacht op, vrat energie, verpestte gezinsuitstapjes en gesprekken aan tafel, en 's nachts lag iedereen te piekeren hoe het verder met hem moest. Al onze problemen draaiden om de problemen van Zimbabwe.

Ik vroeg me af wat er zou gebeuren als we ergens anders woonden, waar we ons niet constant zorgen hoefden te maken over geld. Waar we geen personeel hadden dat door het huis liep waardoor we gedwongen waren zachtjes te praten als we ruzie hadden. Waar we geen meesmuilende blikken konden wisselen met mensen in de supermarkt als het brood uitverkocht was.

Het zou behoorlijk ontregelend zijn als we daar plotseling van bevrijd waren, om keuzes te kunnen maken die niet werden gedicteerd door zijn lawaaischopperige, niet te negeren aanwezigheid. In Zimbabwe was Mugabe overal de schuld van. Buiten Zimbabwe waren sommige problemen misschien wel onze eigen schuld.

De dag erop praatten mama en Steve nog steeds niet met elkaar. Steve ging de tuin in om Tatenda rond te commanderen, waar hij altijd erg van opvrolijkte. Ik ging zoals gewoonlijk met mama naar kantoor.

'Gaan de Coopers ook weg?' vroeg ik. Mama's radio knetterde. Ze legde hem nooit weg, voor het geval het soort nieuws doorkwam waar iedereen bang voor was.

'Dat weet ik niet.'

Het was algemeen bekend dat ze waren bedreigd. Zij hadden een van de grootste boerenbedrijven van heel Zimbabwe. Welke Veteraan zou daar niet een stukje van willen hebben?

'Mark Cooper gaat niet weg,' zei mama. 'Die is meer Shona dan de Shona's. Die zijn gek op hem.'

We zaten even te zwijgen, met onze gedachten bij alle landarbeiders met wie meneer Cooper altijd wel even grapjes maakte wanneer hij op zijn motorfiets op de boerderij rondtoerde.

'Ik denk niet dat dat verschil maakt,' zei ik.

HOOFDSTUK 21

De eerste blanke boer stierf. Hij werd ontvoerd van zijn boerderij en doodgeschoten. De vijf boeren die de achtervolging inzetten en hem probeerden te redden, werden aangevallen en in elkaar geslagen. Het waren geen jonge mannen. Ze hadden een bierbuik van al die jaren dat ze met een Castle-biertje in de hand bij een braai hadden gestaan. Ze hadden grijs haar en een slappe witte hoed op. Ze droegen een kort short en *veldtskoene*, en hun gebruinde kleur hield op bij hun mouwen en de omgeslagen boordjes van hun sokken. Ze zagen eruit als de mensen die we kenden.

In het weekend van Pasen hoorden we over de blanke boer die was vermoord in Nyamadhlovu, in de buurt van Bulawayo – prettig ver weg. Voor mij. Niet voor Steve, die daar was geboren.

Het was een dramatisch verhaal met een 'aanval in alle vroegte' en een 'laatste verdedigingsstelling' van de blanke boer tegen de Veteranen. Het klonk allemaal als een western. Een man die zich met munitie en honden in zijn eigen huis had verschanst. Vrouw en kinderen die ervandoor gingen. De krakende boodschap over de radio dat Zij eraan kwamen, het nieuws dat we allemaal vreesden. Zeventig aanvallers. Een beleg van twee uur. Wegblokkades om een ambulance tegen te houden. Molotovcocktails die door de ramen werden gegooid.

En dan twee schoten in zijn gezicht, toen de boer naar buiten kwam strompelen. Afranselingen met een ijzeren staaf.

We zagen een foto op *BBC News*.

'Niet kijken,' zei mama, maar ik keek toch, en ik zag een witmet-roze brij die ooit een man was geweest. Hij was de grond in gestampt. Hij zag er zelfs niet meer menselijk uit. Hij zag eruit als een stuk vlees.

'Wat is dat geval bij zijn been?'

'Hij had kennelijk een spalk gemaakt,' zei Steve. 'Toen hij in zijn been was geschoten.'

Ik stelde me voor hoe hij omzichtig zijn zelfgemaakte spalk om zijn been vastbond. Zoveel zorg voor zijn lichaam, datzelfde lichaam dat aan flarden werd geschoten en aan stukken werd gehakt toen hij naar buiten was gekropen.

De aanval was georganiseerd door Kameraad Jezus. De moord vond plaats op de Onafhankelijkheidsdag van Zimbabwe. De boerderij heette Compensation Farm. Het kwam allemaal rechtstreeks uit een filmscenario – de ironie droop er zo aan alle kanten van af dat niemand de moeite nam erop te wijzen.

Een van de arbeiders van de boerderij werd geïnterviewd. Hij snikte. Hij zei dat zijn werkgever het niet verdiende om 'te sterven als een hond'. Op het nieuws lieten ze foto's van het lijk zien, onder een laken. De Veteranen werden met busladingen aangevoerd vanuit Harare en kregen wapens uitgereikt. Plaatselijke, echte oud-strijders gruwden van de aanval en zeiden nadrukkelijk dat zij er niet bij betrokken waren. De dode boer groeide al snel uit tot een mythische figuur, een volksheld.

'Die kerel is Ned Kelly niet,' sputterde Steve, maar allemaal herkenden we onszelf in hem. En we waren bang. Het was begonnen, en we wisten waarop het zou uitdraaien.

De oorlog was terug. Niemand zei het, maar iedereen wist het. Mensen haalden hun oude geweren tevoorschijn. Mama ging met migraine naar bed. Mijn hart joeg voort op snelle golven bloed, en ik hoorde voortdurend tromgeroffel in mijn oren. Zodra mensen iets tegen me zeiden, begon ik altijd 'Sorry?' te zeggen, omdat ik hen niet kon verstaan boven de trommels uit. Dezelfde trommels die het begin aankondigden van de nieuwsuitzending van ZBC.

Dit was de tweede boer die werd vermoord. En de moorden gingen door, alsof er iets was wat hongerde naar nog meer bloed.

Steve zat onder het avondeten naar het nieuws te kijken. Als hij een hap had doorgeslikt, knarsten zijn tanden gewoon door. We zaten in stilte toe te kijken hoe Mugabe met hakbewegingen van zijn handen gesticuleerde. In zijn mondhoeken zat speeksel.

'Ik laat nog liever het huis tot de grond toe affikken dan dat ik het in handen geef van die smerige kaffirs,' zei Steve ineens. Hij stond op en nam zijn bord mee naar de keuken.

Er verschenen steeds meer blanke boeren op het nieuws. Ze zagen er allemaal hetzelfde uit: te makkelijk om te persifleren. Op de afschuwelijke spotprenten in de krant werden ze afgebeeld als komische figuren, de Grote Bazen van wie de grond was.

Ik kreeg nachtmerries over Veteranen die het terrein binnendrongen en ons huis vernielden. We hadden verhalen gehoord over wat ze in de huizen van de boeren deden. Ik stelde me voor hoe ze onze mooie spullen kapotsloegen en familiefoto's verbrandden.

Tante Mary en oom Pieter belden elke avond. Mama hield altijd de hoorn vast alsof ze de hand van tante Mary vastklemde.

'Ze hebben ons gisteravond gedwongen ze op de borrel uit te nodigen,' zei oom Pieter. 'Ik moest zes kratten bier gaan kopen. En Mary moest van hen koken.'

'Wat kook je voor dertig Veteranen?' zei Mary toen Pieter de hoorn aan haar doorgaf. 'Dat staat niet in de etiquetteboeken, waar of niet?' Ze lachte. En ze lachte opnieuw toen mama vroeg hoe het met haar ging. 'Nou, het gaat best. We hebben de honden voor als ze te brutaal worden.'

Mama hielp haar er niet aan herinneren wat de Veteranen met honden deden. We hadden de foto's gezien van puppy's die waren opgehangen aan kippengaas en honden die doodgeschoten en op een hoop gegooid op de oprijlanen van boerderijen lagen.

Het leek wel of Sean zich persoonlijk beledigd voelde door de aanvallen. Hij raakte in zichzelf gekeerd, leek kleiner te worden. Op een avond pakte hij spullen in een rugzak en verdween zomaar de bush in.

'Die jongen gedraagt zich soms als een idioot, verdomme,' zei meneer Cooper. Er zat een ruw randje van bezorgdheid aan zijn stem. 'Ik heb tegen hem gezegd dat hij zich bij de situatie moet neerleggen en zijn mond moet houden. We redden ons echt wel. Ik kan het niet gebruiken als de arbeiders hem in paniek zien; dat maakt de zaken er niet beter op.'

'Wat verdomde stom om zoiets te doen,' zei Steve. Maar ik snapte het best. In de bush waren ook dingen die je iets aandeden – insecten en slangen en ander beesten en tokoloshes en geesten –, maar die probeerden het bloedvergieten niet te rechtvaardigen met wetten en lange redevoeringen.

De volgende dag was Sean terug. Hij kwam langs om zijn excuses aan te bieden omdat we ons zorgen om hem hadden gemaakt. Zijn gezicht was grimmiger en ouder geworden.

'Geeft niet, hoor,' zei mama. 'Gaat het wel met je?'

'Ja, bedankt, het gaat best.'

Ik probeerde met hem te praten. 'Hoe voel je je?'

'Best,' zei hij. 'Ik heb me als een schijterd gedragen.'

'Je was helemaal geen schijterd,' zei ik. 'We zijn allemaal bang.'

'Nou ja,' zei hij. 'Ik niet meer.'

We lieten eindelijk eens de motor staan en gingen een eind lopen. Sean stak een sigaret op en bood mij er ook een aan.

'Nee, bedankt.'

'Dus je bent gestopt.' Hij tikte wat as op de grond. 'Wat gaan jullie eigenlijk doen?'

'Hoe bedoel je?'

'Blijven jullie hier?'

Ik haalde mijn schouders op.

Sean rechtte zijn rug en haalde de sigaret uit zijn mond. 'Hoorde jij iets?'

'Wat dan?'

'Stil nou.'

Ik hoorde stemmen om de bocht van de weg, en geknerp van voetstappen.

'Er is niets om ons zorgen over te maken.' Steves stem.

'Doe toch niet zo stom, man.' Meneer Cooper.

'Sjie-it.' Sean drukte zijn sigaret uit. 'Hij vermoordt me als hij me ziet roken.'

'Weet hij dat dan niet?'

'Wat dacht je? Kom mee.'

Met zijn zweterige hand pakte hij de mijne vast en hij trok me mee over het hek, de tabaksplanten in.

'Hebben ze ons gezien?'

'Sst.' Sean zat te luisteren. Zijn haar had een groenige glans gekregen van het licht dat door de bladeren werd weerkaatst.

Ik ging verzitten en stootte tegen een plant, die begon te schudden.

'Niet bewegen.'

We ademden heel oppervlakkig en probeerden zo min mogelijk ruimte op de wereld in te nemen.

'Denk je dat ze ons zullen horen?' fluisterde ik.

'Nou wel, verdomme. Hou toch je mond!'

'Hou zelf je mond, jij doet het ook!'

Onze schouders waren vlak bij elkaar, maar we zorgden ervoor dat ze elkaar niet aanraakten. Ik rook de intieme geur van zijn huid, met een zweem nicotine.

'Hou nou maar gewoon je mond.'

Op de weg werden de stemmen weer luider.

'Ze komen eraan,' zei ik.

'Ik zeg net dat je je mond moet houden!'

'Je moet Elise mee het land uit nemen,' hoorden we meneer Cooper zeggen. 'Het is hier niet veilig.'

'Tja, nou ja,' zei Steve. 'We zullen zien. We nemen nog geen beslissingen.'

'Moet je horen, man.' De voetstappen hielden halt. 'Ik meen het serieus. Ik voel gewoon dat het eraan komt. En het zal er niet prettig aan toegaan.'

'Je denkt toch niet dat ze Cooper Farms gaan bezetten?'

'Wie zal het zeggen? Ik denk niet dat de zaken er beter op worden, laat ik het zo formuleren. Je moet Elise het land uit krijgen.'

'Die beslissing is aan mij.'

'Niet waar. Je hebt een kind, het is je plicht om te vertrekken.'

'Wat klets je nou? Je hebt zelf een kind!'

'Met Sean ligt het anders.'

'Hoezo?'

'Die moet later deze boerderij runnen. Hij moet weten hoe het gaat. Ik wil niet dat hij ervandoor gaat als er geduvel is. Een mens moet terugvechten.'

'En waarom gaat dat dan niet op voor Elise?'

'Om te beginnen is ze een meisje. En verder hoef jij niet per se te blijven.'

'Ga jij me nou verdomme niet vertellen wat ik met mijn stiefdochter moet doen!' zei Steve.

Even viel er een stilte. Steve kuchte.

'Moet je horen, Mark, daar maken we ons wel druk over als het zover is.'

Ik kon niet verstaan wat meneer Cooper antwoordde. De stemmen raakten weer buiten gehoorsafstand.

Sean en ik zaten in de koele, wasachtige schaduw van de tabaksbladeren.

'Dan ga je zeker toch weg?' zei hij.

Het weefsel tussen de oude en de nieuwe wereld begon te scheuren. Schimmen bewogen door de nacht, er klonk gefluister van een dieper zwart. Oudere goden dan de onze waren ontwaakt en ze leefden volgens oudere voorschriften. Mededogen hoorde daar niet bij. Noch vergevensgezindheid, blijde hymnen of *De Heer is mijn herder*. Als we samendromden om op BBC World Service naar de verhalen over geweld en moord te luisteren, voelde ik hoe de nacht op de ramen van het huis drukte als zwarte handen tegen oren.

We werden ook aangevallen door de wereld om ons heen. Onze

tuin raakte vergeven van de legerwormen. Steve en Tatenda gingen in de tegenaanval met smerig ruikend spul waarvan ons gras tot peroxideblond verbrandde. De legerwormen, die eigenlijk rupsen waren, stapten voort op kleine pootjes en met hun blinde, platte kop in de richting van ons huis. In die dagen liep ik niet op het gras.

Ik liep bilharzia op van het zwemmen in de poel. Op school hadden we de levenscyclus van de parasiet bestudeerd, maar ik kon me er niets anders meer van herinneren dan dat die werd overgebracht door slakken en door je huid naar binnen kwam. Wat ontzettend smerig was. De dokter gaf me een pil die bijna te groot was om door te slikken en zei dat ik in bed moest blijven als ik hem had ingenomen.

'Waarom?'

'Omdat je evenwichtsgevoel ervan in de war raakt.'

Toen ik thuiskwam en de pil had doorgeslikt, liet ik me zorgvuldig achteroverzakken op het kussen en ging ik liggen wachten tot hij begon te werken. Tot ik besefte dat ik naar de wc moest. Ik zwaaide mijn voeten op de vloer en ineens leek het of het plafond naar onder me verschoof terwijl de vloer omhoogschoot naar de plek waar eerst het plafond was. De zwaartekracht werkte niet meer. Vreemd genoeg was het een opluchting; alle andere wetten hadden gefaald, dus waarom de natuurwetten dan niet? Eindelijk zag de wereld eruit zoals hij aanvoelde, als iets wat ondersteboven rondtolde.

Ook waren er meer kraaien dan anders. Ze zaten ons op de takken van de pecannoten- en de macadamiaboom uit te lachen en gooiden met lege doppen. Steve besloot te proberen een kraai te schieten om die aan een tak op te hangen, zoals meneer Cooper dat deed.

Tatenda vertrouwde hij niet met de luchtbuks.

'Weet je zeker dat het gaat lukken?' vroeg mama.

'Natuurlijk gaat dat lukken,' zei Steve. 'Ik heb toch zeker in het leger gezeten, of niet?'

Ik ging met hem mee naar buiten. Tatenda was er ook. Die stond breed te grijnzen. Het was het spannendste wat hem die hele dag was overkomen. De kraaien zaten hoog boven ons te gniffelen. Ze hielden hun kopjes scheef en keken strak naar Steve.

'Oké,' zei Steve en hij tilde het geweer op naar zijn schouder. Er brak onrust uit onder de kraaien. Die wisten wel hoe dat zat met geweren. Over elkaar heen struikelend maakten ze zich klaar om op te stijgen, maar voordat ze konden ontsnappen, vuurde Steve een, twee keer de menigte in, en er kwam een vogel omlaag.

'Die rotzak heb ik te pakken,' zei Steve, maar toen de vogel op de grond plofte, kwam hij weer overeind en waggelde onze kant op.

'Shit.' Steve liet het geweer zakken.

'Hij is niet dood,' zei ik.

Steve wierp me een blik toe. 'Dat zie ik ook wel. We moeten hem nog een keer raken.'

De vogel draaide kringetjes om zijn gewonde vleugel en flapte met de andere om te proberen van de grond te komen.

'Als hij beweegt, kan ik hem niet raken,' zei Steve. 'Hou hem vast.'

Ik aarzelde.

'We moeten dat stomme beest uit zijn lijden verlossen.'

Ik wilde hem niet aanraken. Zijn zwarte oog tolde rond in zijn kop op zoek naar een uitweg. Zijn snavel klikte.

'Hou dat verdomde beest vast.'

Ik greep de vleugels van de kraai en hield ze dicht. Hij haalde met zijn snavel naar me uit en rolde met zijn ogen.

'Oké,' zei Steve, en hij zette de luchtbuks tegen de kop van de vogel. Hij haalde de trekker over. De hersenen van de kraai vielen er aan de achterkant van zijn kop uit als een klodder uitgekauwde kauwgum.

'Mooi zo.' Steve pakte hem op aan een poot. 'Pak eens een ladder, Tatenda. We gaan hem ophangen.'

Tatenda nam niet de moeite om een ladder te halen, maar schoof gewoon de boom in met de behendigheid van een meerkat. Hij maakte de poot van de kraai aan een van de hoge takken vast.

'Is het zo goed, Baas?'

'Ja, goed.'

De kraai draaide langzaam rond. De zon weerkaatste in zijn dode oog.

'Als je er een doodt, gaat de rest weg,' zei Steve.

De kraai maakte dat er een lijkwade neerdaalde over de tuin. Het enige wat ik zag vanaf de stoep bij de achterdeur was zijn lijkje dat langzaam ronddraaide. Het draaide de ene kant op, en zodra het touw te strak was opgewonden, begon het de andere kant op te wentelen. Het had iets hypnotiserends.

Toen ik naar buiten de nacht in keek, zag ik niet de heldere sikkelvormige maan of de bleke gedaanten van de nachtvlinders. Ik keek eerder uit naar schaduwen waarin zich misschien iets verstopte, de glinstering van ogen die niet van een dier waren. We waren belegerd. We hadden altijd elke deur afgesloten en voor alle ramen zaten spijlen, maar nu ontbrak elk gevoel van veiligheid, zelfs wanneer we binnen verschanst zaten.

Ik lag elke nacht een uur lang wakker, luisterend naar geluiden van buiten. Soms lag ik zo ingespannen te luisteren dat ik vergat adem te halen en mijn borstkas ineens snakkend naar lucht opzwol, waardoor ik wakker schrok uit mijn trance. Ik wist dat mama en Steve ook wakker waren in hun slaapkamer. Ik hoorde niets, maar de stilte uit hun slaapkamer was een luisterende stilte, een waakzame stilte.

We werden tegen middernacht gewekt door de telefoon. Hij rinkelde en rinkelde in de duisternis terwijl wij omhoogzwommen uit onze dromen, terug naar het stille huis. Ik hoorde mama opnemen. Er ging een licht aan; ik zag de gele streep onder mijn deur. Toen er heen en weer werd gelopen en ik het geruis van de ketel hoorde, kwam ik mijn bed uit en liep ik naar de keuken.

'Wat doe jij uit bed?' vroeg Steve.

'Ik hoorde de telefoon.'

'O.'

Mama was bleek en had rode ogen. 'Dat was tante Mary,' zei ze. 'Ze zijn nog een halfuur hiervandaan.'

'Hiervandaan?'

'Ja.'

'Maar het is midden in de nacht.'

'Ze moesten weg van de boerderij,' zei Steve.

'Waarom?'

Mama en Steve keken elkaar aan door de stoom uit de theepot. 'Dat moest gewoon,' zei Steve.

'Wil je thee?' vroeg mama.

Ze schonk een kop voor me in. Ik ging zitten. Steve trok zijn radiootje naar zich toe en ging aan de knoppen zitten draaien om hem af te stemmen. Gefluit, gekraak, gesis, een stem, ineens een flard zonnige trompetmuziek die misschien uit Zuid-Amerika afkomstig was. Steve vond het heerlijk om de radio af te stemmen, en hij was niet gauw tevreden over de geluidskwaliteit. De ruis schraapte over mijn zenuwen en als er ineens stemmen klonken, schrok je ervan.

Het licht uit de keuken scheen de tuin in en ik kon de dode kraai langzaam zien rondwentelen in het doffe schijnsel.

HOOFDSTUK 22

Ze kwamen het huis binnengedromd. Mijn tante en oom zagen er mager en vermoeid uit, ouder en kleiner dan ik me herinnerde. Mijn neef was een beetje verdwaasd en half in slaap. Ze hadden ieder twee tassen bij zich, die stuk voor stuk uitpuilden. Mama had dekens en kussens op de banken in de zitkamer gelegd. Ineens was het er vol mensen en bagage. Onhandige begroetingen en omhelzingen volgden.

Hennie was verwarrend groot en mannelijk. Al even verwarrend was dat hij me aan Sean deed denken. Hij had de baard in de keel. De dunne, kwetsbare kromming van zijn nek die ik me zo goed kon herinneren, voorovergebogen voor me als we op de pony van de boerderij zaten, was dik en sterk geworden, en zat onder de sproeten.

'Hai, Elise.' Zijn stem liep wankelend over een onzekere streep tussen hoog en laag. Hij schudde me de hand, een vreemd formeel gebaar.

'Hai, Hennie.'

Het was heel vreemd om hem weer te zien. Vooral op dat moment, nu de omstandigheden zo ernstig waren dat we niet konden lachen of verhalen konden uitwisselen.

'Hoe gaat het?' vroeg ik.

'Best,' zei hij.

'Ik zet nog wat thee bij,' zei mama en ze verdween. Ze stak haar hoofd om de deur om eraan toe te voegen: 'Bel maar liever even pa en ma.'

'Ja.' Met een verontschuldigend lachje nam mijn tante de telefoon mee de zitkamer uit. Mijn oom zette zijn ellebogen op zijn knieën.

'En,' zei Steve. 'Hoe laat is jullie vlucht morgen?' Hij keek op de klok. 'Vandaag.'

'Om vijf uur,' zei mijn oom.

'Vroeg.'

'Kun je ons toch nog wel een lift geven?'

'Ja. Krijgen jullie nog last met...'

'Nee, dat denk ik niet. We zeggen dat we op vakantie gaan. Ze hebben vast nog geen tijd gehad om...'

'Ja.'

'Wat is er gebeurd?' vroeg ik.

Mijn oom keek eerst naar mijn neef en daarna naar mij. 'Het leek ons wel een goed moment om een tijdje naar opa en oma te gaan,' zei hij.

Ik nam aan dat Hennie en ik in zijn ogen nog steeds een stel piccanins waren die smerig en op blote voeten ronddwaalden op de boerderij.

'Ze hebben de boerderij ingenomen,' zei Hennie met een vlakke stem. 'Ze zeiden dat ze ons zouden vermoorden als we niet vertrokken.

'Hennie!' Mijn oom probeerde hem het zwijgen op te leggen.

'Wat nou? Waarom zou ik dat niet zeggen?'

'Niet zo'n toon tegen me aanslaan, domkop.' Oom Pieter gaf hem een draai om zijn oren. Hij richtte zich tot mij. 'Ze hadden ons echt niet vermoord, hoor, maar het leek me beter om het zekere voor het onzekere te nemen.'

Het zekere voor het onzekere nemen – was dat een goede reden om je huis, je bestaanszekerheid en alle bezittingen waarvoor je had gewerkt achter te laten? Ja, dacht ik.

Steve en oom Pieter begonnen fluisterend over de reis te praten. Ik zat alleen met mijn neef, maar ik wist niet wat ik moest zeggen.

'We moesten de honden achterlaten,' fluisterde Hennie. 'En alle paarden.'

'Weet ik.'

'We hebben ze aan een vriend van ons gegeven. We hebben ze niet zomaar achtergelaten.' Zijn gezicht stond kwaad.

'Weet ik.'

We kenden allemaal de verhalen over honden en katten die waren achtergelaten en zelf maar op de boerderij aan hun kostje moesten zien te komen, of die op de weg naar het vliegveld uit de auto waren gezet.

Niet veel later viel Hennie in slaap. Hij was uitgeput. Mama kwam aanzetten met een blad met thee en met boter en ansjovis-pasta besmeerde toast, wat ze altijd voor mij klaarmaakte als ik ziek was. Toen ze de thee had ingeschonken en was gaan zitten en we allemaal een warme kop thee vasthielden, werden er spijkers met koppen geslagen.

Mijn tante kwam terug met de telefoon en ging zitten. 'Ze komen ons ophalen van het vliegveld,' zei ze tegen oom Pieter.

'Lekker.'

Even viel er een stilte, toen zei ze: 'Die verdomde kaffirs.'

'Ja.' Mijn oom knikte langzaam. Daarna zeiden ze niets meer. We wisten allemaal dat het in Zimbabwe nu eenmaal zo ging. Je moest sterk zijn, je schouders ophalen en een plan bedenken.

Steve en mijn oom zaten bij elkaar en spiegelden zonder het te beseffen elkaars gebogen hoofd, toegeknepen vingers en op hun vuisten rustende kin.

Ik dacht aan de boerderij, de lange stukken witte weg met dode bloemen erlangs, de blauwe gombomen, de paarden met hun be-stofte vacht, het onophoudelijke, oorverdovende kabaal van de kip-pen. Ik wist niet wat de Veteranen ermee gingen doen, maar ik stelde me voor dat ze door de kasten en laden rommelden, alle pan-nen in de keuken gebruikten, het bad lieten vollopen en het dure badzout van tante Mary gebruikten. Ik wist dat dat belachelijk was.

'En de arbeiders?' vroeg Steve.

'Ach ja, die hebben hun best gedaan,' zei oom Pieter. 'Die arme Phineas is nog in elkaar getremd voor de moeite.'

'Wat denk je dat ze gaan doen?'

'Weet ik het,' zei oom Pieter. 'Misschien dat sommigen blijven, maar shit, als ze de zaak opsplitsen en het allemaal gaan gebruiken om er zes maïskolven de man te verbouwen, is er geen werk.'

'Hapana basa,' zei Steve. De mannen lachten even.

Mijn oom was net zo stevig in deze bodem geworteld als een apenbroodboom. Er zat viezigheid onder zijn nagels die er niet onder vandaan te krijgen was, hoe goed hij ook schrobde, en elke vouw in zijn handpalm was een dunne bruine lijn. In de loop van veertig Afrikaanse zomers was zijn huid even egaal bruinverbrand als een paardenvel. Hij sprak beter Shona dan Engels, daarom kwamen zijn woorden er in horten en stoten uit, alsof hij over elk woord moest nadenken.

'Tja, nou ja,' zei mijn oom nog eens. Ik zag hem al vooruitkijken naar de volgende stap. Er was altijd een volgende stap.

'Wat is er echt gebeurd met de honden, tante Mary?' vroeg ik. Ze keek me aan. Haar gezicht was grauw. 'Ze hebben ze doodgeschoten,' zei ze. 'En daarna hebben ze ze aan het hek opgehangen als waarschuwing. We hebben ze eraf gehaald voordat Hennie thuiskwam van school, en we hebben tegen hem gezegd dat we ze aan een buurman hebben gegeven.'

Die mooie honden. De kleine zwarte spaniël, de grote golden retriever. Vriendelijke dieren met een naam en een persoonlijkheid en een warme adem. Honden en katten, paarden, allerlei soorten huisdieren werden gedood.

'Niet tegen je neef zeggen, hè?' zei ze, en ik knikte.

Ze vertrokken in het betongrijze ochtendlicht, net toen de zon stolde aan de hemel. Steve bracht hen naar het vliegveld. In de auto was niet zoveel ruimte dat mama en ik ook mee konden, dus we zwaaiden hen uit aan de poort. Hun bagage drukte zo zwaar op de auto dat die op een haar na over de verkeersdrempels schampte.

Ik mocht die ochtend van mama een kop koffie. Hij was bitter en gruizig, en de melk dreef in bleke, schilferige plasjes op het oppervlak.

'Komen ze terug?' vroeg ik.

Mama glimlachte. 'Misschien.' Ze streek met een droge hand het haar van mijn voorhoofd weg, alsof ik weer vijf jaar oud was. Heel even stelde ik me voor dat ik de muffe, benauwde lucht rook van een vliegveld, het gebulder van vliegtuigen hoorde. Ik zou het verschrikkelijk vinden om te vertrekken, maar een deel van me wilde niets liever dan met hen meegaan.

Twee dagen later kregen we een telefoontje van mijn grootouders – bevende, bejaarde stemmen die heel ver weg klonken. Hennie kwam ook aan de lijn, om me te vertellen dat hij op modderige veldjes had gevoetbald met jongens uit de buurt, en over de sneeuw.

'Hij bleef niet liggen,' zei hij. 'Maar we zagen hem vallen.'

'Gaaf.'

Van toen af stond er in de hoek van de slaapkamer van mama en Steve een gepakte koffer klaar. Zoiets heette een 'meegrijptas', en alle blanken hadden er een – voor het geval we midden in de nacht het vliegtuig moesten nemen, net als tante Mary en oom Pieter, of naar Beitbridge of de grens met Mozambique moesten rijden. De bedoeling was dat we er alle essentiële spullen in stopten en hem verder met rust zouden laten, maar we bleven maar aan het pakken. Paspoorten en belangrijke papieren zaten in een doos achter slot en grendel in mama's kast, ook klaar om midden in de nacht mee te grissen, dus deze koffer was voor dingen waarvan we het niet over ons hart konden verkrijgen ze achter te laten.

Het begon allemaal verstandig – foto's, wat kostbare sieraden –, maar allengs werd het dat steeds minder. Mama's oeroude teddybeer, die een oog en een groot deel van zijn neus miste, ging erin. Mijn pluchen speelgoedkat ging er zo'n beetje dagelijks in en uit. 's Ochtends stopte ik hem in de koffer, omdat ik het een onverdraaglijke gedachte vond hem per ongeluk achter te laten, en 's avonds haalde ik hem er weer uit omdat ik medelijden met hem had, zo in zijn eentje in het donker. 's Ochtends ging hij er weer in.

Mama was aanhoudend opgewekt, nog opgewekter dan anders. Ze vrolijkte Steve en mij op. Ze maakte maaltijden klaar met wat we die week maar te pakken konden krijgen. Bij de benzinepomp kocht ze chocolade voor ons, als die op voorraad was. Ik slaagde er die week bijna elke dag in naar school te gaan. Op een avond zette de moeder van een vriendin me thuis af. 'Mam? Mam!' Ik gooide de deur dicht en hoorde de klap door het huis weergalmen. Ik wist dat Steve die avond niet thuis was, maar mama had er wel moeten zijn.

'Mam!'

Alle lichten waren uit. In het langslopen deed ik ze aan – de knopjes gaven een klik en het gesuis en geknetter van de fluorescerende gloeilampen kwam tot bedaren in een gestage zoem.

Ik hoorde iets uit de zitkamer. 'Mam?' Plotseling zag ik alles scherp, en de haartjes op mijn armen kwamen overeind. Ik trok een wandelstok uit de bak bij de voordeur en liep naar de zitkamer. Er zat een gedaante in een van de stoelen. Ik knipte het licht aan.

'Mam?'

Mama zat in haar ochtendjas, omringd door verkreukelde papieren zakdoekjes, een glas en een halflege fles whisky. Ze zag er bleek en wasachtig uit, met haar neus als een felrode vlek in het midden van haar gezicht.

Ze draaide haar hoofd om, om naar me te kijken. Ze had haar bril niet op en haar ogen zagen er naakt en wezenloos uit. 'Hé hallo, schatje.' Ze sprak met een dikke tong.

'Wat is er, mam?'

Mama wapperde met haar hand. 'O, niets aan de hand, hoor.'

Ik raakte haar schouder aan. 'Heb je wel gegeten?'

'Nee, maar ik heb geen honger.'

Ik ging naar de keuken. Ik kon niet koken – dat had ik nooit hoeven leren –, maar zo moeilijk kon het toch niet zijn om een blik bonen en een paar knakworstjes op te warmen. Ik maakte het blik open en goot de oranje smurrie in een pan.

'Wil je thee, mam?' Er kwam een onduidelijk geluid vanuit de zitkamer, dat ik voor het gemak maar als ja interpreteerde. Ik zette de ketel aan. De bonen begonnen te pruttelen en ik goot ze in een kom. Ze waren aan de onderkant hard geworden, maar zodra ik ze had omgeschept, zagen ze er best lekker uit, en mama zou waarschijnlijk toch geen verschil proeven.

Ik nam een dienblad en een kop thee mee naar binnen. Terwijl ik in de keuken was, had ze zichzelf proberen te fatsoeneren – haar haar was gladgestreken en ze had haar bril weer op.

Aan de zijkant van haar neus zat een wit vlekje papieren zakdoek.

'Dankjewel, schat.' Ze nam slokjes van de thee. Ik ging op de armleuning van haar stoel zitten.

Na een poosje: 'Wat is er aan de hand, mam?'

'O...' Ze kneep in haar neusbrug. 'Niets, eigenlijk. Ik ben gewoon een beetje moe.'

Ik had mama nog nooit echt zien huilen. Voor het eerst bekeek ik haar als een mens. Ik keek naar haar bleke sproetengezicht en haar rood gestifte lippen en zag haar als iemand anders, iemand die los van mij stond. In heel veel opzichten leek ze op iedere andere moeder in Zimbabwe. Ze kende alle plekken waar je op de zwarte markt buitenlandse valuta en voedingsmiddelen kon kopen. Ze kon met slangen en spinnen omgaan, al moest ze er wel van gillen. Ze deed haar best met het personeel, behield in de vervelendste situaties haar gevoel voor humor, en ze slaagde erin zich aan haar afspraken bij de kapper te houden, ook als er op straat relletjes waren.

'Toe nou, mam.' Ik wilde dat ze het me vertelde.

Mama glimlachte en sloeg de rest van haar thee achterover. 'Ik heb je grootouders vandaag gebeld, dat is alles.'

'Wat zeiden ze?'

'Ach, de gebruikelijke dingen, je weet wel.' Mama nam een lepel van mijn brouwsel, maar die bleef in de lucht zweven en ging niet in de richting van haar mond. 'Ze worden oud, dus ze maken zich zorgen. En het is zo lang geleden dat ze hier hebben gewoond dat ze niet meer weten hoe het is. Ik heb gezegd dat ze zich geen zorgen moeten maken.'

'Oké.'

Soms wilde ik weg. Heel veel mensen waren al vertrokken, naar Zuid-Afrika, Engeland, en zelfs naar verafgelegen plekken als Australië en Nieuw-Zeeland. 'Die zijn 'm gesmeerd', of 'Een stelletje ratten die het zinkende schip verlaten,' zei Steve als we hoorden dat er weer iemand vertrok. Ik wilde geen rat zijn, maar als het schip echt zinkende was, zag ik geen andere oplossing.

'Bedankt voor de thee,' zei mama. Ze zag er weer uit als zichzelf, en die donkere, roerloze gedaante in de stoel kon ik haast vergeten.

'Graag gedaan. Zal ik het bad laten vollopen? Dan mag jij eerst.'

'Nee, bedankt. Ik denk dat ik gewoon naar bed ga.'

'Oké.'

Ik ging die avond wel in bad. Ik deed het licht niet aan en zat in het warme water door het raam naar buiten te staren naar de voortjagende wolken en de bomen die wild heen en weer schudden in de wind. Vanuit de slaapkamer hoorde ik de televisie – eerst het tromgeroffel van de ZBC, daarna de dramatische filmmuziek van CNN en Sky, en ten slotte de BBC. Ik keek van bovenaf op mezelf neer, zoals ik daar in het afkoelende water zat, alsof ik me mezelf herinnerde vanuit ergens in de toekomst, veilig in een ander land.

Ik wist dat mama weg wilde. 'We kunnen hier toch niet gaan zitten wachten tot we worden vermoord?' zei ze tegen mij. 'We moeten zorgen dat we een plek hebben waar we heen kunnen. We moeten het balletje aan het rollen krijgen. Als ik daar maar heen kon komen, kon ik een begin maken.' Dat soort dingen zei ze niet tegen Steve.

Ik hoorde haar aan de telefoon praten met mijn grootouders wanneer Steve niet thuis was. Ze bedekte de hoorn voor een deel met haar hand, alsof haar stem kon ontsnappen en haar zou verraden. 'Ik kan het niet,' zei ze dan, en: 'Nu nog niet.' Ik deed net of ik het niet had gehoord.

'Ik heb een ticket naar Engeland geboekt,' zei ze op een avond onder het eten.

Steve keek op van zijn shepherd's pie en keek haar al kauwend aan. Hij slikte door. 'Wat?'

'Ik heb een ticket gekocht,' zei ze. 'Gewoon om pa en ma op te zoeken, en Pieter en Mary.'

Steve schepte zijn vork nog eens vol. 'En wanneer was je van plan me dat te vertellen?'

'Ik vertel het je nu.'

'Tja, nou ja.'

'Ik vertrek aanstaande maandag.'

'En je werk?'

'Ik heb al vrij gekregen.'

Steve keek mama strak aan en schoof toen zijn stoel naar achteren. 'Dus Mark Cooper heeft geen bezwaar.'

'Nee.'

Steve nam zijn bord mee naar de keuken. Ik keek naar mama. Het was een vreemd gevoel. Mama had plannen gemaakt zonder Steve of mij erbij te betrekken.

Ik wist dat ze bij mijn grootouders zou logeren, en ik dacht dat ze waarschijnlijk plekken ging bekijken waar wij konden wonen. Zo deden wij dat. Altijd was er een reserveplan, een ontsnappingsclausule.

Op het vliegveld zag ze er jong en uitgelaten uit. 'Ik bel zodra ik er ben.' Ze glimlachte zelfs naar de mannen met de geweren die de uitgang bewaakten. Een van hen trok even met zijn lippen, maar de ander bleef recht voor zich uit staren.

Toen we elkaar omhelsden, rook ik haar parfum.

'Tot ziens, schat.'

'Tot ziens, mam.'

Ze liep de slurf in. Ze had een spijkerbroek aan en een trui met lange mouwen, ook al was het dertig graden, want dan zou ze het warm hebben als ze aan de overkant de winter binnenstapte. Steve en ik gingen naar het panoramaterras om te kijken. De plastic stoelen waren schilferig en op de tafel voor me stond een wit plastic kopje met de afdruk van oude lippenstift. Alles rook naar sigaretten.

'Kijk.' Steve wees. 'Daar gaat ze.'

Het toestel van Air Zimbabwe trok zijn neus omhoog en steeg op. Het land uit.

'Kom mee.'

Op weg naar huis passeerden we groepen zwarten die langs de weg liepen of zaten. Veteranen? Of arbeiders die van de boerderijen waren vertrokken? Ze zagen er te moe en te terneergeslagen uit voor Veteranen, maar het was moeilijk te zien.

Steve gromde even, alsof hij op het punt stond iets te zeggen, maar toen ik naar hem keek, zat hij recht voor zich uit te staren. Steve en ik waren nooit eerder alleen samen geweest, maar mama zou twee weken wegblijven.

Die nacht droomde ik over tabak. Ik liep door een veld met reusachtige planten, met gladde, lemmetachtige bladeren die over me heen gebogen hingen en het zicht op de hemel belemmerden. Ik voelde een afschuwelijke hitte en zag vlammen door de bladeren razen. Ik rook iets branderig. Ik rook sigarettenrook.

Ik werd wakker van een warme stroom vloeistof die snel klam werd, en een overdadige, gistachtige lucht. Ik stak mijn hand omlaag tussen mijn benen en voelde de vochtigheid. Ik kon het niet geloven. Ik had in mijn bed geplast.

Ik deed mijn bedlampje aan en sloeg de dekens terug. Ze waren vochtig, gênant. Steve mocht dit niet zien. Ik trok een andere pyjama aan, haalde het beddengoed in een klamme, vieze prop van het bed en stopte het in de wasmachine.

Zou Steve wakker worden als ik die aanzette? Dat risico moest ik maar nemen.

Terug in de slaapkamer maakte ik het bed opnieuw op. Het

rode licht van mijn klok knipperde me toe – halfvijf in de morgen. Nog maar twee uur slapen voor ik naar school moest. Steve en ik voerden krakerige intercontinentale gesprekken met mama. Zij belde ons, niet andersom, omdat bellen zo duur was. We kregen te horen hoe mooi het in Engeland was, hoe schoon en hoe makkelijk. 'De schappen in de supermarkt zijn vol,' zei mama. 'En bij elk benzinestation is benzine te krijgen. En er zijn geen files.'

'Tja, nou ja,' zei Steve.

'Pa en ma doen de deur niet eens op slot als ze weggaan,' zei mama.

'Wat stom,' zei Steve.

'Waar het om gaat, Steve, is dat het er veilig is.'

'Er zijn daar verdomme te veel mensen,' zei Steve, wat nogal vreemd was, want hier waren miljoenen en nog eens miljoenen mensen die als werkmieren in de steden rondzwermden. Ik dacht dat Steve bedoelde dat er te veel blanken waren. Ik vroeg me af hoe het zou zijn om gewoon de zoveelste blanke te zijn in plaats van een Blanke met een hoofdletter B.

We haalden mama op van het vliegveld. Ze omhelsde ons en zei dat ze blij was ons te zien, maar ik merkte dat het haar verdrietig stemde om terug te zijn. Ze rook anders: naar Engels waspoeder en een nieuw parfum.

Ze haalde een foto tevoorschijn van het huis dat ze van plan was in Engeland voor ons te kopen. Het was een grijze doos tegen een grijze lucht. 'Binnen is het heel leuk,' zei ze.

We keken naar BBC World en zagen de Veteranen nog een boerderij overnemen. Het hoofd van de Veteranen bonkte met zijn vuist tegen zijn handpalm en schreeuwde zo hard tegen de oude blanke boer dat er kleine spuugklodders tegen de camera vlogen. Maar de oude man zei niets. Hij was niets uitzonderlijks – hij had iedereen kunnen zijn, iemand die we kenden. Zijn gezicht was blanco terwijl hij met scheefgehouden hoofd naar het geschreeuw stond te luisteren.

Sommige landarbeiders verdedigden hun Baas en Medem tegen de Veteranen en kregen daarvoor een aframmeling. Van mama en Steve mocht ik niet naar de foto's kijken die ze op de internationale nieuwszenders lieten zien, maar ik zag er toch een paar, van bebloede hoofden waar het vlees op hun slapen als rozen naar buiten kwam gepuild, en gezichten die een en al beurse plekken waren. Buitenlandse journalisten konden ook op een aframmeling rekenen.

Ik moest denken aan de diepe glans van de vloer die Saru elke dag boende, de regen die op het dak roffelde, de scherpe geur van de ochtend en de blauwe koepel van de hemel boven ons.

Was het leven hier dat gevaar waard?

'We gaan niet weg,' zei Steve keer op keer. 'Nog niet.'

HOOFDSTUK 23

We volgden het plan. Het plan zat al maanden op de muren van de kantoren geplakt, met telefoonnummers om te bellen, plekken waar je je kon verstoppen en voorraden die je moest meenemen. Er waren zelfs kleine schema's waarop te lezen viel op wat voor manier de bedrijfsleiders geacht werden zich in te zetten. Het was net een miniatuurversie van een campagnestrategie.

Al dacht niemand echt dat we hem ooit zouden gebruiken.

Ik ging nu meestal met mama mee naar kantoor, omdat de school vaak werd afgelast of omdat het te gevaarlijk was om de stad in te rijden. Ik was op kantoor facturen aan het invullen toen we op de radio gekraak hoorden.

'Kom mee,' zei mama, en ze pakte haar handtas en een dossiermap die uitpuilde van de papieren.

'Wat is er aan de hand?'

'Veteranen op de boerderij.'

Mijn handen en voeten voelden plotseling koud aan. Het puntje van mama's neus werd wit. We pakten onze spullen en mama reed het pad op naar het huis van Ian. Ian was een van de bedrijfsleiders, en zijn huis was aangewezen als onderduikadres omdat het heel geïsoleerd lag, boven op het kopje. Het was omgeven met granieten rotsen die eruitzagen als de kale hoofden van goden, met lang gras dat als komische plukjes uit hun stenen oren stak.

'Hallo, hallo, hoe gaat ie?' zei Ian toen we arriveerden, en hij ging ons voor naar binnen. Over zijn schouder hing zijn geweer en op zijn hoofd had hij een honkbalpet van Castle-bier. Zijn vrouw was binnen schotels met sandwiches aan het klaarzetten. De sfeer was breekbaar; angst hing in de lucht als een warmtenevel. Mama liep rechtstreeks op Steve af, die uit het raam stond te kijken. 'Mooi, jullie zijn er,' zei hij toen hij ons zag.

'Hebben jullie al iets gehoord?' vroeg mama.

'Alleen dat ze op weg zijn naar de hoeve,' zei Steve. Er stond een grijns op zijn gezicht die daar niet leek thuis te horen. Hij hing als een bleke nachtvlinder vlak voor zijn door de zon rood aangelopen gezicht.

De vrouwen en kinderen van de bedrijfsleiders waren allemaal in het huis, en ook de andere vrouwen die op kantoor werkten. De kinderen speelden in de hoek, terwijl de volwassenen zacht stonden te praten rond de tafel met het eten, een drankje in de hand. Zodra er maar even een radio kraakte, hield iedereen zijn mond, zelfs de baby's.

'Waar is Mark?' vroeg iemand.

'Op de hoeve,' zei Ian. 'Hij weet dat ze eraan komen.'

We kenden allemaal de verhalen over wat de Veteranen deden als ze kwamen 'praten'.

Dat meneer Cooper vloeiend Shona sprak en makkelijk glimlachte, zou hem dan niet baten.

Ik keek uit het raam. De bomen op het kopje waren zwartgeblakerd en beschadigd. De bliksem werd aangetrokken door graniet, en het was de hoogste plek op de boerderij.

Na ongeveer een uur hoorden we het geluid van een motor de heuvel op komen. Ian ging met zijn geweer naar de deur.

'Het is Lettuce maar,' zei hij. Iedereen in de kamer ontspande zich. Ian ging naar Lettuce toe, die blootsvoets op zijn motor zat.

'De Veteranen zijn op weg naar het huis van de Coopers,' zei Ian toen hij weer binnenkwam. 'Maar Mark heeft zich verstopt. Hij gaat vandaag niet met hen praten.'

'Goed zo,' zeiden diverse mensen.

'Waar heeft hij zich verstopt?' vroeg mama.

'In het generatorhok,' zei Ian.

We stelden ons allemaal voor hoe meneer Cooper ineengedoken zat in dat hete metalen hok, met het gegons van de generator in zijn oren. Wat belachelijk zou dat zijn als ze hem vonden. Dan moest hij, knipperend tegen het zonlicht en met zijn hand boven zijn ogen, naar buiten kruipen waar die hele menigte Veteranen bij stond. En niemand wist wat ze met hem zouden doen als ze hem vonden. Soms praatten ze. Soms sloegen ze de boeren in elkaar. Je wist het nooit zeker.

'Maar ik heb wel deze skellem gevonden, die op de boerderij rondzwierf,' zei Ian, en hij duwde Sean de kamer in. Er barstte opgelucht gepraat los terwijl iedereen Sean probeerde aan te raken en vroeg of hij in orde was.

Hij schudde hen van zich af. 'Laat me met rust, sha.'

'Sean!' Ik zwaaide naar hem en hij kwam naar me toe. 'Alles goed?'

'Ja man, natuurlijk.'

'Was je niet thuis?'

'Nee, ik was op pad met de motor, tot Lettuce me vertelde dat iedereen hier was.' Hij ging op de grond zitten en kroop in elkaar, met zijn knieën hoog opgetrokken tegen zijn borst.

'Heb je je vader gezien?'

'Neuh.' Hij pulkte aan een korstje op zijn been. 'Maar die redt zich wel.'

De gesprekken stierven weg en we zaten in stilte bij elkaar. Tientallen blanken die wit weggetrokken zaten te wachten in het huis met het strodak op het kopje. Na verloop van tijd was de nieuwigheid eraf. Ik wilde naar huis. Ik was zelfs bereid de Veteranen voor lief te nemen om maar een eind te maken aan de verveling, en ik kon zien dat mama precies hetzelfde dacht.

Toen Lettuce de heuvel weer op kwam tuffen, vertelde hij dat de Veteranen kwaad waren dat er niemand met hen kwam praten. De arbeiders weigerden te vertellen waar de boerderijbedrijfsleiders zich hadden verstopt.

Ik begon me zorgen te maken. 'Stel nou dat we vanavond niet naar huis kunnen, mam?'

'Dat kan heus wel.'

'Maar stel nou dat dat niet kan?'

'Het komt allemaal goed.'

'Maar als dat nou niet zo is?'

'Jezus christus!' Mama was geïrriteerd. 'Het komt allemaal goed, oké?'

Ik bleef stil zitten. Elke paar minuten kraakten de radio's. Een bedrijfsleider die zich meldde.

Niets van meneer Cooper.

'Ik kan me niet voorstellen dat hij nog steeds in het generatorhok zit,' zei mama.

De zon daalde boven de granieten heuvels, en de hemel verkleurde naar roze. In de verte jankte een hyena. Ians hond blafte terug, op trillende poten, klaar om weg te rennen als zijn lef resultaat opleverde. Muggen begonnen in onze enkels te steken. De vrouw van Ian deed de vliegenschermen voor de ramen en deuren dicht, al hielp het niet erg. Het was te warm om de deuren en ramen echt te sluiten. De lucht rook naar nacht, en zwakke vlagen verdreven de hete, stoffige geur van overdag.

Toen de eerste sterren langs de hemel werden uitgestrooid als korrels suiker, verscheen Lettuce opnieuw.

'Ze zijn weg, sah,' zei hij tegen Ian.

'Weet je het zeker?'

'Ja, sah.'

De stem van meneer Cooper klonk krakend door de radio. Hij was uit zijn schuilplaats tevoorschijn gekomen. Hij liet een gruizig lachje horen. Iedereen in de zitkamer ging rechtop zitten en rekte zich uit. Mijn voet sliep. Ik had het me niet gerealiseerd, maar ik had urenlang in dezelfde houding gezeten. Mijn tenen kwamen tintelend tot leven. Iedereen leek met hetzelfde probleem te zitten, want er klonk gekreun toen ze opstonden. Ik keek naar mijn nagels en zag dat er eentje helemaal tot aan het halvemaantje was afgekloven.

Steve bracht ons naar huis. 'We gaan een poosje in Harare wonen,' zei hij.

Toen we door de grote ijzeren poort van Cooper Farms reden, ving ik iets op vanuit mijn ooghoek. Een donkere massa, als een wolk die te zwaar was voor de hemel, die boven de boerderij hing. Toen ik mijn hoofd omdraaide, was hij verdwenen.

Steve reed in het donker naar Harare. Ik keek hoe de poeltjes licht van de straatlantaarns oplichtten en vervaagden.

'Gaan jullie morgen werken?' vroeg ik aan mama en Steve.

'Ja.'

'Komen ze niet terug?'

'Laten we maar zien wat er morgen gebeurt, hè?'

We reden onder de Onafhankelijkheidsboog door. In het donker was het een witte vis die over de weg heen sprong.

We logeerden in een hotelkamer in Harare. De lucht was er schoon en droog, het weer zacht, de hemel dun en bleek. Ik zag zelden een mier. Mijn borden en kleren werden gewassen door een automaat in plaats van door zwarte handen. Ik had het gevoel dat ik Chinhoyi nog een keer had verlaten. Zelfs de zon was er niet zo warm; tegen de tijd dat die voorbij alle gebouwen was gekomen, was hij helemaal uitgeput, en we hadden maar een klein stukje gras om te zonnen. Er hing hier geen geur van warme aarde, mest en kookvuurtjes. Hier rook alles naar benzine en gemaaid gras.

'Hoe lang moeten we hier blijven?' vroeg ik mama.

'Ach, niet lang. Alleen tot dit is overgewaaid.'

De mannen op de boerderij waren lang, blond en sterk. Als ze bij mama op kantoor kwamen, stonden ze wijdbeens, namen ze hun breedgerande hoed van hun hoofd en veegden er hun voorhoofd mee af. Als er feestjes waren op de boerderij, werd iedereen ladderzat. Mensen gingen er prat op dat ze op rare plekken wakker werden, bijvoorbeeld op hun buik in een wei, tegen een bananenboom geleund, of achter het stuur van hun auto.

Ze hielden voortdurend contact met elkaar via de radio. Ze hadden een geweer in hun auto liggen. Ik kon me niet voorstellen dat ze verslagen zouden worden door de Veteranen. Ik herinnerde me hoe mijn oom in mijn ogen was toen ik jong was: een man die zo groot en onwankelbaar was als een apenbroodboom, niet kapot te krijgen. Een man die koedoes en slangen kon doden, die honderden mannen onder zijn bevel had en een blikje van de muur kon schieten met een enkel schot uit een luchtbuks. Zulke mannen waren onverwoestbaar. Ik kon me niet voorstellen dat iemand hen bang kon maken.

'Die verdomde kaffirs,' zei Ian de volgende avond. Hij had de andere bedrijfsleiders en hun gezinnen uitgenodigd voor een borrel bij hem thuis. We zaten op zijn veranda drankjes met ijs te drinken en over het granieten kopje uit te kijken. Het dienstmeisje haalde net de borden weg toen hij dit zei. Allemaal keken we van hem naar haar en weer terug, maar we zeiden niets. Ian maakte een dronken indruk. Hij zwaaide heen en weer op zijn stoel en zijn ogen waren rooddoorlopen.

'Ik zal je vertellen wat ik ga doen,' zei hij plotseling, en hij ging overeind zitten. 'Ik pak alles in en dan ga ik weg, en voor ik vertrek, prop ik het hele huis vol explosieven. Dan hijs ik de Rhodesische vlag op het dak en stel ik een radio zo in dat hij de hele tijd het Rhodesische volkslied speelt. En als die stomme Veteranen het land in beslag nemen, gaan ze op het huis schieten en dan blazen ze zichzelf op.' Hij hinnikte. 'Boem. Overal stukjes zwart.'

'Ian!' mompelde zijn vrouw.

'Ik doe het heus niet, maak je geen zorgen.' Hij zakte achteruit op zijn stoel en zuchtte luidruchtig.

De Veteranen kwamen niet terug. Een week later was het net of er helemaal niets was gebeurd. Ik ging elke dag met mama naar kantoor – om de een of andere reden voelde het veiliger als we bij elkaar bleven.

Het was nog dag, maar het licht had al dat vlakke, pastelkleurige van de vroege avond.

'Ben je zover?' vroeg mama.

'Ja.' Ik begon mijn spullen in te pakken.

Over de radio klonk gekraak, en toen een stem. Mama pakte hem op.

'Ja?'

Ze luisterde. 'Oké. Ja, we gaan nu weg.'

Ze draaide zich om naar mij. 'Laat die spullen maar liggen. We moeten nu weg.'

'Waarom?'

'Veteranen,' zei ze kortaf.

'Komen ze hierheen?'

'Dat lijkt me niet.' Mama zwaaide haar handtas over haar schouder en pakte haar sleutels. 'Vooruit.'

'Waarom denk je van niet?' Ik kwam niet in beweging.

'Dan hadden we wel iets gehoord.'

'Maar dat zeggen ze net tegen je.'

Mama zuchtte. 'Hoor eens, ze zijn gewoon op de weg. Maak nou niet zo'n toestand, oké? Het gaat allemaal goed. We moeten alleen nu weg.'

Ze leek kalm. Geïrriteerd, maar kalm. Ik volgde haar de deur uit en de auto in.

'Hier, hou vast.' Ze gaf me de radio aan: een zwart blok met een lange antenne die je kon uit- en inschuiven.

'Wat moet ik ermee doen?'

'Niets. Gewoon vasthouden.'

Ik legde hem op mijn schoot, terwijl mama knarsend schakelde. We reden weg over het pad.

'Hoor je iets op de radio?' vroeg mama.

'Nee.' Alleen af en toe wat gekraak, alsof iemand in de bioscoop een zak chips opentrok.

De schaduwen van de blauwe gombomen werden langer. We waren bijna bij de hoofdweg. Al sinds we van kantoor waren vertrokken deed mijn hoofd pijn, en het werd steeds erger, tot er kleine kikkervisjes voor mijn ogen dansten. De lucht werd paars en vertekend. Alles om ons heen werd vaag, maar de kiezels op de weg zag ik scherp.

'Mam!'

'Jezus christus, wat nou weer?'

'Stoppen, mam. Ga even aan de kant.'

'Nee. Ik heb toch gezegd dat we weg moeten?'

'Mam!' Ik morrelde aan de portierkruk. Mijn vingers voelden dikker aan dan normaal. Ik kon het niet openkrijgen. 'Wat doe je nou verdomme?' Mama reed naar de kant. 'Wat is er aan de hand?' De pijn in mijn hoofd veranderde in gebons. Toen de pijn ging kloppen, veranderde de hemel van kleur. 'Toe nou, mam, stop nou even.'

'Oké.' Mama zette de motor uit en we bleven in stilte zitten tot mijn hoofd tot rust was gekomen.

'Het spijt me, mam.'

'Gaat het weer?'

'Ja.'

'Oké.' Ze startte de motor en reed in een wolk stof de weg op. We bereikten de kruising met de hoofdweg, en stonden op het punt rechts af te slaan toen mama halt hield.

'God. Wat is dat?'

Een menigte van zo'n vijftig, zestig mensen, mannen en vrouwen, die borden droegen en liepen te zingen. Op weg naar de volgende boerderij.

Gekraak over de radio. 'Veteranen op de weg naar het vliegveld.'

'Ja, bedankt,' zei mama. 'Goeie timing.'

We keken hoe de mensenmassa verder trok. Als we vijf minuten eerder de weg op waren gereden, waren we er middenin terechtgekomen. Het leek of mijn maag uit mijn lichaam zakte toen ik me dat realiseerde.

'Nou,' zei mama, 'dat is nog eens boffen.'

We draaiden de weg op, en het hele stuk naar de stad lieten we de radio zo hard staan als maar kon.

De volgende ochtend kreeg mama een telefoontje. Haar hand

om de hoorn was wit, en ze moest twee pogingen doen om hem weer op te leggen.

'Ik ga vandaag niet naar mijn werk,' was het enige wat ze zei.

'Waarom?'

Mama liep de keuken in.

'Waarom, mam?'

Ze leunde tegen het aanrecht.

'Wat is er gebeurd, mam?'

Ze draaide zich om en zei met een normale stem: 'Ken je de De Bruijns?'

'Ja.' Het gezin van de boerderij naast die van ons. Ik had ze nooit ontmoet, maar wist dat ze goed bevriend waren met de Coopers.

'Nou, ze zijn gisteren bij hun boerderij binnengevallen.'

Ik wachtte. Ik wist dat er meer was. Mama wankelde even op de rand van dat meer, en verliet daarna de keuken. Ik bleef zitten, terwijl haar onafgemaakte zin als een ademtocht in de lucht bleef hangen.

Mama en Steve praatten later in hun kamer, toen ik eenmaal naar bed was. Ik sloop een stukje door de gang, net genoeg om hen te horen.

'Verkracht... waar de kinderen bij waren, schijnt.'

'En de honden?'

'Ze denken dat dat met een bhadza is gedaan.'

Ik ging terug naar bed en zocht met mijn koude voeten naar een plek tussen het beddengoed waar het nog warm was. In mijn hoofd hingen beelden als wasgoed aan een lijn. Toen ik in slaap begon te vallen, werd die waslijn echt, en ik hoorde Saru neuriën terwijl ze een voor een de beelden uit de wasmand optilde en aan de lijn hing. De vrouw van de boer met haar rok opgetrokken tot rond haar heupen en haar dijen ontbloot als gepelde bananen. De honden met afgesneden keel, en stroperig bloed dat op het bruine gras sijpelde.

Het was het trage, ziekmakende uiteenvallen van een bestaan. Niemand wist wat hij moest doen. Mijn leraren niet, mijn ouders niet. Mijn grootouders belden elke avond uit Engeland. Is alles in orde? Houden jullie het vol? Ik wist dat ze ons vroegen naar hen toe te komen. Door de telefoonlijn heen kon ik voelen dat ze dat wilden, maar ik wilde niet weg.

Die avond dronken mama en Steve een hele fles gin leeg. Ze dronken in die tijd elke avond een hele fles gin leeg.

HOOFDSTUK 24

Toen de Veteranen terugkwamen, kwamen ze officieel en zonder wapens, voor zover we konden zien. Ze kwamen onaangekondigd, na nog een week waarin er niets was gebeurd. Glimlachend zwaaiden ze naar de arbeiders die ze passeerden. Sommigen zwaaiden terug. Anderen niet.

Mama en ik waren op de boerderij toen ze verschenen. Geen van beiden hadden we Steve verteld dat ik nog steeds meeging naar de boerderij. Zover hij wist zat ik op school. Elke ochtend vertrok hij voor dag en dauw naar de boerderij, dus hij zag niet dat mama en ik om acht uur 's ochtends in de auto stapten. Mama wilde niet dat ik het kantoor uit ging, zelfs niet om buiten te gaan zitten, maar ze had me inmiddels wel een eigen mobiel gegeven en ze hielp me er voortdurend aan herinneren dat ik ervoor moest zorgen dat die opgeladen was en dat ik hem overal mee naartoe nam. Voor het geval dat.

'Mam.' Ik zag de Veteranen vanuit het raam.

'Het is een officieel bezoek,' zei mama. 'Er komen geen problemen.'

Ze ging door met haar werk. Mijn handen waren koud en gevoelloos. We hadden die mannen zo vaak gezien op het nieuws. Het leek of mijn maag en ingewanden wegsmolten tot een vettige brij, en ik rende naar de wc, waar ik me opsloot, met een half oor bij het gekraak van de radio in de ruimte naast me.

'Gaat het wel?' riep mama.

'Ja.'

Ik had geen enkele controle over mijn lichaam. Alles wat erin zat, kwam eruit gelopen, waarna ik klappertandend en met bevende benen achterbleef. Ik trok mijn benen op, zodat ik op de wc zat met mijn armen om mijn knieën, en probeerde de krampen te onderdrukken. Buiten het raampje hoorde ik stemmen, het geronk van tractoren en het gerammel van machines.

'Gaat het wel?' riep mama nog eens.

'Ja. Ik zei toch al dat het goed ging?'

Ik spoelde de wc door en keek hoe het water omlaagkolkte. Ik wist precies waar het allemaal naartoe ging: naar de septic tank buiten de kantoren, die om de week verstopt raakte. Ik wilde dat het net zo makkelijk was om mijn angst kwijt te raken.

'Vooruit, man,' zei mama voor de deur. 'Ze zijn er.'

Ik kwam het kantoor weer in en ging naast mama zitten. Ze greep mijn hand vast, en ik voelde haar botten onder haar papierachtige huid.

Een van de Veteranen zag ons door het raam, en zwaaide. Zijn tanden flitsten wit in zijn gezicht. Beschaamd voelde ik hoe mijn maag weer omdraaide, en er spoot iets warms uit me weg.

'Shit.'

Mama liet mijn hand los. 'Wat is er?'

Ik schaamde me te erg om het haar te vertellen.

Op een keer was er een vogel ons huis binnengevlogen. Een lijster. Hij raakte in paniek en vloog tegen de muren en de ramen op zoek naar een uitweg, en hij liet een spoor van kleverig groenwit spul achter. Ik voelde me net die vogel. Maar ik wilde niet toegeven dat ik bang was. We deden allemaal net alsof we ons best redden, of het allemaal goed zou komen. En als iemand wél zei dat hij bang was, zei iedereen dat diegene een verdomde lafbek was.

'Niets,' zei ik, en ik ging weer naar de wc. Ik deed mijn broek uit, spoelde hem uit en gooide hem in de vuilnisbak. Ik moest me maar zien te redden. Er was trouwens vast niets meer over wat eruit kon komen.

Meneer Cooper riep de boerderijbedrijfsleiders bijeen en ontving de Veteranen in een van de kantoren. Hij zag er ontspannen uit in een wit overhemd en een witte short, het soort kleren dat hij normaal ook aanhad voor een dag op de boerderij. We keken hoe de groep mannen naar binnen liep. Ze deden niet dreigend tegen ons – niet op dat moment –, maar we wisten dat ze de machtigste mensen in het hele land waren. Een van hen gaf een ander een por en wees naar een landbouwapparaat, waarbij hij iets in het Shona zei. De ander lachte. Ze leken rustig, en niet opgefokt van de *mbanje* of de *dagga*, verdovende middelen die de bloeddorst aanwakkerden. Nog niet.

'Mam.' Ik stootte haar aan. 'Is dat Jonah?'

Ze tuurde de menigte in. Hij stond vrijwel achteraan te lachen met een andere man.

'Ja.'

Jonah keek omhoog naar het raam van het kantoor, en mama en ik doken meteen weg. Ik voelde de bijgelovige angst dat hij ons toch had gezien en ons had vervloekt.

Achteraf beschreef een van de bedrijfsleiders hoe het was gegaan. De Veteranen zaten onderuit op hun stoelen en namen zo veel mogelijk ruimte in. Ze zetten hun benen wijduit neer, legden hun armen op de rugleuning van hun stoel, gingen met hun voeten op tafel zitten en gaapten breeduit zonder hun hand voor hun mond te houden, alsof ze op het punt stonden de hele kamer op te slokken.

Meneer Cooper had een tolk naast zich zitten, die het rappe Shona in het Engels vertaalde, waarbij hij de meeste beledigingen en terzijdes wegliet. Terwijl de leider van de Veteranen aan het woord was, bleef meneer Cooper onbewogen kijken, wat de man tot nog meer gescheld aanzette. En toen er een vraag in het Shona in de lucht bleef hangen, deed hij zijn mond open en gaf antwoord in vloeiend, volmaakt spreektalig Shona.

Nadat hij even grote ogen had opgezet en zijn wenkbrauwen had opgetrokken, barstte de leider van de Veteranen in lachen uit. En de anderen eveneens. Ze lachten en grijnsden, en sloegen elkaar op de schouders alsof meneer Cooper een goede vriend van hen was die een geweldige truc had uitgehaald. Heel even was de sfeer in de kamer bijna hartelijk. Je kon je voorstellen dat ze hem op een drankje zouden trakteren. Maar die sfeer viel weg, en de leider boog zich met een gele grijns over de tafel.

'Je hebt tien dagen,' zei hij. 'En dan komen we.'

Ze gingen weg, maar niet ver. Ze kampeerden op de velden langs de rand van de boerderij, in de buurt van het ZANU-PF-kamp waar Cephas zat. Ik vroeg me af of hij inmiddels was opgenomen bij de Veteranen of dat hij al was ontsnapt.

'Gaat meneer Cooper weg?' vroeg ik mama.

Mama haalde haar schouders op. 'Weet ik niet.'

'En wij?'

'Wij volgen het plan,' zei mama.

Aan de muur van mama's kantoor hingen twee gefotokopieerde A4'tjes. Iemand had in grote blokletters CRISISSITUATIE getypt en een tekeningetje gemaakt van een mannetje dat zijn handen omhoogsteekt om zich over te geven.

Op het eerste vel stond 'belegerd'. Eronder stond een lijst stappen. *Onmiddellijk iemand van de taakgroep bellen. Lid taakgroep laten weten wie in je huis is. Zijn ze gewapend? Met hoevelen zijn ze? Wat is hun houding? Lid taakgroep zal de politie bellen. De rest van de boerderij op de hoogte stellen en een code doorgeven. Taakgroep inzetten en zorgen dat andere vrijwilligers paraat zijn.*

Op het tweede vel stonden de verschillende codes die over de radio konden worden doorgegeven. Code groen betekende: *Alles in orde. Blijf waar je bent. De situatie is weer rustig.* Het was een mintgroene maagtablet, waarmee alles werd verzacht.

Code geel betekende: *Allemaal in staat van paraatheid. In de buurt van de radio blijven. Situatie niet geheel duidelijk, wachten op bevestiging.*

Code rood was in rode letters gedrukt. Die betekende dat we onmiddellijk moesten evacueren en ons op het vliegveld moesten verzamelen, omdat er mensen gewond waren geraakt, een huis belegerd was en de situatie levensbedreigend was. Er was een hele lijst dingen die moesten worden gedaan: uitzoeken waar de problemen spelen en de veiligste vluchtroute nemen, je gezin naar het vliegveld brengen, wachten tot je weet wat er is gebeurd en of je al of niet terug kunt. En er was een notitie om ons eraan te helpen herinneren dat we geld moesten meenemen voor de parkeerplaats. Ik stelde me voor hoe mama rustig geld uit haar portemonnee zou uittellen voordat ze erheen reed.

Toen mama en ik in Harare terugkwamen, was Steve des duivels.

'Dus daar mist ze school voor,' zei hij, 'zodat ze kan worden vermoord door de Veteranen?'

'We wisten niet dat ze vandaag zouden komen,' zei mama.

'Jullie hadden daar geen van beiden iets te zoeken.'

'Jij was er ook.'

'Dat ligt anders. Ik kan voor mezelf zorgen.'

Mama knikte, maar haar ogen stonden afwezig.

'Jullie moeten weg. Laat Mark Cooper verdomme maar iemand anders zoeken om zijn boeken bij te houden. Het is te gevaarlijk.'

'Niets aan de hand,' zei mama. 'Het is allemaal onder controle.'

'Die kaffirs zijn geen redelijke mensen,' zei Steve. 'Die achterlijke Veteranen zijn er alleen maar op uit de blanken van het land te verdrijven. Ze zijn high van de dagga. Het zal ze worst zijn of die boerderij van jou is of niet.' Hij pakte een stukje vel van mama boven aan haar arm. Het werd roze tussen zijn vingers. 'Je hebt verdomme de verkeerde kleur. Dat is het enige wat ertoe doet.'

'De situatie is gewoon niet slecht genoeg om er niet meer heen te gaan.'

'Wat wil je dan dat er gebeurt? Moet er eerst iemand worden vermoord?'

'Natuurlijk niet, Steve. We moeten de boel draaiende houden. Anders hebben zij gewonnen en dan kunnen we de boerderij net zo goed nu meteen aan hen geven.'

'We? Het is verdomme niet onze boerderij. Ik laat mijn gezin niet vermoorden om de boerderij van Mark Cooper draaiende te houden.'

'En de arbeiders dan? Die wonen op de boerderij. Zij hebben gezinnen die ze moeten voeden.'

'Je gaat er niet meer heen.'

Mama ging de kamer uit. We wisten allemaal dat ze wel terugging. Sterker nog: we wisten allemaal dat ik met haar meeging.

Steve haalde een van zijn stokpaardjes van stal. 'Er verandert nooit iets, man,' zei hij. 'Het wordt tijd dat jullie daarachter komen, jij en je moeder. Mark Cooper is niet onverwoestbaar, hoor.'

Mama en ik vertelden hem geen van beiden dat we Jonah in de menigte hadden gezien. We wisten allebei dat dat de zaken alleen maar zou verergeren.

Opnieuw werd er iemand vermoord op een boerderij in de buurt van die van de Coopers. Een stel anderen werden in elkaar geslagen. Ik werd geacht die dingen niet te weten, maar ik kon het niet helpen. Het nieuws over wat er gaande was leek zich met een onmogelijke snelheid van blanke naar blanke te verspreiden, alsof we allemaal met elkaar verbonden waren met draden die bij elke nieuwe aanval begonnen te trillen. Iedere blanke die we spraken leek in die tijd wel last van hoofdpijn te hebben.

Toen ik van school thuis werd afgezet door de moeder van een vriendin, zaten mama en Steve op me te wachten. Ik deed mijn rugzak langzaam af, omdat ik geen zin had om te horen wat ze me te vertellen hadden.

'Wil je wat te drinken?' vroeg mama.

'Oké.'

Ze schonk een cola light voor me in, met ijs. Ik ging zitten.

'Het gaat over Sean,' zei mama.

'Wat is er gebeurd?'

'Hij mankeert niets.'

'Wat is er dan gebeurd?'

Sean was bij school opgepikt door een man van wie hij dacht

dat het een van de chauffeurs van zijn vader was. Zo'n fout was snel gemaakt. Je gaat op de achterbank zitten, met je hoofd vol rugbyscores, huiswerk, en wat ga ik dit weekend doen, en je ziet een zwart gezicht in de achteruitkijkspiegel. En als hij hem al niet herkende – nou ja, er kwamen steeds nieuwe arbeiders. De auto leek in de richting van de boerderij te rijden, maar sloeg onverwachts een zijweg in. Sean werd vast achterdochtig. Hij was de zoon van een boer, een met een luchtbuks zwaaiende duivendoder, een Shonasprekende, blootsvoets rondlopende, door de wol geverfde bushkenner en een stoere knaap.

Verderop in de zijstraat stond een stel mannen te wachten. Ze hadden hem bijna buiten westen geslagen. Sean was lang en breed voor een jongen van zeventien, en hij kreeg al een baard, maar tegen vier, vijf kerels was hij niet opgewassen.

'Hij heeft verdomde flink teruggevochten,' zei Steve. Hij vertelde dat een van Seans ogen volkomen dichtzat, en dat hij aan de zijkant van zijn hoofd gehecht moest worden. En blijkbaar had hij ook nog een gebroken rib.

'Blijven de Coopers?' vroeg ik aan mama.

'Ja, voorlopig wel,' zei ze.

'Waarom blijft Sean, na wat er is gebeurd?'

'Dat wil hij.'

'En meneer Cooper vindt het goed?'

Mama haalde haar schouders op. 'De boerderij gaat ooit op Sean over. Ik denk dat meneer Cooper vindt dat hij hier wel moet blijven.'

Ik moest denken aan die keer dat meneer Cooper ons was komen ophalen toen we de olifant hadden gezien. Dat hij Sean een draai om zijn oren had gegeven en had gezegd dat hij voorzichtiger moest zijn, en dat het hem niet zou redden dat hij de zoon van de Baas was.

Ik dacht aan Sean zoals hij was geweest toen ik hem voor het eerst ontmoette. Hij leek zoveel ouder dan ik, zo volwassen en wereldwijs. Ik herinnerde me dat ik achter op zijn motor had gezeten en de geur van vers zweet en met Sunlight-zeep gewassen katoen had ingeademd.

Ik stond de laatste tijd te kijken van mijn eigen vermogen om van alles wat er gebeurde iets normaals te maken, als huid die over een roofje heen groeit, en ik voelde haast hoe deze nieuwe, afgrijselijke gebeurtenis bij al die andere gebeurtenissen werd opgenomen. Ik had het wel aan Kurai verteld als die niet was vertrokken. Ze had me bij wijze van grapje een armband gegeven van haar oude vlechten. 'Ik neem wel een weave in de States,' zei ze. 'Daar kunnen ze dat echt goed.' Ik droeg de armband om mijn pols. Hij was zwart en rood, met aan het eind kloddertjes lijm om te voorkomen dat hij losliet. Hij rook naar vaseline en liet een rode schuurplek op mijn pols achter. Toch deed ik hem niet losser. Ik vond dat ik dat geheugensteuntje nodig had.

Ian, de man die had gezegd dat hij de Rhodesische vlag zou hijsen en zijn huis zou opblazen voordat de Veteranen het konden innemen, vertrok uit Zimbabwe. Op de terugweg van een boerderij in de buurt was hij meegenomen door de Veteranen en afgeranseld met een ventilatorriem. Na zes uur werd hij vrijgelaten. Hij keerde terug naar de boerderij met striemen op zijn rug, een grimmige trek om zijn mond en trillende handen. Hij pakte een paar koffers, boekte tickets op een vlucht naar Australië en zei tegen zijn vrouw dat ze moest zorgen dat de kinderen de volgende dag klaar waren voor vertrek.

'Wees toch niet zo'n verdomde lafbek, man,' zei Steve. 'Zo'n bangerik.'

'Ga me nou verdomme niet voor een bangerik uitmaken, man,' zei Ian. Zijn gezicht en hals zaten onder de striemen. 'Als je dat maar uit je hoofd laat. Het is het gewoon allemaal niet waard, man. Ik heb twee kinderen onder de vijf. Dat is dit rottige stukje aarde allemaal niet waard.'

'Tja, nou ja, stuur de kinderen dan naar Harare. Je moet hier blijven en tegen die rotzakken vechten.'

Ian zag er oud uit. De stoppels op zijn kaak begonnen grijs door te komen. 'Dit is geen oorlog die we kunnen winnen, man. Ik ga echt niet toekijken hoe mijn kinderen vermoord worden door die kaffirs. Blijf jij maar hier als je zo nodig moet. Ik maak dat ik wegkom. Van mij mogen ze het land hebben, al schieten ze er niets mee op.'

Mama, Steve en ik brachten hen naar het vliegveld. De kinderen zaten op de achterbank een klapspelletje te doen. Ian en zijn vrouw zwegen.

Op weg naar het vliegveld reden we tussen landbouwgrond en bush door – aan weerszijden van de weg goudkleurige grassen. Ian had een mand avocado's op zijn schoot.

'Die kun je niet mee Australië in nemen, weet je,' zei mama. 'Die moet je van ze weggooien.'

'Ja, weet ik.'

De auto rook naar warme avocado: een zoete, boterachtige geur die aan zonlicht deed denken.

'Kunnen wij nou ook?' vroeg mama aan Steve.

'Doe niet zo stom,' zei hij.

Ik vroeg me af wat ervoor nodig was om ons zover te krijgen.

HOOFDSTUK 25

Opnieuw hoorden we bijna een week lang niets. Toen vernamen we dat de Veteranen waren binnengedrongen op de boerderij van de Coopers. Ze doodden het wild om ervan te eten.

'Meneer Cooper is een paar keer met de dood bedreigd,' zei mama. Ze zei het alsof ze vertelde dat hij brood had gekocht bij de supermarkt. 'Dus hij heeft een stel van de andere mannen op de boerderij gevraagd om in de hoeve te komen slapen.'

'Heeft hij wapens?' vroeg ik.

'Doe niet zo idioot,' zei mama. 'Dat is vragen om moeilijkheden. Hij heeft ze vast wel, maar hij gaat die kerels echt niet kwaad maken door op ze te schieten.'

'Redt hij het wel? Gaat het goed met Sean?'

'Tot nu toe redden ze het best. De Veteranen kamperen gewoon buiten het terrein, en ze zijn aan het *toyi-toyi*'en. Net als op de boerderij van Mary en Pieter.'

Ik stelde me voor hoe meneer Cooper de Veteranen voor zich innam, zoals hij iedereen altijd voor zich innam. Hij zou naar hen toe lopen met een brede glimlach en uitgestrekte handen met de palmen omhoog, en met hen praten in volmaakt Shona, met inbegrip van vloeken en schuine moppen, en ze zouden meteen met hem weglopen, zoals iedereen altijd leek te doen. Ik wilde zielsgraag mijn eigen leugens geloven.

Mama ging die week niet naar haar werk, maar hield contact via de telefoon. Zachtjes in zichzelf mompelend zat ze te werken op haar computer in het hotel. Als ze al bang was, verborg ze dat goed.

'Ik moet erheen,' zei ze een paar dagen later.

'Waarom?' Ik keek haar strak aan.

'Om wat papieren en zo te halen,' zei ze.

'Mam!'

'Dat kan best.' Ze maakte een kalme indruk.

'Je kunt er niet heen.'

'Het stelt niets voor,' zei mama. 'Ik moet die spullen ophalen. Ik blijf niet.'

'Je kunt er niet heen. Zo meteen gebeurt er iets.'

'Heus niet.'

'Weet Steve dat je gaat?'

'Dat hoeft hij niet te weten. Het stelt niets voor.'

Steve zou het niet goedvinden als mama alleen ging.

'Ik ga met je mee.'

'Vergeet het maar.'

'Ik laat je niet alleen gaan.'

'Ik ben een grote meid,' zei mama. 'Ik heb de vorige bushoorlog ook overleefd, waar of niet?'

'Mam!' Ik rook haar parfum. Ze zag er kwetsbaar uit, met die vogelbotjes van haar. Ze kon met één klap doormidden breken. 'Ik laat je niet alleen gaan.'

Mama keek me strak aan en ik keek strak terug.

'Moet je die spullen echt halen?' vroeg ik.

'Ja.'

'Dan ga ik mee.' Ik hoopte dat deze vreemde, bijgelovige band die ons gezin de laatste maanden had gesmeed van kracht zou blijven. Wij deden dingen samen.

Mama perste haar lippen op elkaar. 'Goed dan,' zei ze vervolgens. Daarna liep ze naar de keuken om sandwiches voor ons klaar te maken voor tussen de middag. Alsof we tijd zouden hebben om die op te eten.

Het was heel vreemd, zo onoverwinnelijk als we ons nog steeds voelden. Het kon ons nooit overkomen. Het kon mij niet overkomen.

Mama nam een van de geweren mee.

'Ik heb nog zo tegen Steve gezegd dat we verdomme een pistool hadden moeten kopen,' zei ze, 'iets wat in het handschoenenvak past.'

Ze legde het geweer in de breedterichting op de achterbank. Het besloeg de hele zitting.

'Weet je hoe je het moet gebruiken?' vroeg ze.

'Ja, dat denk ik wel.'

Mama gaf me even een korte handleiding. 'En dan richt je en je schiet. Oké?'

'Oké.'

'Niet dat we het nodig zullen hebben.'

We reden de oprit uit.

'Heb je nog iets van meneer Cooper gehoord?' vroeg ik.

'Ja. Blijkbaar gaat het allemaal goed. Hij heeft de Veteranen een krat Castle-bier laten bezorgen, en daar waren ze heel tevreden mee.'

'Oké.'

'Volgens hem is het best veilig. We gaan erheen, halen de spullen op en keren meteen terug. En als er iets gebeurt, rijden we gewoon door. Het komt allemaal goed.'

'Oké.'

De rit naar de boerderij was niet anders dan anders. In de hittenevel veranderden bomen en hekken in strepen kleur. Ik zag een luchtspiegeling op de weg die met ons meebewoog, net even voor ons uit. We passeerden een jeep vol jongemannen met geweren, die lachten en naar ons zwaaiden. Ik wist niet of ik moest terugzwaaien of moest vermijden hen aan te kijken. Dus ik hief mijn hand een stukje op en staarde over hun hoofd heen. Ik moest denken aan het 'Zoet en Zuur'-spel dat Hennie en ik vroeger in Chinhoyi speelden.

Mama had het easy listening-station opgezet, en zoals gewoonlijk maakten we ruzie over de zenders. De airco stond aan, maar ik draaide het raampje omlaag en snoof met diepe teugen de geur van reukgras op waar de lucht naar rook. De hemel welfde zuiver, heilig en onaangeraakt over ons heen, en vervulde me met een vreemd soort sereniteit.

'Daar zijn we,' zei mama, toen we de oprijlaan van de boerderij in sloegen. Er speelden geen piccanins aan de kant van de weg. Er was zelfs geen zuchtje wind in de blauwe gombomen. We hoorden elk steentje dat door de banden werd opgeworpen.

'Shit,' zei mama, toen er een tegen de voorruit vloog en een sterretje naliet.

Toen we bij de kantoren kwamen, zagen we dat er verder geen auto's op de parkeerplaats stonden. De wegen waren verlaten en de landbouwapparaten stonden er stilletjes bij.

Meneer Cooper was bij het kantoor toen we daar aankwamen. Hij had zijn armen over elkaar geslagen en stond met toegeknepen ogen tegen de zon in te glimlachen. 'Hoe gaat ie, meisjes?' zei hij toen we uitstapten.

Mama had hem via de radio laten weten dat we eraan kwamen. 'Alles in orde, Mark?' vroeg ze.

'Ja. Ze zeggen nog steeds dat ik morgen vertrokken moet zijn, maar we hebben niet al te veel ellende gehad.'

Meneer Cooper had een blauw oog en een snee in zijn hoofd. We vroegen er niet naar.

'Goed, ik ga maar eens terug naar huis,' zei meneer Cooper. Hij zette zijn hoed weer op. Het was een breedgerande boerenhoed, en hij zag er daarmee uit als een karikatuur. De huid rond zijn ogen plooide zich tot een glimlach. 'Tot ziens.'

Mama ging op zoek naar het dossier. Ik ging buiten op de stoep zitten uitkijken over de witte, zanderige aarde en het droge gras dat voor een gazon moest doorgaan. Ik zag iets bewegen in het gras en kneep mijn ogen samen om het te kunnen onderscheiden.

De slang richtte zijn brede, stompe kop op en staarde me aan. Hij had een lang, asfaltgrijs lijf en een platte, popachtige streep bij wijze van mond. We keken elkaar aan. Ik voelde de zon door mijn T-shirt op mijn rug branden.

Ik deed mijn mond open om iets tegen mama te zeggen, maar er kwam geen geluid uit.

De slang zwaaide zijn kop langzaam naar opzij. Hij wierp me een laatste blik toe uit zijn stenen ogen en ik voelde zijn koudbloedige ziel mijn hoofd in reiken. *Wij waren hier eerder dan jullie. We zullen hier nog steeds zijn als jullie al lang zijn verdwenen. En het kan ons niet veel schelen wat er met jullie gebeurt.* Hij streek het gras opzij met zijn lange lijf en was verdwenen.

De zon had mijn nek en armen al roodverbrand. Ik was bleek en ongeschikt, mijn voeten waren te zacht en konden makkelijk doorboord worden door doornen. De ideeën in mijn hoofd werkten niet op deze plek, die zich aan oudere, strengere regels hield.

'Hebbes,' zei mama, toen ze uit het kantoor tevoorschijn kwam. 'Kom mee.'

Ik vertelde haar niet over de slang. We wilden net in de auto stappen – een van mijn benen was al half binnen – toen we een stem hoorden.

'Medem! Medem!'

Lettuce kwam hijgend en ongerust op ons af gerend.

'Hallo, Lettuce,' zei mama. Ze liet haar autosleuteltjes ongeduldig rond haar vinger slingeren.

'Waar is de Grote Baas, Medem?'

'Die is terug naar het Grote Huis,' zei mama. Ze draaide zich half om, alsof ze op het punt stond in de auto te springen. Ze leek geïrriteerd. 'Wat is er?'

'Ik moet de Grote Baas spreken, Medem.'

'Die is in het huis, zei ik al.' Mama wilde dat hij zei wat hij op zijn lever had. 'Wat is er aan de hand?'

'Ze komen eraan, Medem. De Veteranen. Er komt heel grote ellende.'

Mama hield op met het gerinkel met haar autosleutels. 'Ga meteen op zoek naar de bedrijfsleiders, Lettuce, en vertel ze wat er aan de hand is, oké?'

Lettuce schudde zijn hoofd en wendde zich af. Hij had het de Grote Baas proberen te vertellen. Het was niet zijn schuld dat die er niet was.

'Kom mee.' Mama startte de auto.

'Probeer Mark op de radio te bereiken,' zei ze.

'Mark?'

'Meneer Cooper. Vooruit, gebruik je hersens.'

Ik worstelde met de knoppen. 'Ik krijg het niet voor elkaar.'

'Geef hier.' Mama nam hem over, maar voordat ze iets kon doen klonk er gekraak over de radio.

'Dat is meneer Cooper, mam.'

Hij zond een noodsignaal uit naar alle units. Met een knarsend geluid en een wolk zanderige aarde keerde mama de auto en we aanvaardden de terugreis.

'Mam!'

'Het komt goed,' zei ze. Met haar ene hand hield ze het stuur vast en met de andere de radio. Ze was in gesprek met de bedrijfs-leiders. De auto hotste en botste over stenen op de weg.

'Wat kunnen wij nou helemaal doen, mam?' We waren twee vrouwen in een oude auto, met een oud geweer.

'We moeten naar huis, mam.'

'Ze zeggen dat ze nu het huis innemen,' zei de bedrijfsleider over de radio.

'Maar hij had toch nog tot morgen?'

'Ja, nou ja, daar zitten die kerels niet mee. Ze zijn opgefokt van de mbanje.'

'We komen eraan.'

'Jezus, nee, jullie moeten maken dat je wegkomt.'

Maar mama reed met grote snelheid de helling op naar de hoe-ve.

'Langzaam nou, mam! Zo meteen komen we daar als eersten aan!'

We waren bijna bij de hoeve. Mama reed nog steeds hard. We hoorden tromgeroffel. De elektrische poort hing uit zijn voegen en we kwamen vlak ervoor tot stilstand. Ik schoot naar voren en stootte mijn hoofd tegen de voorruit.

'Mam!'

Mama staarde naar iets buiten het raampje. Shumba lag slap op de grond als een vlekkerig kleed. Zijn ruggengraat was bloot. Op het zand van de oprijlaan lag een olieachtige vlek, maar het was geen olie.

'Mam?'

We hoorden geschreeuw – harde stemmen die Shona spraken, en gelach; iets wat een geweerschot had kunnen zijn. We zagen de verlaten open jeeps kriskras door elkaar voor de poort geparkeerd staan, de peuken op de oprijlaan. We zagen de kapotte openslaande deuren. De radio braakte gekraak uit en viel stil.

Mama begon met de sleuteltjes in het contact te worstelen, maar haar vingers werkten niet mee. Ze leken bijna blauw van de kou. Ik kon haar niet helpen, omdat ik geen vin kon verroeren.

'De Baas! Medem! De Baas!' Het nieuwe dienstmeisje van meneer Cooper. Ze dook op uit de bosjes, waar ze verborgen had gezeten, en rende op ons af. Op haar schort zat bloed. Mama draaide het raampje omlaag. Ik was bang voor haar, bang voor wat ze ging zeggen, en ik zag dat mama dat ook was.

'Waar is meneer Cooper?'

De mond van het dienstmeisje zakte hulpeloos open. Er zat bloed op haar tanden. Ze bewoog haar lippen, maar maakte geen geluid.

'Waar is meneer Cooper?' vroeg mama nogmaals. Ze draaide het raampje niet verder naar beneden. Ze deed het portier niet open. Ik vroeg me af of ze net als ik het gevoel had dat we veilig waren zolang we maar in de auto bleven. Ik wist dat het niet waar was, maar ik hield de hele tijd mijn stoelriem tegen mijn borst geklemd.

'De Veteranen, Medem! Ze zijn in het huis!'

'Waar is hij?'

'Hij is dood, Medem! De Veteranen.'

Bloed in het stof. Heel veel bloed. Te veel om alleen van Shumba afkomstig te zijn. De Veteranen hadden ons niet gezien. Ik rook urine, en ik wist dat die van mij afkomstig was.

'Weet je het zeker?'

'Ze hebben hem in zijn hoofd geschoten, Medem!'

Meneer Cooper. Dood.

Ik boog naar voren en dwong mijn koude lippen de woorden te vormen: 'Waar is Sean?'

'Sean?' Ze leek nog steeds verdoofd.

'De Kleine Baas?'

'Dat weet ik niet, Medem.'

'Maar hij is hier wel.'

'Ik heb hem niet gezien.'

Mama en ik keken elkaar aan. Het dienstmeisje begon aan de greep van het achterportier te morrelen.

'Voertsek,' zei mama.

'Maar anders vinden ze me, Medem. Breng me naar het dorp.' Haar handen waren tot klauwen gekromd.

'We gaan niet naar het dorp.'

Het dienstmeisje staarde ons aan. Daarna draaide ze zich om, pakte haar rokken bij elkaar, en terwijl ze met haar blote voeten het stof opwierp rende ze de weg af.

Mama kreeg de auto aan de praat. Haar handen trilden zo erg dat de sleutels tegen elkaar kletterden en ze trok zo snel op dat ik mijn hersens tegen de achterwand van mijn schedel voelde drukken. We hobbelden over het grind, reden achteruit, en misten op een haar na de uit zijn voegen hangende poort. Mama kon de auto niet in een rechte baan houden en over de stenen glippend slingerden we over de weg. We kwamen tot stilstand met de neus in de goede richting. Oppervlakkig ademhalend bleven we zitten.

Het voltrok zich allemaal in nog geen twee minuten. Ik zag de rode lichtjes van de klok op het dashboard naar me flitsen. Terwijl ik zat te kijken klikte de klok van zeven minuten over een naar acht minuten.

'We moeten weg,' zei mama, maar ze deed niets om weer te gaan rijden.

'Mam! Waar is Sean?'

'Misschien is hij ontsnapt. Ik weet het niet.' Ze keek naar haar handen op het stuur alsof ze niet van haar waren.

'We moeten naar hem op zoek.'

Mama keek naar me. Haar gezicht was witter dan ooit. Ze zag er kleurloos uit, vergeleken bij de Veteranen – een bleek spook.

'We kunnen echt niet teruggaan om naar hem te zoeken, Elise. Dat weet jij ook wel.'

Haar mond was vormeloos, net de mond van een baby die op het punt staat te gaan huilen.

'Maar ik weet waar hij is.' En dat wist ik ook ineens, met absolute zekerheid.

Mama reed om het terrein heen naar de omheining aan de achterkant, waar het generatorhok van golfplaten tegen de muur geleund stond.

'We kunnen er niet in, het hek zit hier op slot.' Haar handen trilden nog steeds zo erg dat ze een vage vlek vormden op het stuur.

'Ik kan eroverheen klimmen.'

'Dat kun je verdomme niet.'

Maar ik had het portier al geopend en was uitgestapt. Mama reikte naar me met een gefluisterde schreeuw: 'Elise!', en haar gezicht leek wel in elkaar te zakken. Ik had haar nog nooit zo bang gezien.

Ik klom tegen het hek op en tilde mijn benen voorzichtig over het prikkeldraad bovenaan. Mijn spijkerbroek was nat van de urine, maar ik had geen tijd om me daarvoor te schamen. Ik sprong op het volmaakt gemaaide, smetteloze gras en rende naar de deur van het hok. Die ging met zo'n luid geratel open dat mijn maag ervan omdraaide.

In eerste instantie dacht ik dat ik een vreselijke vergissing had begaan. Het hok zag er verlaten uit.

'Sean?' fluisterde ik, en de echo kaatste het terug. Ik zag eerst niets, maar mijn ogen pasten zich aan en ik dacht dat ik in de hoek een vorm kon ontwaren.

'Sean?'

Ik hoorde een minieme inademing, nauwelijks genoeg om je longen mee te vullen. Ik stapte verder naar voren en zag heel even een flits lichtblond haar. Zijn hoofd rustte op zijn opgetrokken knieën. De botten in zijn nek staken uit als de knokkels van een gebalde vuist.

Ik raakte zijn arm aan.

'We hebben de auto bij ons, Sean. We moeten weg.'

Hij keek op. Het leek wel of hij niet echt begreep wat ik zei.

'Kom mee.' Ik sjorde hem aan zijn elleboog omhoog en leidde hem naar buiten. In het zonlicht zag ik dat hij een snee in zijn hoofd had en dat zijn witte T-shirt op de schouders versierd was met bloedspatten als een soort kleurige hoofdtooi.

Mama liet de motor nog steeds draaien. *Kurumidzai!* zei ze. 'Vooruit!'

Sean klauterde over het hek alsof hij slaapwandelde. Vanaf de andere kant van de boerderij hoorden we geschreeuw en tromgeroffel.

'Instappen, instappen!' zei mama almaar. Ik duwde Sean op de achterbank en trok een veiligheidsgordel over hem heen. Mama omhelsde me even onhandig met een arm en haar natte wang tegen de mijne, en trok toen met een schok op. Ik kon bijna niet door de voorruit kijken. Mama neuriede zachtjes, een waanzinnig, schel klinkend liedje dat me niet bekend voorkwam.

Ik had niet het gevoel dat de auto bewoog. Het leek op zo'n droom waarin je wegrent van een monster en je benen niet willen gehoorzamen. Alleen zag ik op de snelheidsmeter dat we gevaarlijk hard reden.

Toen we het hek van de boerderij uit waren, vloog mama van de weg af het lange gras op de berm in.

We klampten ons aan elkaar vast. Haar wang voelde koud aan

tegen mijn gezicht. Ik weet niet hoe lang we daar bleven zitten, maar we rilden allebei en onze tanden klapperden alsof we het ijskoud hadden, al brandde de zon op ons neer, waardoor de auto in een oven veranderde.

'Waarom bad jij het Onzevader?' vroeg mama me achteraf. Ik had niet eens in de gaten gehad dat ik dat deed. Ik vroeg waarom zij had zitten neuriën.

'Neuriede ik dan?'

Mijn benen waren rood en ruw van de urine. Het stonk in de auto. Achterin zat Sean, bleek en stil.

Eindelijk hadden we dan toch een reden gevonden om te vertrekken waar zelfs Steve niets tegen in kon brengen.

HOOFDSTUK 26

Shumba was dood, die grote, fladderige labrador die ik meenam op wandelingen over de boerderij. Mama probeerde de foto's in de krant voor me verborgen te houden, maar ik wist dat zijn hals onder de klitten zat van een donkere vloeistof en dat er een roze, kwetsbaar gat in gaapte. Ik moest denken aan de slang die we jaren geleden in Chinhoyi hadden gedood.

En meneer Cooper was dood.

Die foto's vond ik ook. Zijn hoofd was net zo opengespleten als de mango's die ik vroeger naakt in het bad opat, om te voorkomen dat ik het plakkerige sap op mijn kleren kreeg. Mama sneed ze voor me doormidden, zodat ze openstonden als een vochtige mond, en dan zoog ik erop en peuterde ik de vezels tussen mijn tanden vandaan. Zijn hoofd zag er precies zo uit, alsof er op zijn voorhoofd een tweede, kwijlende mond glimlachte. Het bloed liep tussen zijn ogen omlaag en vermengde zich met het fijne rode stof dat de lijnen in zijn gezicht volgde. Rond zijn mond lag nog steeds een vage glimlach. Het was de uitdrukking die altijd op zijn gezicht verscheen als hij grapjes maakte met de arbeiders.

's Nachts tikte hij op de ramen. De wond in zijn hoofd was zwart van het bloed, maar zijn huid was groen-wit, bleek en doorzichtig. Op zijn gezicht stond een vage glimlach.

Hij rook naar natte aarde na de regen. Ngozi's. De geesten van mensen die ten onrechte zijn gedood en nu uit zijn op wraak.

'U hebt de verkeerde voor u,' zei ik tegen de geest van meneer Cooper. 'Wij hebben het niet gedaan. Ga maar bij de Veteranen spoken.'

Hij glimlachte en zei iets in het Shona wat ik niet verstond.

'Ga bij Sean spoken,' zei ik. 'Dat is uw zoon. Als u wilt dat iemand uw dood wreekt, is hij de aangewezen persoon.'

De wond op zijn hoofd werd groter.

'Waarom wij?' vroeg ik, maar ik wist dat ik geen antwoord zou krijgen.

Sean bleef een paar dagen bij ons. Hij praatte niet, maar dwaalde in het hotel rond, met een hand tegen de muur, alsof hij de weg zou kwijtraken als hij niet iets stevigs vasthad. Hij rook de hele tijd naar sigaretten, maar ik zag hem niet roken.

'Bedankt dat ik bij jullie heb mogen logeren,' zei hij na een paar dagen. Hij deed erg formeel. 'Ik denk dat ik maar weer eens terugga.'

'Weet je het zeker? Je kunt wel hier blijven...' zei mama.

'Doe toch niet zo stom, jongen,' zei Steve. 'Blijf hier.'

'Nee.' Zijn vingers zagen er lang en nerveus uit terwijl hij met zijn sigaret frummelde. 'Ik moet gewoon terug. Wie moet anders de boerderij runnen?'

'Maar de Veteranen zijn er nog steeds.' En het bloed, en de herinneringen.

'Sommige bedrijfsleiders zijn gebleven.' Er klonk kritiek door in zijn stem.

'We moeten weg.'

'Ja, nou ja.'

'Echt waar. We kunnen niet meer blijven. En jij zou ook moeten vertrekken.'

Sean deed minachtend. 'Waarheen dan, man? Je kunt niet ineens doen alsof deze plek niet meer bestaat. Let maar op.'

'Je kunt er echt niet meer heen, Sean.'

'Misschien niet meteen,' zei hij. 'Maar iemand moet de boel weer op poten zetten als dit allemaal achter de rug is.'

Zijn handen trilden toen hij zijn sigaret opstak. De geest van meneer Cooper omvatte de vlam met beide handen om te voorkomen dat hij doofde.

Die avond was de moord op het nieuws. Toen ik het op de televisie te zien kreeg, keek ik er door een andere lens naar. Alles was vertekend. Het lichaam van meneer Cooper lag onder zeildoek en we konden het niet zien. De dorstige aarde had het bloed weggezogen van de plek waar hij was neergekomen, en er restte alleen nog een vage bruine vlek op het zand.

Toen ik de herkenningsmelodie van het BBC-nieuws hoorde, begon ik te beven. Met een Engels accent werd het verhaal verteld over de recentste moord op een blanke boer.

Ik moest denken aan alle mensen over de hele wereld die dit op het nieuws hoorden. Ik stelde me voor dat ze wakker werden, gaapten, op sloffen door de keuken liepen en een kop koffie inschonken, de televisie aanzetten en dan dit nieuwsbericht te zien kregen. Alweer een blanke boer dood in Zimbabwe. Ze zouden ernaar kijken zoals wij naar nieuws keken dat afkomstig was uit verafgelegen oorden. Misschien vaag belangstellend. Onverschillig. Ik werd kwaad bij de gedachte dat iemand naar de beelden zou kijken en een stem zou horen zeggen: 'Mark Cooper is vanmiddag vermoord op zijn boerderij in Mashonaland', en dan zomaar de tv zou uitzetten alsof het daarmee wegging. Of misschien kwam het in het buitenland niet eens op het nieuws.

Misschien werd het doodeenvoudig het zoveelste sterfgeval.

Bij de begrafenis van meneer Cooper rook de kerk naar wierook en gedragen kleren. We zaten op de voorste bank, naast Sean, naar de kist te staren. Die was kleiner dan ik had verwacht.

Voortdurend kwamen er mensen op ons af om Sean de hand te schudden. Hun stemmen klonken zacht en ze gebruikten dezelfde woorden. Verdomde tragedie. Moord. Dapper. Wraak.

De eerste hymne werd aangeheven:

De Heer is mijn herder, het ontbreekt mij aan niets
Hij laat mij in grazige weiden rusten…

Mama kneep in mijn arm, en het drong tot me door dat ik niet had meegezongen. Ik vormde geluidloos de woorden. Toen ik opzijkeek, zag ik Jonah en Mercy zitten, en de twee meisjes. Het was een schok om Jonah te zien. Wat deed hij hier? Hij zat bij de Veteranen, de mensen die meneer Cooper hadden vermoord.

Ze hadden hun beste kleren aan – geen begrafeniszwart. Mercy droeg feloranje zijde met een strokenrok en de meisjes waren in wit en roze. Sommige mensen in de kerk wierpen hun afkeurende blikken toe, maar ik vond het niet vreemd, omdat ik wist dat dit nu eenmaal was wat Shona's aandeden als ze naar de kerk gingen. Ze eerden meneer Cooper met de mooiste kleren die ze maar konden vinden.

Jonah zong niet. Hij staarde naar het kruis boven het altaar. Dat dacht ik tenminste, tot ik de met gordijnen omhulde opening zag, aan de linkerkant van het kruis.

We zaten met veel geritsel van rokken en gepiep van schoenen op de glanzend geboende vloer. We luisterden naar mensen die over meneer Cooper spraken.

Toen die waren uitgesproken, keek de priester naar Sean. Er viel een verwachtingsvolle stilte, maar Sean schudde zijn hoofd en bleef, wit weggetrokken rond zijn mond, zitten, terwijl het verzamelde kerkvolk reikhalsde om zijn gezicht te kunnen zien.

De stem van de priester werd een beetje luider. Het klonk alsof hij naar een climax toe werkte. De gordijnen aan de zijkant van het altaar gingen met rukjes open, en rammelend over kleine rails schoof de kist erheen.

'Mam,' fluisterde ik.

'Mm-mm.' Ze zat met rode ogen recht voor zich uit te staren.

'Wat gaat er gebeuren?'

'Hij wordt gecremeerd.'

'Wat?'

De gordijnen schoven verder opzij. De kist hotste ertussendoor.

Ik probeerde me geen voorstelling te maken van wat er zich

afspeelde, maar ik kon het niet laten. Ik had vlees zien liggen braden bij een braai, en ik stelde me voor hoe meneer Cooper blakerend opkrulde als een stuk boerewors. Ik vond het ongelooflijk dat wij hier ernstig zaten te knikken en deftig in onze zakdoeken zaten te snotteren terwijl er iemand voor onze neus lag te verbranden. De Shona geloofden dat het verkeerd was om iemand na zijn dood te verbranden. Het kostte een ziel een jaar om het lichaam te verlaten en zich bij zijn voorouders te voegen. Op deze manier was hij veroordeeld om eeuwig te blijven dwalen. We veegden hem uit zicht, zoals Saru rommel onder het tapijt veegde.

Jonah stond op en liep naar buiten. Met een bezorgd gezicht en verontschuldigingen mompelend terwijl ze zich langs mensen wrong, ging Mercy achter hem aan, met de meisjes in haar kielzog.

'Dat is nou weer typisch iets voor die verdomde munts,' fluisterde iemand achter ons.

Voordat Jonah naar buiten ging, zag hij me. Hij bleef bij de kerkdeur staan en keek achterom naar mij. Zijn ogen waren duister en je kon er niets uit aflezen. Toen vertrok hij, de uitgedroogde, zonovergoten wereld in.

Die nacht droomde ik dat meneer Cooper gevangenzat in zijn kist. Ik zag hem met zijn ogen wijd opengesperd in het donker met bleke vingers aan het deksel krabben, terwijl de gordijnen opengingen en de vlammen hem te pakken kregen.

Ik wist dat Jonah het zou hebben voorkomen als hij dat had gekund.

Voordat we vertrokken, zagen we Sean nog een keer. Niet in levenden lijve, maar op de televisie. Een vrouw in een blauw mantelpak hield een microfoon voor zijn gezicht en knikte terwijl hij praatte. Haar haar bewoog niet, zelfs niet als ze haar hoofd schudde.

Sean zag er mager uit, een en al ellebogen en knieën. Zijn haar stond recht overeind, net de haardos van een kleine jongen. Beetje bij beetje zette ik het geluid zachter terwijl hij aan het woord was, tot hij geluidloos zijn mond stond te bewegen. Hij zag eruit als een vis die happend naar adem door de hittenevel zwom. Achter hem zag ik een ploegje landarbeiders staan. Drie van hen staarden in de camera, met hun handen slap langs hun zij. Een van hen lachte en wees. *Kijk mama, ik ben op de televisie.* Hij maakte dat ik ook moest lachen, door mijn tranen heen.

De week voor ons vertrek kregen mama en ik allebei dysenterie. We gaven om de paar minuten over, zo vaak dat we soms nog maar net de wc hadden doorgetrokken voordat de volgende golf braaksel omhoog en eruit kwam. We konden bijna niet lopen. We klemden ons met beide armen aan het porselein vast, alsof we anders in de badkamertegels zouden verdrinken. Zodra we klaar waren met overgeven, dronken we zo veel mogelijk water, om ten minste iets in onze maag te hebben om over te geven en niet alleen het smerig smakende niets wat in humorloze ha-ha-ha's uit ons kwam gesidderd.

Het werd zo erg dat Steve ons naar het ziekenhuis moest brengen. We namen allebei een emmer mee de auto in, de groene die Saru gebruikte om de vieze kleren in te weken. Het was behoorlijk gênant om die met kots gevulde emmers mee de wachtkamer in te zeulen. Ik bleef maar overgeven, ook al zaten er mensen naar me te staren. Ik kon het niet helpen. De ruimte vulde zich met de vochtige stank van braaksel, en de andere mensen in de wachtkamer trokken groen weg. De dokter dreef ons snel zijn kamer in, voordat we iedereen zouden aansteken.

'Trek je *broekies* maar omlaag,' zei hij. Ik was te zwak en te ziek om me er druk over te maken dat hij mijn billen en mijn edele delen zou zien, dus ik deed wat hij zei. Hij stak een naald in mijn bil.

'Even je benen bewegen, alsof je aan het fietsen bent,' zei hij.

Dankzij de injectie hield het braken even op, en toen het terugkwam, was het minder heftig.

Die week bleven we in bed en we dronken water en aten gekookte rijst. Ik staarde naar het plafond terwijl de geest van meneer Cooper naast mijn bed mijn aandacht probeerde te trekken. Hij mompelde dingen tegen me die ik niet kon verstaan, maar ik begreep wat hij probeerde te zeggen. Je bouwt geen huizen om ze te laten stelen en vernielen. Je voedt geen kinderen op om ze te laten sterven in het stof met een bijl in hun schedel, ongewenst, in een land waar ze worden gehaat.

Mama vroeg welk jasje ik zou aantrekken voor in het vliegtuig.

'Dat weet ik nog niet.'

'Dan moet je nu beslissen.'

'Waarom?'

'Omdat het moet.'

'Mij best.' Ik koos er een uit, en mama nam het mee. De volgende dag kreeg ik het terug.

'Hier, trek het even aan.'

Het jasje kraakte toen ik mijn armen erin stak.

'Mam!'

'Wat?'

'Mijn jasje maakt een raar geluid.'

'Trek het nog eens aan.'

'Maar ik heb het warm.'

'Doe aan, verdomme.'

'Waarom?' Ik was achterdochtig. Ik verfrommelde een hoekje van de stof en hoorde weer dat geritsel.

Mama zuchtte. 'Ik heb gisteravond dollars in onze kleren genaaid.'

'Wat?'

'Je hebt me wel verstaan.'

'Maar we mogen geen geld uitvoeren!'

'Waarom denk je anders dat ik het in de voering naai?' zei mama. 'Hoor eens, het gaat allemaal goed. Zolang je je maar normaal gedraagt.'

Ik kon me absoluut niet meer herinneren hoe je je normaal gedroeg.

Mijn grootouders waren dolblij. Ze belden elke avond om te

vragen of we nog steeds kwamen, of alles klaar was, of we al dozen vooruitstuurden. Ze hadden het niet over wat er op de boerderij was gebeurd, of wat er op andere boerderijen gebeurde. We hadden geen tijd om treurig te zijn. Dat spaarden we allemaal op voor aan de overkant, als we mijlenver hiervandaan waren. We moesten weg van die plek waar zoveel doden waren gevallen.

Steve ging terug naar de boerderij, met een hele troep vrienden en een stapel geweren, voor als er problemen kwamen, en haalde onze spullen op. Toen hij terug was, nam hij ons mee naar een afgelegen put en gooide al zijn wapens erin. Zijn oude bajonetten, zijn geweren. Ze schampten langs de wanden omlaag en kwamen met een dof geplons en gerinkel in het water terecht.

'Sommige zijn een fortuin waard,' zei Steve, al wisten we allebei dat het daar niet om ging. We konden de wapens niet meenemen, maar we konden ze al helemaal niet achterlaten in het huis, waar ze gevonden zouden worden.

We namen voor de laatste keer afscheid van Saru en Tatenda. Saru moest huilen, niet zozeer omdat ze ons zou missen als wel omdat het moeilijk was om werk te vinden nu er zoveel blanken vluchtten. Mama beloofde dat ze wat geld zou sturen. We gaven hun ons adres in Engeland. We hadden geluk dat we konden vertrekken. Zij zaten hier vast. Ik was opgelucht dat ik wegging, en voelde me schuldig dat ik opgelucht was.

We gingen op de veranda zitten voor ons laatste avondmaal, dat we bijeen hadden gesprokkeld met de spullen die nog in de koelkast over waren. Ik hoorde ijs in de glazen tinkelen en het gedrein van de eerste mug van de avond.

'Die ellendelingen zal ik niet missen,' zei Steve, terwijl hij een klap gaf op zijn arm.

Mama stak haar hand uit en streelde over Steves schouder. Haar ogen waren rood en opgezet.

In een van de bomen slaakte een vogel een kreet.

'Moet je horen,' zei mama. 'De toerako.'

We hoorden de toerako elke dag. Het was een onopvallend, grijs geval, met een spookachtige, hoge roep: *gowee, gowee!*

Ik wist al zo lang ik me kon herinneren dat de toerako ook wel go-away bird wordt genoemd. Het viel me nu pas te binnen dat zijn gezang van alles kon voorstellen – dat het er maar van afhing hoe je naar hem luisterde.

'Waarom wordt hij eigenlijk go-away bird genoemd?' vroeg ik aan mama.

'Omdat hij "gowee" zegt.'

'Maar…' Ik dacht er even over na, maar hield vervolgens mijn mond. Ik bedacht dat het veelbetekenend was dat we hem al die jaren dagelijks 'gowee' hadden horen zeggen.

EPILOOG

Madam Elise
Kom Beauty opzoeken. Ze is erg ziek.
Rudo

En een adres. De brief kwam een paar dagen voor ons vertrek.

Ik was van plan geweest Beauty nog eens te schrijven. Ik had haar keurig geschreven brieven in een la bewaard. Nu las ik er droefgeestigheid in, en ineens viel me op dat de woorden naar achteren helden als verdrietige wenkbrauwen. Het bevende handschrift had iets dappers, de uitroeptekens waren net wapperende vlaggetjes.

Mama bracht me naar het dorp waar Beauty woonde.

'Weet je zeker dat je naar binnen durft?'

'Ja.'

'Goed dan. Ik wacht hier op je.'

Beauty's nichtje kwam naar de deur van de hut. Ze was groot en had een fel, knap gezicht. Ik kon merken dat ze me niet mocht.

'Kom binnen.'

Ik liep achter haar aan het halfduister van de hut in en verder naar een piepkleine slaapkamer. Er hingen geen gordijnen voor de ramen, maar er was een lap batikstof tegen de muur geprikt om de ergste zon buiten te houden.

Beauty lag in bed. Mager, met de huid van een pecannoot, bruin en pokdalig.

'Beauty.'

Ze fronste haar voorhoofd en rolde met haar ogen. Ze leek de naam niet te herkennen.

'Ze heet Rufaro,' zei haar nicht. 'Rufaro Bvumbe.'

Dat had ik nooit geweten.

'Rufaro.' Dat klonk onbeleefd, terwijl 'Beauty' nooit onbeleefd had geklonken. Of in elk geval had ik dat nooit gevonden. '*Mai* Bvumbe.'

Ze draaide haar hoofd om op het kussen. Het was vergeeld op de plek waar haar hoofd had gelegen.

'Kent u me nog?'

Ze ging met een droge tong langs haar lippen.

'Ik ben Elise,' zei ik. 'Van de boerderij.'

Ze glimlachte en stak haar armen uit.

Later, toen we hadden gehuild en gepraat, gaf Rudo me een kom sadza.

'Dank u wel, maar ik heb nog geen trek.'

Ze keek me woedend aan. 'Eet, alstublieft.'

Ik had haar beledigd. Nederig stak ik mijn vingers in de stijve pap en stopte wat in mijn mond. Het was moeilijk weg te krijgen. Ineens leek eten iets onmogelijks. Ik voelde de paniek toeslaan toen de sadza in mijn keel bleef steken, maar het lukte me om hem weg te slikken.

Beauty had ook een bord sadza met saus gekregen. Luid riep ze hoe heerlijk het smaakte en hoe goed Rudo er de laatste tijd in was geworden vlees te bereiden en het een lekkere smaak te geven. Ze doopte hetzelfde stukje sadza keer op keer in de saus, waarna ze er even aan knabbelde en waarderende geluidjes maakte. Het was akelig om toe te kijken hoe ze zat te eten, of net deed of ze at. Toen ze eindelijk ophield, haalde Rudo het volle bord snel weg, zodat we er niet meer naar hoefden te kijken.

'Dat was heel lekker,' zei Beauty.

'Ja.'

Zo zaten we ruim een uur. Het grootste deel van de tijd sliep Beauty. Ik geloof dat ik zelf ook een paar minuten sliep, want ineens schoot mijn hoofd met een schok omhoog en heel even schrok ik van de tijd die ik had verspild.

Beauty draaide haar ogen naar me toe en glimlachte.

'Herinner je je mijn tante nog?' vroeg ze. 'Die vervloekt was?'

'Ja.'

'Ik geloof dat ik vervloekt ben.'

'Nee.' Ik legde mijn hand op de hare. 'U kunt niet vervloekt zijn.'

'De n'anga zei dat jij ook vervloekt was,' zei ze.

Ik knikte. Ik wist niet wat ik moest zeggen.

'Onze voorouders brengen altijd gerechtigheid,' zei ze en ze sloot haar ogen.

'Vergeeft u het me?' vroeg ik na een poosje.

'Wat?'

Ik wist zelf ook niet waarvoor ik mijn verontschuldigingen aanbood. Maar door de pijn in mijn maag wist ik dat er iets onvergeeflijks was wat mijn schuld was.

De nacht voor ons vertrek droomde ik dat ik nog één keer achter een tokoloshe aan zat. Ik was terug op de boerderij. Ik stapte uit bed en liep blootsvoets door ons lege huis.

Het huis was leeg, maar dat kwam doordat alle geesten buiten waren, onder de pokdalige maan. Ik zag Sean klein en ineengedoken op de stoep achter het huis zitten. Ik zag mijn oom voorgoed verdwaald achter in de tuin ronddolen, al tikkend op zijn kompas. Ik hoorde de stem van meneer Cooper iets in het Shona zeggen wat ik niet begreep. Ik zag Jonah zich vooroverbuigen om de bloembedden te verzorgen, en Susan en Jane die rond de groentetuin tikkertje speelden, Mercy die kleren ophing aan een waslijn die zilver glinsterde in het duister, Beauty die op haar knieën zat om de stoep voor het huis te schrobben. Ik zag Archie die achter de spoken van vliegende mieren en nachtvlinders aan zat. Ik rook de geur van sigarettenrook.

We lieten heel veel achter. Maar de spoken gingen mee.

Ik hoorde krekels. Een uil. Zacht ruisen van de wind door de bovenste takken van de flamboyant. Slaperig getok uit het kippenhok, waar de kippen blijkbaar door iets waren gewekt.

Iets wat door de dichte heggen rende. Het rubberachtige flappen van een vleermuis boven mijn hoofd. De grond die nu al bedauwd was, en ik wist dat er onder mijn tenen in het gras en in de aarde duizenden insecten waren. De lucht was vervuld van de nacht, het gesnerp van krekels, de metalige smaak van bloed, het gevoel dat je door iets in de gaten werd gehouden.

Ik liep naar achter in de tuin, bij de composthoop, waar de spitsmuizen en de mangoesten zaten, onder de hoogste avocadoboom. Ik ging op de overrijpe vrucht staan die op de grond was gevallen en voelde het vruchtvlees tussen mijn tenen. Onder het lopen besefte ik dat het vruchtvlees bast, blaadjes, aarde en gras meenam en mijn voeten bedekte, en ik was blij.

Helemaal achter in de tuin bleef ik staan. Dit was de plek waar een tokoloshe zou wonen.

Stil. Bij de mensen vandaan. In de buurt van water. Ik wilde er een zien voordat we vertrokken. Ik wilde hem vertellen waarom ik wegging, waarom ik geen keus had. Ik wist dat het hem niet zou kunnen schelen en dat hij het niet zou begrijpen, dat hij nu eenmaal in een andere, oudere tijd leefde, waar andere, oudere regels golden die even onontkoombaar waren als de zwaartekracht. Het zou hem niet kunnen schelen wat dit witte, madeachtige schepsel dacht. Deze indringer. Deze buitenstaander.

Maar ik wilde het hem toch vertellen.

Ik wilde hem alles vertellen wat ik wist.

Dat ik de hardvochtige, bloedrode echte wereld voor iets veiligers verruilde.

Dat ik wel blank was en gemaakt voor de kou, maar dat ik net zo Afrikaans was als de kwetterende mangoeste die leeft in een wereld vol slangen.

Dat ik dacht dat ik nergens anders kon leven.

Ik ging onder de avocadoboom zitten en staarde naar de takken. Ik voelde hoe de wereld trager draaide en de lucht zich verdichtte. Ik hoorde dat de muggen hun schrille gedrein staakten. Ik hoorde de tokoloshe ademen, en ik wist dat hij eraan kwam.

ORLANDO
uitgevers

ANDREA EAMES

De roep van de schettervogel

O+

INTERVIEW,
LEESCLUBVRAGEN,
EXTRA'S & MEER

Zie ook:
www.orlandouitgevers.nl

1

OVER DE AUTEUR

Andrea Eames (1985) is geboren in Engeland en opgegroeid in Zimbabwe, waar ze zes jaar op een joodse school zat, een jaar op een hindoeïstische school, tweeënhalf jaar op een katholieke kloosterschool en vervolgens twee jaar op de Amerikaanse Internationale School in Harare. Andrea verhuisde in 2002 met haar ouders naar Nieuw-Zeeland. Ze heeft als boekhandelaar en als redacteur gewerkt, en is onlangs verhuisd naar de Verenigde Staten.

De roep van de schettervogel is haar eerste roman.

ENKELE VRAGEN AAN ANDREA EAMES

Hoofdpersoon Elise is in het begin van het verhaal op zoek naar de tokoloshe. Geloof je in de tokoloshe of in vervloekingen? Was je als kind bang voor monsters en geesten? Ben je bijgelovig?
Ik was als kind doodsbang voor geesten! Ik kan nog steeds niet kijken naar horrorfilms met bovennatuurlijke elementen – ze fascineren me en stoten me tegelijkertijd af. Ondanks mijn angst ben ik zeer geïnteresseerd in bijgeloof, mythen en andere culturele interpretaties van het bovennatuurlijke. Ik ben er nog niet uit of ik er zelf nou eigenlijk in geloof dat er meer is tussen hemel en aarde, maar ik heb genoeg griezelige ervaringen opgedaan in mijn leven om me in elk geval in het bovennatuurlijke te willen verdiepen. Mijn nieuwsgierigheid wint het van de angst. Ik ben zelf wel een beetje bijgelovig – ik trek bijvoorbeeld altijd aan mijn haar als ik een ambulance hoor passeren, omdat mijn vader me ooit heeft wijsgemaakt dat het me ervoor zou behoeden dat ik er zelf ooit in terecht zou komen.

In Zimbabwe is het gebruikelijk om een talisman te hebben die je beschermt tegen het kwaad. Geloof je in de bijzondere krachten van een talisman? En had je zelf een talisman in de tijd dat je in Zimbabwe leefde?
Ik durf niet met zekerheid te zeggen dat het gebruikelijk is in Zimbabwe om een talisman te hebben, maar ik denk dat – zoals in vele culturen – ook Zimbabwanen belang hechten aan bepaalde objecten en de symbolische betekenis ervan. Ik had zelf geen zogenaamde Shona-talisman in de tijd dat ik in Zimbabwe

woonde, maar ik kende wel talismankrachten toe aan dingen die ik in mijn bezit had. Aan het zilveren kruis bijvoorbeeld dat ik altijd aan een ketting om mijn nek droeg.

Elise's moeder besluit te gaan verhuizen naar Zimbabwe en Elise moet mee. Hebben jouw ouders ook weleens een beslissing genomen die heel ingrijpend was in je leven?
Nou, mijn eigen ouders hebben me juist uit Zimbabwe weggehaald. We verhuisden naar Nieuw-Zeeland! Ik was zeventien toen we vertrokken. Het was moeilijk om me op die leeftijd neer te leggen bij zo'n ingrijpende keuze die voor me werd gemaakt. Ik voelde me heel machteloos. Ik wist dat het het beste was, maar het voelde toch vreemd om een dergelijke levensveranderende beslissing niet zelf te maken.

In De roep van de schettervogel *worden de tegenstellingen tussen zwart en blank steeds groter. Zijn de veranderende onderlinge verhoudingen tussen zwart en blank een afspiegeling van hoe het was toen je zelf in Zimbabwe woonde?*
Ik heb geprobeerd om het verhaal van *De roep van de schettervogel* zo eerlijk mogelijk te schrijven. Ik denk dan ook dat het boek een nauwkeurig beeld geeft van de situatie destijds, of althans mijn perceptie ervan.

Zitten er autobiografische elementen in De roep van de schettervogel*?*
Hoewel *De roep van de schettervogel* een roman is, is het boek een distillatie van mijn eigen ervaringen in Zimbabwe. Ik had in eerste instantie niet door dat ik mijn eigen belevenissen aan het opschrijven was. Begrijp me goed, hoofdpersoon Elise staat op zichzelf en lijkt niet op mij, maar de bezienswaardigheden en geluiden van Zimbabwe en de perceptie van die periode van de geschiedenis worden gezien door de ogen van de persoon die ik was toen ik daar opgroeide. Soms is het moeilijk te ontwarren

welk gedeelte van het verhaal over Elise gaat en welk gedeelte over mezelf.

Door het hele boek moet Elise afscheid nemen van mensen óf omdat ze zelf verhuisd óf omdat de anderen vertrekken. Hoe kijk jij aan tegen vriendschap? Zie je het als een dynamisch proces waarbij mensen afvallen en je weer nieuwe mensen leert kennen die in die periode van je leven goed bij je passen of geloof je in de eeuwige vriendschap?

Ik denk dat het afhangt van de persoon. Sommige mensen komen in je leven met een reden, en de korte tijd die je met ze doorbrengt is genoeg. Anderen blijven je vriend voor altijd. Ik heb het geluk dat ik een aantal geweldige 'forever' vrienden heb overgehouden uit de landen waar ik gewoond heb. Daar ben ik zeer dankbaar voor. Een van hen ken ik al uit de tijd dat we allebei kleine meisjes waren die in Harare leefden. Zij verhuisde een jaar eerder dan ik naar Nieuw-Zeeland. We waren elkaars bruidsmeisjes een paar jaar geleden! Ze is meer een zus dan een vriendin voor me.

Tekst Kim Moelands
© Orlando uitgevers

OVER HET BOEK
LOVENDE WOORDEN

'Een meeslepend verhaal over volwassen worden.' – *Bookseller*

'Een opmerkelijk debuut.' – *The Guardian*

'In veel opzichten deed dit boek me denken aan Harper Lee's *Spaar de spotvogel* – een van mijn favoriete boeken ooit.' – *BBC World Service*

LEESCLUB

LEESCLUBVRAGEN VOOR *DE ROEP VAN DE SCHETTERVOGEL*

1. De titel van het boek is sterk verweven met de thematiek. Verklaar de titel en hoe deze zich verhoudt tot het centrale probleem in de roman.

2. Pas op school in Harare wordt Elise zich echt bewust van de scheiding tussen zwart en blank. Hoe komt het dat ze zich er dan pas bewust van wordt? Hoe gaat ze hiermee om?

3. Woorden als 'munts' en 'kaffirs' worden vaak gebruikt om de inheemse bevolking mee aan te duiden. Wat bewerkt dit taalgebruik? Is dit een universeel geldend effect van scheldnamen?

4. Elise denkt dat de blanken 'zeker iets hadden gedaan om al die mooie dingen te verdienen' (p. 16). Komt ze tot andere gedachten hierover? Wat was in wezen het 'iets' dat de blanken hadden gedaan?

5. Er is een belangrijke rol weggelegd voor het spirituele gedachtegoed van de inheemse bevolking, voor geesten en magie en de macht die zij hebben. Wat is Elise's idee omtrent bovennatuurlijke zaken? Hoe komt dat naar voren in het verhaal? Welk effect hebben de onheilspellende gebeurtenissen op jou als lezer?

6. Elise heeft het meerdere keren over het land als een levende entiteit, een soort wezen. Typeer dit wezen en probeer na te gaan hoe het komt dat ze deze opvatting heeft.

7. Steve betreurt het dat Kurai en haar familie vertrekken. Hij zegt: 'Mensen als wij zijn niet degenen die dit land gaan veranderen' (p. 204). Wat bedoelt hij hier precies mee en ben je het daarmee eens? Is zijn uitspraak te zwart-wit?

8. Bespreek Jonahs rol in de roman en wie of wat hij belichaamt. Kun je als lezer een eerlijk oordeel over hem vellen? Waarom wel/niet?

9. De inheemse bevolking heeft een essentieel verschillende grondhouding tegenover het leven als je die vergelijkt met de 'blanke houding'. Dit verwoordt Beauty bijvoorbeeld wanneer ze zegt dat ze dankbaar zijn 'voor alles' (p. 19). Vergelijk deze instelling met een Westerse instelling. Bespreek de verschillen tussen, en de voor- en de nadelen van beide houdingen.

10. 'Als je er een doodt, gaan de andere weg,' zei meneer Cooper (p. 64). In het licht van de rest van de roman is dit een nogal veelzeggende uitspraak. Licht toe.